KB030197

홍학의 자리

정해연 장편소설

홍학의 자리

엘릭시르

차례

홍학의 자리
7

작가 후기
333

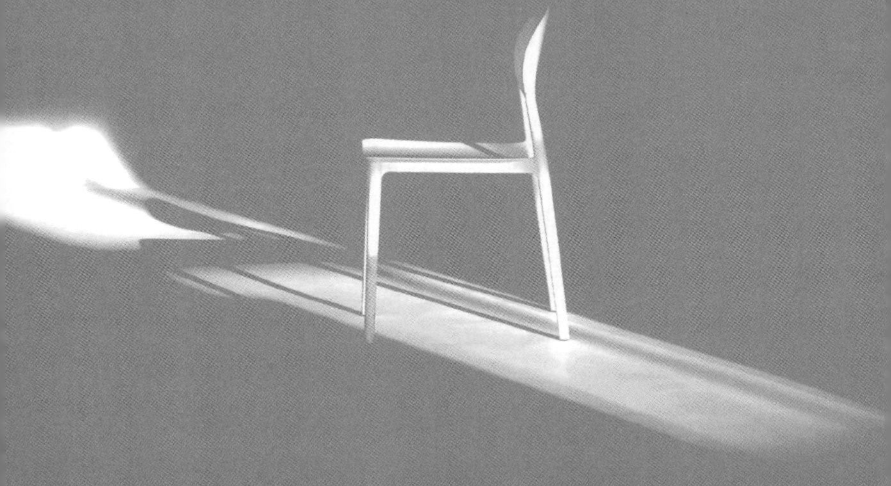

프롤로그

호수가 다현의 몸을 삼켰다. 가느다랗고 부드러운 머리칼과 잘록한 허리, 밤을 새워 지분대던 가슴과 길쭉한 다리, 사랑을 나눌 때면 천장을 향해 만족스러운 듯 뻗던 희고 긴 손가락이 기억과 함께 호수 바닥으로 사라졌다. 쉴 새 없이 움직이던 그를 재촉하듯 질러대던 교성은 이미 숨을 잃은 다현이 더이상 가질 수 없는 것이었다.

다현을 완전히 삼킨 호수는 조용히 파문을 일으켰다. 거친 숨을 헐떡이며 준후는 파문의 궤적을 응시했다.

왜 이렇게 된 걸까?

꿈이라도 꾸고 있는 것만 같았다. 그의 품에는 항상 다현이 있었다. 작은 몸을 바르작거리며 준후가 몸을 탐할 때마다 쿡쿡거리며 웃었다. 준후는 다현의 품 안에서 자유로웠다. 어떤 윤리도 그를 저지하지 못했다. 그가 할 수 없는 것은 없었다.

이 행복이 영원할 거라 생각한 적은 없었다. 그러나 이런 끝맺음을 상상한 적도 없었다.

호수는 모든 것을 잊은 듯 잠잠해졌다. 바람이 불었다. 제대로 관리되지 않아 엉망으로 자라난 풀들이 부딪치며 자극적인 소리를 냈다. 준후는 어깨를 흠칫 떨었다. 뒤돌아보았다. 아무것도 없었다. 이곳에서 생명을 가진 것은 그가 유일했다.

이 호수를 알려준 사람은 다현이었다. 산을 끼고 꽤 긴 비포장도로를 달려야 만날 수 있는 곳이었다. 호수 주변 산을 깎아 개발을 하던 업체가 도산한 것은 십 년도 더 된 일이다. 공사를 하다 그만둔 흔적이 흉물스럽게 남아 있었다. 아직도 정리가 안 된 소송 문제로 출입 금지 상태인 탓에 인적이 없었다. 두 사람이 숨어들기에 적당했다. 호수의 상부에 위치한 양지마을 사람들은 한낮에도 어두컴컴한 이곳을 찾지 않았다.

준후는 안도의 한숨을 내쉬며 다시 호수를 향해 고개를 돌렸다. 호수의 표면에 그의 얼굴이 비쳤다. 아주 잠시, 준후는 그것이 자신의 얼굴이라는 것을 깨닫지 못했다. 무섭게 굳어버린 얼굴 속에 일그러진 욕망이 있었다. 두려움과 슬픔의 외피를 두른 악마가 도사리고 있었다.

다현은 준후가 욕심을 내어서는 안 되는 사람이었다. 이미 마흔다섯이 된 그는 열여덟의 다현을 포기해야 했다. 하지만 그러지 못했다. 열락의 순간이 끝나면 준후는 마치 의식처럼 다현의 작은 몸을 끌어안았다. 그럴 때면 문득 현실이 실감나지 않았다. 이 순간이 자신의 것이라는 게 믿어지지 않는 것이다. 다현의 몸을 더욱 꽉 끌어안는 것으로 현실을 일깨웠다. 다현은 품에 안긴 채로 작은 손을 뻗어 준후의 푸릇한 수염을 만지곤 했다.

—이렇게 보는 얼굴이 좋아. 어른 얼굴.

준후는 호수 표면에서 일렁이고 있는 자신의 얼굴을 응시했다. 다현이 좋아했던 것은 이런 얼굴은 아니었겠지. 다현이 죽어서 다행이다. 적어도 다현이 마지막으로 본 것은 좋아했던 표정이었을 테니까.

심연 속에서 빠져나와 손목의 시계를 확인했다. 더는 지체할 수 없었다. 이곳을 떠나야 했다. 잘못하면 모든 것이 엉망이 되고 만다. 그는 몸을 돌렸다. 차는 조금 떨어진 비포장도로에 그대로 서 있었다. 그쪽을 향해 걸었다. 올 때는 다현이 함께였다. 살아 있지는 않았더라도. 하지만 그는 이제 혼자다. 두 번 다시 다현이 그의 품에, 시간에, 삶에 들어오는 일은 없을 것이다.

차에 도착한 그는 운전석의 문을 열었다. 그러다 뒤를 돌아다보았다. 호수는 여전히 고요했다. 뭔가를 두고 온 듯한 기분은 어쩔 수 없었다.

그런데 다현은, 누가 죽였을까?

1

근래 들어 9시 전에 퇴근한 기억이 나지 않는다. 준후는 시계를 올려다보며 한숨을 쉬었다. 8시 45분이 넘어가고 있었다. 양손을 들어 얼굴을 쓸어내렸다. 눈두덩이 위를 꾹꾹 눌렀다. 깊은 한숨이 나왔다.

선생이라고 해서 아이들을 가르치기만 한다고 생각하면 오산이다. 수업 준비나 시험문제 출제는 당연하지만 그 외에도 선생 몫의 온갖 잡무들이 있다. 개인적으로는 연수 성과 보고서 작성부터 시작해 수업 관련 정기 감사 준비는 물론 교육청의 별의별 업무 지시나 자료 취합까지 해야 한다. 담임이라도 맡았다 치면 하루에 작성해야 하는 일지 관련 서류만 다섯 개가 넘는다. 보고서는 일반 회사만큼 쓴다. 모든 자료는 교육행정 정보시스템에 등록해야 하는데 대부분 젊은 선생들에게 일이 미뤄진다. 사립학교이기 때문에 전근이 적어 교사의 상당수가 오십 대 후반이다. 정년을 앞둔 교사도 세 명이나 된다.

요즘같이 체육 행사를 앞두고 있다면 정시 퇴근은 바라서는 안 된다. 행사 계획을 짜고 필요한 물품 목록을 작성하는 것은 물론 업체별 견적서를 받아 결재를 올려야 했다. 틈틈이 수업 준비도 해야 한다. 준후는 책상 옆에 쌓인 학교폭력 설문지를 보고 깊은 한숨을 쉬었다. 설문 취합도 해야 하는데 해도 해도 일이 줄지 않았다.

준후는 가벼운 두통이 일어 자리에서 일어나 창문을 열었다. 후텁지근한 공기가 밀려들었지만 하루 종일 에어컨을 쐬다 보니 오히려 머리가 가벼워지는 것 같은 기분이 들었다. 기지개를 켜며 정수기에서 찬물을 따라 단숨에 들이켰다. 그러다 빈자리들을 보며 가슴이 갑갑해졌다.

진평군 은파면에 위치한 은파고등학교. 이곳에 내려온 지 벌써 삼 년이다. 발령이 났을 때 그는 대도시인 영인에 살았다. 아내 영주와 결혼 이 년 동안 서로가 얼마나 맞지 않는 사람인지를 처절하게 깨닫고 있을 때였다. 그들에게 남은 절차는 이혼밖에 없었다. 언제 말할 것인가 하는 타이밍의 문제였다. 그런데 영주가 임신테스트기를 내밀었다. 두 줄이었다. 당황스러웠다. 고민하던 차에 교육청에 진평의 사립학교인 은파고등학교 교사 채용 공고가 떴다. 영주에게 말한 것은 채용이 확정된 후였다.

이혼 얘기를 꺼냈지만 영주는 떨어져서 시간을 가져보자고 했다. 말은 그렇게 해도 절대 이혼은 하지 않겠다는 의지가 영주의 얼굴에 그대로 드러났다. 시간을 가진다 해서 생각이 바뀌지 않을 것은 알았지만 그쯤은 유예해줄 수 있었다. 결과적으로는 삼 년 동안 이혼 얘기를 입에 올리지 않았다. 영주에게 중요했던 법적인 문제가 그에게는 중요하지 않았다.

시골 학교에서의 근무에 우려만 있지는 않았다. 약간의 기대심도 있었다. 거친 아이들과 교사의 실수를 경계하는 학부모의 서슬 퍼런 시선에 지쳐 있던 때였다. 시골 학교라면 좀 다르지 않을까. 물론 학생들이나 학부모들의 전체적인 성향은 준후의 기대만큼 다르기도 했다. 하지만 더 피곤해진 부분들도 있었다. 바로 업무 분담 문제였다.

일상적인 업무 외에도 많은 일들이 교사에게 쏟아지는 곳이 학교였다. 각종 공문서나 협조문 들이 날아왔다. 그때마다 고령의 선생들은 준후에게 일을 부탁했다. 처음엔 좋은 마음으로 받아들였으나 날이 갈수록 일이 가중되었다. "잘 못해서"라는 것은 핑계일 뿐이라는 걸 깨달은 것은 얼마 지나지 않아서였다. 늦게까지 처리해야 하는 업무는 당연히 준후의 것이었다. 준후는 가족과 살고 있지 않으니 다른 사람들을 배려해줘야 한다고, 그들은 생각하고 있었다.

언제까지 이렇게 해야 하나? 한번 말을 해야 한다는 것은 알지만, 그로 인해서 불편해지는 것을 생각하면 자꾸만 참게 된다.

빈자리들을 보며 한숨을 지을 때 교무실의 문이 조심스럽게 열렸다. 짙은 남색의 정복을 입은 경비원이 얼굴을 들이밀었다. 정확히는 당직전담원이지만 아직 입에 붙지 않는 말이다. 그의 가슴팍에 황권중이라는 이름이 기계자수로 씌어 있었다.

"아이고, 선생님. 아직 퇴근 못 하셨어요?"

"네, 일이 좀 많네요. 다음 달 체육대회 때문에요."

준후는 쓰게 웃었다. 경비원의 어깨 너머로 어둠이 깊게 자리 잡고 있었다.

"고생이 많으시네요. 식사는 하셨어요?"

"네, 뭐."

식사는 하지 않았지만 적당히 대답해 넘겼다. 식사를 걸렀다고 하면 경비실 냉장고에 쌓아둔 음식을 가져와 권할 게 뻔했다. 그럴 시간도 없지만 그럴 생각도 없었다. 준후는 황권중이 근무 중 몰래 음주를 하고 있다는 걸 알고 있었다. 분명 은근슬쩍 권할 것이다. 모르는 척해줄 수는 있지만 동조할 생각은 없다. 문제가 생기면 책임을 떠넘길 것이 뻔하다.

"그럼 고생하십쇼."

칠순을 넘긴 고령의 그는 주름이 자글거리는 이마에 손을 올려 장난스레 경례를 붙이고는 문을 닫고 나갔다. 다시 혼자 남은 준후는 한쪽 어깨를 주무르며 모니터로 시선을 돌렸다. 적당히 마무리를 하고 퇴근할 생각이었다. 무리든 아니든 그동안은 어떻게든 일이 마무리되었다. 그러니 끝을 모르고 일이 넘어온다는 생각도 든다. 이제는 한계다. 문제가 생기면 교감도 가만히 있지는 않을 것이다.

문서를 저장한 뒤 컴퓨터를 종료시키려는데 휴대폰의 메신저 수신음이 들려왔다. 휴대폰을 들어 액정 화면을 확인하는 준후의 입가에 생기 있는 미소가 떠올랐다.

—나쁜 짓 하자.

다현이다. 글자 속에서 다현의 통통 튀는 목소리가 들리는 것 같았다. 살짝 아랫입술을 깨무는 준후의 입안에서 침이 고였다. 뭐라고 답을 하면 좋을까. 준후는 다현만큼이나 위트 있는 문자를 보내고 싶었다.

잠시 고민하는 순간 드르륵 문이 열렸다. 준후는 어깨를 흠칫 떨며 나쁜 일을 하다 들킨 사람 같은 얼굴로 고개를 들었다. 경비원 황 씨가 다시 돌아온 거라고 생각했는데 거기에 서 있는 것은 다현이었다.

교실 안으로 다현을 밀어 넣으면서 다급히 문을 닫았다. 뒷걸음질 치던 다현은 달려든 준후가 티셔츠를 걷어 올리자 책상 위에 걸터앉으며 양팔을 들어 올렸다. 준후는 가볍게 다현의 티셔츠를 벗겼다. 준후는 곧장 머리를 아래로 내려 다현의 작은 유두를 입안에 머금었다. 다현이 킥킥 웃으며 준후의 머리카락 사이로 손을 넣었다.

"소리 내지 마. 경비 아저씨 돌아다녀."

나직한 준후의 경고에 다현은 그의 머리를 끌어당겨 입을 맞추었다. 열린 입술 안쪽으로 두 사람은 끊임없이 서로를 갈구하고 엉기었다. 다현이 가늘고 작은 손을 준후의 부푼 성기 위에 가져다 대었다.

"뜨거워, 선생님."

준후는 더이상 참을 수 없었다. 그대로 다현의 허리를 감싸 안아 들어 올렸다. 다현은 양다리를 준후의 허리에 감은 채로 매달렸다. 준후는 다현을 바닥에 눕혔다. 다현이 차갑다며 킥킥거렸다.

달빛 속에 나체가 된 다현을 준후는 뜨겁게 내려다보았다. 조금 전까지 몸을 누르고 있던 피로감은 조금도 느껴지지 않았다. 준후는 그대로 다현의 안으로 들어갔다. 눈앞이 깜깜해질 정도로 아찔한 기분이었다. 소리를 내지 않아야 한다는 사실에 이따금 다현이 그의 큰 어깨에 이를 박았지만 오히려 그것이 준후를 더 자극했다. 그는 한 마리의 짐승처럼 다현을 몰아붙였다. 들썩거리던 다현의 머리가 끝자리의 책상을 건드렸다. 삐걱거리는 소리가 경고처럼 들려왔지만 준후는 행위를 멈출 수 없었다.

수업을 하는 교실, 담당하는 학생과 선생, 미성년자. 금단의 단어들이 준후를 오히려 미치게 만들었다.

소리조차 지르지 못한 격정적인 오르가슴이 벼락처럼 두 사람을 감쌌다. 준후는 한참이나 그대로 다현의 몸 안에 남아 있었다. 다현이 격려라도 하는 것처럼 그의 등을 두드려서 준후는 잠시 웃었다. 다현의 몸 위에서 내려와 깊은 숨을 내쉬며 옆에 누웠다.

"차갑네."

"거봐요."

다현이 웃으며 준후의 팔에 기대어 왔다. 준후는 호흡을 가다듬으며 다현의 머리카락 속으로 손가락을 밀어 넣었다. 손가락 사이사이에 찰랑거리는 다현의 머리카락이 들어왔다. 차갑고 기분 좋은 부드러움이었다.

"진짜로 해버렸네, 나쁜 짓."

말과는 다르게 준후의 얼굴에는 깊은 만족감이 서려 있었다. 교실에서 이런 짓을 한 것은 처음이었지만 그래서 더욱 자극적이었다. 그는 이 자극을 끊어낼 수 없을 것 같은 기분에 사로잡혔다.

한동안 두 사람은 아무 말도 하지 않았다. 가쁜 호흡 소리만 이따금씩 들렸다. 먼저 침묵을 깬 것은 다현이었다. 다현은 준후의 손을 잡으며 말했다.

"나를 이해해주는 건 선생님뿐이에요."

"맞아."

"선생님을 이해하는 건 나뿐이에요."

"이제 화가 풀렸나 보네."

언성을 높인 것은 불과 하루 전이었다. 스물네 시간이 채 지나기도 전에 두 사람은 놓칠까 두려운 사람처럼 서로를 붙들었다.

다현이 웃었다. 그는 상체를 들어 올리며 다현에게로 얼굴을 가져갔다. 어렴풋한 소리가 들린 것은 다현이 살며시 눈을 감을 때였다.

준후와 다현의 시선이 동시에 문 쪽으로 향했다.

"무슨 소리예요?"

들려온 것은 누군가를 부르는 사람의 목소리와 탁, 하는 소리였다. 준후의 미간이 살짝 찌푸려졌다.

"경비원일 거야."

준후는 그대로 일어나 옷을 입었다. 다현도 바닥에 널브러진 옷들을 주섬주섬 끌어당겼다. 겁에 질린 얼굴이었다. 준후는 걱정 말라는 듯 다현을 향해 팔을 뻗어 손바닥을 보였다.

"가봐야겠다. 야근하던 중이라서 안 보이면 이상하게 생각할 거야."

"나는요?"

"상황 보고 메시지 보낼게. 그때 나가."

학생인 다현이 이 시간까지 학교에 남아 있다는 것은 말이 안 되는 일이었다. 경비원의 눈에 띄지 않아야 했다. 준후는 다현이 옷 입는 것을 보고는 조심스레 문을 열었다. 복도에는 아무도 없었다. 문을 열자 경비원의 목소리가 확연히 들려왔다. 조용한 학교의 여기저기에 부딪혀 이곳 3층의 교실까지 경비원의 목소리가 울려 퍼졌다.

"선생님! 김 선생님!"

준후는 재빨리 복도 끝으로 가 반대편 계단으로 내려갔다. 중앙 계단으로 내려가다 자칫하면 경비원과 마주칠 수 있다. 그렇게 되면 야근 도중 3층으로 간 이유를 설명해야 하는데 딱히 개연성 있는 변명을 댈 수가 없었다. 경비원이 중앙 계단을 통해 위로 올라오는 동안 반대편 계단을 통해 1층으로 내려가 경비원의 뒤에서 나타날 계획이었다. 준후의 계산은 그대로 맞아떨어졌다.

"아저씨, 저 여기 있는데요?"

2층에서 3층으로 올라가는 중앙 계단의 중간쯤에서 경비원이 흠칫 놀라며 뒤돌아보았다. 준후는 난간 사이로 고개를 내밀어 경비원을 보았다. 경비원이 빠르게 계단을 내려오는 소리가 들려왔다. 안도의 한숨이 비어져 나왔다.

"어디 계셨어요?"

경비원이 준후의 뒤쪽으로 고개를 돌렸다. 준후는 여유롭게 말했다.

"아깐 괜찮았는데, 배가 고파서요. 실습실 가서 라면이라도 하나 훔쳐 먹을까 하다가. 그럼 안 되지만요."

준후가 장난스럽게 웃자 경비원의 얼굴에 화색이 돌았다.

"아이고 참, 그럼 저한테 말씀하시지!"

경비원이 비굴한 웃음을 지으며 준후의 옆에 붙어 서서는 팔짱을 꼈다.

"제가 경비실에서 한 냄비 끓여드릴 테니까 가시죠, 네?"

"아니, 괜찮은데."

준후는 못 이기는 척 경비원이 이끄는 대로 끌려갔다. 이 기회를 틈타 한잔하려는 속셈인 걸 모르지 않았다. 게다가 교직원과 친해지려는 의도도 있다. 재계약은 업무 평가 점수가 좌우한다. 업무 평가는 주관적이다. 친한 사람에게 낮은 점수를 줄 리가 없다.

경비실은 학교 본관 건물에서 나와 운동장 옆으로 난 플라타너스길 끝에 위치해 있었다. 교문과 가까운 쪽에 세워진 조립식 건물이 경비실이었다. 경비실 전면의 절반쯤이 통창으로 되어 있었다. 안으로 들어가자 낡은 철제 책상 위에 읽다 만 무협지가 엎어져 있는 게 보였다.

"여기 앉으세요. 금방 끓여 올게요."

벽에는 나무로 짠 침상이 있었다. 당직전담원은 취침 시간이 따로 없지만 밤의 학교에서 할 일은 많지 않다. 경비를 서다 피곤하면 한 번씩 허리를 펼 만한 공간도 있어야 했다. 공식적으로 침대를 사줄 수는 없지만 알아서 자리를 마련해놓는 것까지 뭐라고 하지는 않는다. 학교 측에서도 모르는 척해주는 부분이다. 준후는 나무 침상에 걸터앉았다.

황권중은 냉장고 문을 열고 2리터짜리 생수병을 꺼내 휴대용 가스레인지 위에 올린 냄비에 부었다. 생수병 뚜껑이 누렇게 변색되어 있었다. 한번 쓴 생수병을 몇 번이고 재사용하는 듯했다. 행정실의 정수기에서 물을 받아다 쓰는 것이다.

황권중은 라면을 끓이면서도 입을 잠시도 쉬지 않았다. 처음엔 젊은 교사들의 힘든 업무에 관해 동조해주는 척하다가 이내 개인 신상에 관한 일로 넘어갔다. 주로 자식 자랑과 은퇴 후에도 일을 하게 만든 아내의 야무지지 못한 경제관념에 대한 흉이었다. 준후는 가끔 맞장구를 쳐주긴 했지만 제대로 듣고 있지는 않았다. 그는 주머니에서 휴대폰을 꺼내 다현에게 문자를 보냈다.

—지금 조심해서 나가.

그는 경비실 유리문을 향해 시선을 던졌다. 투명 창이라 바깥이 보이기는 했지만 허리를 숙이고 나가면 충분히 들키지 않을 수 있었다. 몇 분 지나지 않아 경비원이 라면을 끓여 왔다. 양은 냄비의 양쪽 귀를 지저분한 행주로 감싸 든 채였다. 준후는 바닥에 신문을 깔면서 자연스럽게 안쪽 자리를 차지했다. 경비원이 그의 맞은편에 앉으리란 계산이었다. 이렇게 하면 경비원은 유리창을 등지고 앉게 된다.

"잘 먹겠습니다."

"김 선생님, 일도 힘들게 하셨는데 한잔?"

황권중이 은근한 눈빛을 보냈다. 평소 같았으면 바로 거절했을 일이지만 준후는 어색한 웃음을 지었다. 그것을 승낙이라고 느꼈는지 황권중이 신이 나서 일어섰다. 그는 냉장고 안쪽에서 마시다 만 소주병을 들고 왔다.

그는 준후에게 먼저 소주를 따라주려 했다. 준후는 운전을 해야 한다며 소주병을 건네받았다. 황권중은 입맛을 다시면서도 강권하지는 않았다. 준후는 그가 덜어주는 라면을 받아 들고 한 젓가락을 집어 올렸다. 별로 배가 고프지는 않았다. 라면을 먹는 척하며 상 아래로 휴대폰을 꺼냈다. 다현에게 답 메시지는 오지 않았다.

"야간에 근무하시는 게 쉽지만은 않죠?"

얘깃거리가 딱히 없어 관심도 없는 그의 형편을 걱정해주는 척했다.

"이 나이에 일할 수 있는 것만으로도 감사해야죠. 힘든 거야 없진 않지만……."

준후는 삼십 분가량 경비원의 푸념을 들어주어야 했다. 학생들이 쉼터 벤치 아래에 뱉는 침을 치워야 하는 고충과 교대 근무자의 깐깐한 성격이 토로의 대상이 되었다. 레퍼토리는 다양했다. 적당히 일어나지 않았다면 밤이 새도록 잡혀 있어야 했을지도 모른다.

“잘 먹었습니다. 전 이제 집에 가야겠네요.”

“아이고, 제가 선생님을 너무 붙들었네요. 야간 순찰 돌 시간도 잊어버릴 뻔했습니다.”

술기운이 올라 불콰해진 얼굴로 황권중이 껄껄 웃었다. 준후는 경비실에서 나오며 다시 한번 휴대폰을 확인했다. 여전히 다현에게는 연락이 없었다. 무사히 학교에서 빠져나갔다면 문자라도 보냈을 터였다. 그는 학교 본관 건물로 들어서면서 다현에게 전화를 걸었다.

다현은 전화를 받지 않았다. 무슨 일이라도 있나. 정신없이 집으로 돌아가느라 전화벨 소리도 듣지 못하는 건가. 분명 휴대폰을 가지고 있었는데. 그런 생각들을 하며 교무실로 들어가려던 순간이었다. 교무실 문손잡이를 잡은 채로 그의 몸이 굳어버렸다. 그는 눈을 커다랗게 떴다. 반사적으로 손잡이를 놓고는 뒷걸음질 쳐 중앙 계단 위쪽을 올려다보았다.

어렴풋하게 벨 소리가 들려오고 있었다.

다현이 아직 집에 가지 않았단 말인가? 그럴 리가 없었다. 하지만 지금 들리고 있는 것은 분명 다현의 벨 소리가 맞았다. 준후의 미간이 좁혀졌다. 그사이 통화 연결음이 끊어지고 전화를 받지 않는다는 안내 멘트가 나오고 있었다. 준후는 다시 전화를 걸었다. 역시나 다시 벨 소리가 들려왔다.

그는 심각해진 얼굴로 중앙 계단을 오르기 시작했다. 장난기 많은 다현이 준후를 놀리려는 걸지도 몰랐다. 이런 장난은 재미없다. 그를 곤란하게 할 만한 일이 될지도 모른다. 3층으로 올라간 준후는 다현과 함께 있었던 2학년 3반 교실로 향했다. 그곳은 조금 전까지 다현과 꿈같은 시간을 보낸 곳이었으며, 준후가 담임을 맡고 있는 반이었고, 다현의 교실이기도 했다. 준후는 주저 없이 교실로 다가가 문을 힘껏 밀어 열었다. 다현이 장난을 친 것이면 엄하게 혼을 내줄 생각이었다.

하지만 눈앞에 펼쳐진 광경은 그의 예상과는 한참이나 거리가 멀었다. 그는 그 자리에 주저앉았다. 숨이 쉬어지지 않았고, 머릿속은 텅 비어버렸다. 다물어지지 않을 듯 크게 벌어진 입은 신음 소리만 겨우 내고 있었다. 찢어질 듯 크게 떠진 눈은 그곳에 붙박인 채 떨어질 줄을 몰랐다. 그는 숨도 쉬지 못했다.

교실 천장에 목을 매단 다현의 나체가 힘없이 흔들리고 있었다.

숨넘어갈 듯 꺽꺽거리던 목에서 겨우 숨이 터져 나오는 순간 준후는 정신을 차렸다. 그는 허겁지겁 교실을 돌아보았다. 조금 떨어진 바닥에 한 뼘 반 정도 길이의 칼이 눈에 들어왔다. 비즈가 잔뜩 붙은 요란한 무늬의 칼이었다. 왜 교실 바닥에 칼이 있는지 따위는 생각할 틈도 없었다. 그는 그것을 집어 들고 밀려나 있는 책상을 끌고 와 단숨에 뛰어올랐다. 다현의 목을 감은 줄은 흔히 볼 수 있는 PVC 재질의 박스 포장용 노끈이었다. 다현의 목 아래로 노끈이 길게 늘어져 있었다. 한 손으로 다현의 몸을 받쳐 든 채 칼로 줄의 중간 부분을 힘껏 잘라냈다.

다현의 몸이 그의 품 안으로 무너져 내렸다.

준후는 성마른 손으로 다현의 목에 감긴 노끈을 풀어내었다. 다현의 목에서 피가 흘러나오고 있었다. 무언가에 찔린 것 같았다. 상처가 몇 군데나 있었다. 그는 손에서 느껴지는 뜨끈하고도 불온한 온기에 자신의 손바닥을 내려다보았다. 다현의 피가 그의 손을 물들였다.

"다현아, 다현아."

그는 다현을 끌어안은 채 뺨을 쳤다. 피부는 놀랄 만큼 차가웠다. 코에 손을 대보았지만 숨결이 느껴지지 않았다. 가슴에 귀를 가져다 대었다. 박동도 느껴지지 않았다. 그는 다급히 다현을 바닥에 바로 눕혔다. 수차례 안전 교육을 받아 심폐소생술을 하는 방법은 알고 있었지만 실제로는 처음이었다. 그는 떨리는 손을 다현의 가슴에 대었다. 쇄골부터 명치 끝에 이르는 중간 지점인 흉골 위가 압박 지점이었다. 다현의 옆에 무릎을 꿇고 앉아 압박을 시작했다. 숨이 턱에 찼고 땀이 흘렀다. 압박당하는 것은 다현이 아닌 자신인 듯 심장이 조여왔다. 기도를 하는 것처럼 준후는 압박 횟수를 소리 내어 셌다. 삼십을 세는 동시에 손을 떼고 다현의 코에 귀를 대어보았다. 그렇게 몇 번이나 되풀이했지만 다현은 숨소리를 들려주지 않았다. 상황은 절망적이었다.

준후는 성마른 손으로 주머니에서 휴대폰을 꺼냈다. 119를 누르고 통화 버튼 위에서 손가락을 멈췄다. 그는 새삼스럽게 주변을 둘러보았다.

책상은 엉망으로 교단 앞까지 밀려가 있었다. 끈을 자르기 위해 자신이 끌어다 놓은 책상을 제외하면 목을 매단 다현의 발아래는 허공이었다. 다현이 밟고 올라갈 만한 것이 아무것도 없다는 것은 타살을 의미했다. 다현은 자살을 할 이유도 없었다. 행여 그가 모르는 이유가 있었나 생각해보려 해도 그것은 불가능했다. 책상이 밀려 나간 위치는 다현이 책상 위에 올라가 목을 매단 뒤 발로 걷어찼다고 볼 만한 거리가 아니었다. 심지어 다현은 나체 그대로였고, 목에는 칼에 찔린 상처도 있었다. 자살하려는 사람의 모습이 아니었다. 자신이 교실에서 나간 뒤 삼십 분 이상 흘렀다. 그동안 다현이 옷을 입지 않았을 이유는 없었다. 옷을 입기도 전에 누군가 다현을 그렇게 만들었다는 뜻이다.

이곳은 학교다. 게다가 다현은 타살이다. 당연히 부검이 진행될 것이다. 거기서 검출될 것은 뻔하다. 다현의 몸에는 그의 정액이 남아 있다.

학교에는 경비원과 자신, 단 두 사람만이 남아 있었다. 정액의 주인이 누구인지 드러나는 데까지는 오래 걸리지 않을 것이다.

그는 번개를 맞은 듯 고개를 치켜들었다. 반사적으로 창을 향해 달려들었다. 창밖으로 랜턴을 들고 운동장을 가로질러 오는 경비원의 모습이 보였다.

조사를 하면 자신이 다현을 죽인 살인범이 아니라는 것은 밝혀질 수도 있다. 하지만 그는 유부남의 몸으로 미성년 학생과 관계를 했다. 준후는 믿을 수 없는 눈길로 다현의 시신을 보았다. 사실이 알려지면 파멸이다.

안 될 일이었다.

2

고교생 채다현 실종 사건의 수사는 은파경찰서 수사과 강치수 경위에게 배정되었다. 실종 신고 당시에는 범죄 관련성을 배제하지는 않았지만 고교생 신분임을 감안해 자력에 의한 가출 역시 의심되었다. 하지만 행적 관련 수사중 다수의 의심스러운 정황이 포착되어 결국 실종 신고 일곱 시간 만인 7월 29일 0시 30분, 강치수 경위를 위시하여 수사 전담 본부가 설치되었다. 초기 수사를 진행한 형사가 회의 진행을 맡았다. 그의 뒤로 화면 한가득 채다현의 사진이 떠 있었다. 유난히 하얀 피부에 까맣고 동그란 눈, 갸름한 얼굴. 전체적으로 선해 보이는 인상인 것을 제외하면 특이점은 없었다. 사진은 학교에 제출된 반명함판으로 교복을 입은 채 약간은 긴장한 듯한 모습이었다.

"열여덟 살의 채다현입니다. 학교에 마지막으로 등교한 것은 7월 24일, 다음 날인 25일부터 결석했습니다. 담임선생님이 전화를 몇 차례 걸었지만 받지 않았고, 그후에도 등교하지 않아 28일 방과 후 근무를 마치고 학생의 집에 방문, 아무도 없어서 결국 실종 신고를 했다고 합니다. 신고자 인적 사항은 자료에 첨부되어 있습니다."

여기저기서 동시에 서류를 넘기는 소리가 들렸다. 강치수 역시 책상 위에 배포된 자료를 넘겼다. 은파고등학교의 2학년 담임교사 김준후. 마흔다섯 살이라고 적혀 있었지만 사진상으로는 훨씬 더 젊어 보였다. 굳이 말하면 잘생긴 편에 속하는 외모였다. 어렸을 때는 미소년이라고 불렸을 것 같았다. 기혼자, 세 살 난 아이도 있었다. 젊은 미혼 교사였다면 학교에서 여학생들의 인기를 독차지했을 것이다. 강치수는 고개를 외로 꺾으며 말했다.

"애가 학교를 안 나왔는데 나흘 만에 신고를 했다?"

"그렇습니다. 교사의 말에 의하면 전에도 이런 일이 있었다고 합니다."

"날라리구만."

맞은편 회의석에 앉아 있던 팀원의 중얼거림은 적막함 속에서 훨씬 더 크게 전달되었다. 별안간 시선이 쏠리자 그가 목을 움츠렸다.

"딱히 문제를 일으키는 학생은 아니었습니다만 아무래도 보호자의 제재가 없는 학생이다 보니 생활이 모범적이지는 않았던 것 같습니다."

채다현은 혼자 살고 있었다. 어머니는 미혼모로 팔 년 전 사기 혐의로 기소되어 수감된 교도소에서 자살한 것으로 조사되었다. 이후 외할머니가 맡아 키웠지만 일 년 전 사망했다. 외할머니가 소유했던 집이 유일한 유산이었다. 채다현은 그곳에서 계속 살고 있었다.

"25일 채다현이 외출한 것은 총 두 번입니다. 처음 외출은 오후 6시경입니다. 채다현의 체크카드 기록으로 편의점에 다녀온 것을 확인했습니다. 구매 물품은 도시락입니다."

발표를 담당한 형사가 포인터를 눌렀다.

"25일 밤 8시 41분, 채다현의 집 인근 도로의 CCTV 영상입니다."

채다현의 사진이 사라진 자리에 CCTV 영상이 나타났다. 영상은 어두운데다 화질도 좋지 않았지만 대강 분간할 수는 있었다. 화면은 큰 도로를 비추고 있었다. 도로 끄트머리의 갈림길에서 누군가 걸어 나왔다. 채다현이었다. 도로까지 나온 채다현은 한참이나 그대로 서 있었다. 형사가 영상을 좀더 빠르게 돌렸다. 몇 분 만에 채다현은 어딘가로 손을 들었다. 곧 차량 한 대가 채다현의 앞에 멈춰 섰다. 택시였다. 화면이 멈췄다.

"여기서 얼마 떨어지지 않은 위치의 CCTV에서 택시의 번호판을 확인할 수 있었습니다. 곧장 수배해 채다현을 태운 택시 기사를 찾아냈는데, 은파고등학교 인근 도로에서 내려줬다고 합니다."

"학교에 갔다?"

"네. 그런데 학교 정문 CCTV에서는 학생을 발견할 수 없었습니다. 밤에는 학교 정문이 폐쇄됩니다. 문제는 이후 행적을 전혀 발견할 수 없다는 것입니다."

누군가를 만나러 가지 않았겠느냐는 의견이 대두되었다. 채다현의 통신 기록은 이미 자료화되어 있었다. 안타깝게도 채다현의 휴대폰은 집 안에서 발견되었다. 휴대폰을 소지하지 않고 외출한 것이다. 휴대폰 통화 기록에서 유의미한 내역은 발견되지 않았다. 누군가를 만나러 가기 위해 약속을 잡은 것으로 보이는 통화는 없었다고 했다.

시외버스 터미널, 기차역에 채다현의 실종 전단지를 배포하고 청소년들이 갈 법한 피시방이나 노래방, 찜질방 들 위주로 탐문을 진행하는 한편, 수사과의 강치수가 수사의 총괄을 맡기로 했다. 큰 도시 같으면 여청계와 공조했을 테지만 이곳에는 여청계가 설치되어 있지 않다.

왜 한밤중에 채다현은 학교 근처로 간 것일까? 앞으로 강치수가 밝혀내야 할 부분이었다. 그것은 채다현을 찾는 데 중요한

마중물이 될 수 있을 것이다. 강치수는 채다현의 사진을 다시 한번 응시했다. 앳된 얼굴에 그늘이 보였다. 힘든 가정사를 알고 나니 그렇게 보이는지도 몰랐다. 살아만 있어라, 꼭 찾아주마. 강치수는 중얼거렸다.

평일 오전, 수업이 시작된 은파고등학교 앞은 한적했다. 다섯 평도 안 되는 샌드위치 가게에서 요즘 유행하는 아이돌의 노랫소리만 희미하게 흘러나올 뿐이었다. 문구점에서 중년 여성이 나와 걸레로 유리창을 닦고 있었다. 주인으로 보였다. 강치수는 주변을 둘러보았다. 문제집을 주로 파는 서점, 부동산 사무실도 보였다. 야간에는 모두 폐점하는 곳들뿐이었다. 채다현이 마지막으로 목격된 것은 밤 9시경, 목격자가 없는 것도 당연해 보였다.

강치수는 학교 쪽으로 고개를 돌렸다. 철문은 양쪽으로 열려 있는 상태였다. 철문의 높이는 대략 이 미터. 학교 안으로 들어가고자 한다면 못 기어오를 높이는 아니었다. 하지만 정문 바로 앞에는 경비실이 위치해 있다. 몰래 들어가야 한다면 정문으로 가기는 어려웠을 것이다. 택시 기사도 학교 인근에서 채다현을 내려줬다고 했다. 정문이 아니라 다른 곳을 통해 학교 내부로 들어갔을 가능성이 크다.

왜 몰래 들어가야 했을까? 물건을 가지러 갔다면 경비실에 말하면 된다. 알려서는 안 되는 사정이 있었던 것이다.

"안 들어가세요?"

박인재 형사가 고개를 갸웃하며 말을 걸어왔다. 그는 수사과에 배속된 지 얼마 안 된 새내기 형사였다. 인주대학교 경호학과 출신으로 태권도 유단자인 만큼 격투 실력이 훌륭했다. 아직 수사에는 미흡한 점이 많아서 수사과장은 그를 실적 톱을 자랑하는 강치수와 한 팀으로 묶었다. 겪어보니 박인재는 이해력이 빠르고 민첩한 편이라 강치수도 그 결정에 아직까지 불만은 없는 편이었다.

"들어가야지."

강치수는 박 형사와 함께 교내로 들어섰다. 두 사람은 경비실로 향했다. 노크를 하자 문이 덜컥 열리고 칠십 대 노인이 얼굴을 내밀었다. 검게 그을린 피부는 주름이 자글자글했다. 채다현이 마지막으로 학교에 온 날 근무했던 황권중이다. 그는 벙긋 웃으면서 두 사람을 안으로 들였다. 주황색 등산 셔츠에 면바지를 입고 있었다. 허리띠 버클에 금색 용무늬가 요란하게 박혀 있었다. 그는 이따금 허리띠를 잡고 바지를 끌어 올렸는데 습관 같아 보였다. 그의 뒤로 경비원 정복이 단정하게 걸려 있었다.

"퇴근도 못 하고 기다리고 있었습니다."

그는 당직전담원으로, 쉽게 말하면 야간 경비원이라고 했다. 오후 4시 30분 출근해 다음 날 오전 8시 30분에 퇴근하고, 격일 근무를 하고 있다고 했다.

"7월 25일 밤, 학교에 들어온 학생을 못 보셨습니까?"

황권중의 안내에 따라 벽에 부착된 나무 침상에 앉은 강치수는 수첩을 꺼내며 질문을 시작했다. 황권중은 책상 의자를 끌고 와 두 사람 앞에 앉았다.

"그렇잖아도 다른 형사님들이 물어봐서 말씀드렸는데, 저는 못 봤어요. 학생이 아니라 누구라도 학교에 들어왔으면 내가 가만히 있지 않지."

강치수는 고개를 끄덕거렸다. 묘하게 반말을 섞고 있지만 딱히 기분이 나쁘지는 않다.

"그날 학교에 누가 있었습니까?"

"그렇잖아도 경찰에서 연락받고 생각해봤는데 그날 김 선생님이 야근을 하셨더라고요. 2학년 김준후 선생님."

학교까지 왔던 학생이 실종된 사건이다. 당연히 학교 내 CCTV 영상은 전부 수거해 분석을 마친 상태였다. CCTV를 근거로 그날 학교에는 담임교사 김준후와 경비원 황권중이 있었던 것을 확인했다. 두 사람이 채다현의 실종과 관련이 없다고 배제할 수는 없었다.

"그날 근무 일지를 좀 보여주시겠습니까?"

강치수의 요청에 황권중은 앉은 그대로 의자의 바퀴를 밀어 책상에서 검은색 파일을 꺼내 왔다. 겉면에 "근무 일지"라고 적혀 있었다. 파일을 몇 장 넘기더니 강치수에게 내밀었다. 7월

25일, 채다현이 마지막으로 포착된 날이었다.

오후 4시 30분에 출근한 그는 학생들이 거의 하교했을 시간인 7시에 분리수거장 청소를 하며 정문을 잠갔다. 이후 8시 40분 학교 내 담벼락을 따라 순찰을 했고, 경비실에 돌아왔을 때는 9시가 조금 넘어 있었다. 벤치가 있는 쉼터나 화단에 버려진 쓰레기도 치우기 때문에 그 정도 시간이 걸린다고 했다. 채다현이 택시에서 내린 것은 8시 53분. 채다현이 담을 넘었더라도 경비원이 보지 못했을 이유가 충분했다. 이후 10시부터 교내 순찰을 돌았다고 되어 있었다.

"여기에 적힌 이외에는 주로 경비실에 계십니까?"

"그렇죠. 순찰 말고는 딱히 할 일은 없어요. 혹시 불이 나거나 문제가 생길까 봐 대기하는 거니까."

그렇게 말하던 그는 돌연 눈을 커다랗게 떴다.

"혹시 절 의심하는 겁니까? 전 그 학생이 누군지도 몰라요. 여기서 학생 한두 명 보는 것도 아니고요."

강치수 대신 옆에 앉아 있던 박인재가 손을 내저었다.

"그런 건 아닙니다. 전체적인 상황을 파악하려는 것뿐입니다. 경비실의 눈을 피해 누군가 들어올 수도 있고요."

그 말을 듣고 나서야 꼿꼿하게 세운 황권중의 허리에 힘이 빠졌다. 강치수는 그저 묵묵히 일지만을 내려다보았다. 사실 그에 대한 의심이 전혀 없는 것은 아니다. 학교에 들어왔을 것으로 추정되는 학생이 실종되었고, 학교 내부에는 사람이 있었다. 단 한 명도 의심의 끈을 놓지 않고 수사해야 하는 것은 당연하다.

"그날 있었던 일들에 대해 말씀해주세요. 뭐든 상관없습니다. 그날 하신 일이나, 보신 것들 전부 다요."

황권중은 잠시 생각하는 듯 바닥으로 눈을 내리깔았다. 허벅지에 올려둔 손을 까딱거렸다.

"그날, 별건 없었어. 그냥 다른 날과 똑같이 일했고 남은 시간에는 책을 읽었지. 무협지요."

그는 책상 위를 가리켰다. 칼을 든 무사가 그려진 표지의 무협지가 다섯 권 정도 쌓여 있었다.

"학교 도서관에서 버린 걸 주워다 읽다 보니 재밌어서 계속 읽어. 그러다가 정문 잠글 시간이 돼서 학교를 한번 돌았는데, 교무실 불이 아직 켜져 있는 거야. 가보니까 김 선생님이 아직 일하고 있더라고."

점차 빈도수가 줄어가던 존댓말이 완전히 사라졌다.

"선생님이 그렇게 늦게까지……. 자주 있는 일인가요?"

"야근은 자주 하지. 그렇게 늦게까지는 아니더라도 김 선생님은 특히 잔업이 많으신 편이거든. 이 학교에 온 지 얼마 안 되는데다 젊으니까 일을 많이 떠맡아."

황권중은 큰 비밀이라도 말하는 듯 코를 찡그리며 목소리를 낮췄다. 대답 없이 잠시 기다리자니 그가 말을 이었다.

"그래서 교무실 들어가서 인사를 했고."

"혼자 계셨습니까?"

"그럼 혼자 있지 누구랑 있어."

교무실은 책상이 상당히 많고 넓다. 혹시 누군가 숨어 있었다면 황권중도 모르지 않을까?

"인사하고 나와서 다시 경비실로 돌아갔어. 그리고 한 이삼십 분 정도 있었을까. 생각해보니까 김 선생님이 나가려면 다시 정문을 열어야 하잖아. 김 선생님은 차를 끌고 다니니까. 언제 나가려나 물어보려고 다시 교무실로 갔지. 안 나가고 있으면 내가 잠도 못 자니까."

어차피 대기 근무이기 때문에 긴 시간 틈틈이 쪽잠을 잔다고 그는 변명처럼 말했다.

"그래서 다시 교무실에 갔는데…… 아!"

그는 생각났다는 듯 무릎을 쳤다.

"교무실에 갔는데 김 선생님이 없었어. 불이랑 컴퓨터도 그냥 켜져 있고. 이상하다 싶어서 복도로 나왔고, 보이지 않아서 위층으로 올라가는데 1층에서 날 부르더라고. 그래서 다시 내려왔어. 김 선생한테 물어보면 알 거야."

강치수가 물었다.

"어디를 갔다 왔다고 합니까?"

"일하다 보니까 배가 고파서 실습실에 갔다 왔다고 하던데.

가끔 선생들이 거기에 라면 숨겨놓고 몰래 끓여 먹거든."

황권중이 웃으며 말했다. 강치수는 눈을 가늘게 떴다. 황권중의 말에서 뭔가 마음에 걸렸는데 그게 뭔지 알 수가 없었다. 강치수의 표정 변화를 눈치챈 박인재가 시선을 보냈다. 뭔가 의심스럽냐고 눈으로 묻고 있었다. 고개를 살짝 저으면서 다시 황권중에게 시선을 옮겼다.

"내가 끓여주마 하고 경비실로 모시고 갔지. 가서 같이 라면 끓여 먹고……. 그대로 김 선생님은 교무실로 가고, 나는 순찰 시간이 돼서 경비실로 가서 순찰시계 갖고 나왔어. 1층 돌고 2층을 돌았나…… 돌 때였나, 김 선생이 가야 한다고 그래서 교문 열어주고, 김 선생은 그길로 퇴근했어. 나는 순찰 마저 돌고. 내가 순찰 돈 기록은 행정실 가보면 남아 있을 거야. 그건 고칠 수도 없는 거라고 하니까."

한참을 말하던 그는 갑자기 김준후 교사가 퇴근한 이후 자신의 알리바이를 증명해줄 사람이 없다는 것을 깨달은 모양이었다. 굳이 묻지도 않은 순찰 기록 이야기를 덧붙였다. 하지만 강치수의 관심은 거기에 있지 않았다.

"2층 돌 때, 라고 하셨는데, 그럼 김준후 선생님이 직접 문을 열어달라고 황 선생님을 찾아 올라오셨다는 건가요?"

자신을 '선생님'으로 부르는 것을 처음 들어본 듯 황권중은 어색하게 웃으며 대답했다.

"아니. 그러고 보니 김 선생님이 내려왔네."

"내려오셨다고요?"

"3층에 있었나 봐. 김 선생이 담당하는 2학년 교실이 3층에 있으니까."

"그 시간에 왜 교실에 가신 거죠?"

황권중은 어깨를 으쓱했다.

"그건 모르지. 내가 상관할 바 있나? 김 선생한테 한번 물어보지?"

강치수는 고개를 끄덕거리며 옆에 앉아 있는 박인재의 수첩으로 시선을 던졌다. 박인재는 황권중이 말한 것들을 순서에 따라 자세히 적고 있었다. 시키지 않아도 꼼꼼히 메모하는 것이 마음에 들었다.

"시간 내주셔서 감사합니다. 퇴근도 못 하시게 하고 죄송합니다."

"끝난 거야?"

"나중에라도 다시 여쭤볼 것이 있으면 또 요청드릴 수도 있습니다."

피곤하다는 듯 노골적으로 목을 꺾으며 황권중이 일어섰다. 두 사람도 그를 따라 경비실에서 나왔다. 경비실 앞에서 두 사람은 황권중과 헤어져 학교 본관으로 향하는 플라타너스길을 따라 걸었다. 옆으로 운동장이 있었지만 사람은 없었다. 여름 매미가 곳곳에서 울어대어 본격적인 더위를 실감케 했다.

"교내 CCTV 위치는 어디 어디지?"

강치수의 질문에 박인재가 주저 없이 대답했다.

"학교 정문, 후문과 교사용 주차장, 매점 건물 앞, 그리고 학교 본관 1층 출입구를 비추는 CCTV가 있습니다."

"영상은 다 받았지?"

"네."

"경비원의 증언이 그대로인지 CCTV하고 비교해봐."

"알겠습니다."

두 사람은 빠르게 걸어 본관에 도착했다. 본관은 콘크리트 건물로 운동화를 그대로 신고 들어가는 방식이었다. 본관 출입구는 1층 정중앙에 위치해 있었고 정면으로 계단이 보였다. 들어가는 방향에서 왼쪽으로는 교무실이, 오른쪽으로는 행정실과 보건실이 있었다. 교무실 맞은편에는 교원용 화장실이 있었다. 교무실로 가기 위해 왼쪽으로 몸을 돌려 걷던 박인재는 강치수가 따라오지 않는다는 것을 깨닫고 뒤돌아보았다. 강치수가 걸음을 멈춘 채 어딘가를 응시하며 서 있었다. 박인재는 그 시선을 따라 고개를 돌렸다. 복도 끝 정면으로 실습실의 문이 있었다.

"왜요?"

박인재가 다가가 물었다.

"아까 말이야."

실습실에서 눈을 떼지 않은 채로 강치수가 말했다. 의혹이 깔린 목소리였다.

"경비원이 말했지. 퇴근 시간을 물어보려고 교무실로 갔는데 야근하던 선생이 없었다고."

"김준후 선생님이요. 실습실에 있었다고 했잖아요."

강치수가 박인재를 보았다.

"경비원 본인도 눈치채지 못한 것 같은데, 이렇게 말했지. '교무실에 갔는데 김 선생님이 없었어. 불이랑 컴퓨터도 켜져 있고. 이상하다 싶어서 복도로 나왔고, 보이지 않아서 위층으로 올라가는데 1층에서 날 부르더라고. 그래서 다시 내려왔어'."

강치수는 자신이 기억하는 한 최대한 정확히 경비원의 말을 읊었다. 박인재도 기억하고 있는 말이었다. 하지만 박인재는 강치수가 무슨 말을 하고 싶은 건지 얼른 이해할 수가 없었다. 다시 들어도 의아한 점은 없었기 때문이다.

"저 실습실은 복도 정면으로 문이 나 있어서 내부에 불이 켜져 있다면 경비원이 알았을 거야. 그랬다면 자연히 실습실로 갔겠지. 근데 불이 안 켜져 있으니 위층으로 올라간 거고."

"근데 위층으로 올라가다 선생님이 1층에서 불러서 다시 내려왔다고 했잖아요."

"위층에 있다가 저쪽 계단을 통해 내려왔다면 어떻게 될까?"

박인재는 강치수가 가리키는 쪽을 따라 복도 끝에 있는 계단으로 시선을 옮겼다. 그는 고개를 갸웃했다.

"굳이요?"

"경비원이 교내 순찰을 돌 때 선생은 3층에 있었다고 했지? 혹시 그때도 선생이 3층에 있었던 건 아닐까?"

"3층에서 뭘 해야 해서요?"

"글쎄."

강치수는 교무실을 향해 돌아섰다. 그의 눈에 날카로운 빛이 스쳤다.

"본인에게 물어봐야지."

3

강치수 형사는 보기 좋게 그을린 피부에 날카로운 눈을 가지고 있었다. 각진 턱은 강인해 보였고, 입고 있는 여름 블레이저 위로도 과연 형사구나 싶은 근육들이 보였다. 그와 함께 찾아온 남자는 박인재 형사라고 했지만 수사의 보조 역할을 맡은 듯 한 걸음 뒤로 물러나 있는 태도였다. 형사 두 사람을 맞은 곳은 학생 면담실이었다. 그렇게 하도록 교감의 지시가 있었다. 교무실은 학생도 학부모도 자주 찾아온다. 형사를 만나는 모습을 보면 면학 분위기를 해칠뿐더러 학교 이미지에도 좋지 않다는 판단이었다. 준후에게도 이편이 편했다. 호기심에 흘깃거리는 선생들의 시선을 받으며 진술을 해야 하는 것은 부담이었다. 해서는 안 될 말이 있어서 더욱 그러했다.

두 사람을 자리에 앉도록 안내한 후 준후는 복도에서 보이도록 학생 면담실 문에 사용중 팻말을 걸었다. 그러고는 문을 닫고 돌아와 커피를 준비했다. 두 사람 모두 면담실 안을 두리번거리며 살피는 것이 느껴졌다. 긴장되는 마음을 풀어보려 했지만 쉽지 않았다.

"고생 많으시네요."

그가 커피를 가지고 와 테이블 위에 올려놓으며 먼저 말문을 열었다. 자연스러워 보이려는 의도였다. 아닙니다, 강치수가 대답했지만 커피 잔은 바로 들지 않았다.

"이렇게 찾아온 것은……."

드디어 시작이다.

"알고 계시겠지만 선생님께서 신고하신 채다현 학생의 실종 때문입니다."

"아직 행방은 모르나요?"

"안타깝게도요. 그래서 말인데요, 선생님께서 실종 신고를 하신 게 7월 28일 저녁이죠. 학생이 학교에 나오지 않은 지 나흘째 되는 날요."

"맞습니다."

"진술하신 걸 보면 학생이 전에도 그런 일이 있어서 곧 등교할 거라고 생각했기 때문에 신고가 늦어졌다고 하셨다는데."

"맞습니다."

준후는 곧장 대답했다. 주저하는 모습을 보여서는 안 된다고 생각했다.

"하루이틀 정도 나오지 않는 날이 종종 있었습니다. 사나흘쯤 결석했던 때도 있었죠. 전화해보면 자고 있었다, 라는 어이없는 말을 할 때도 있었습니다. 어린 나이고 부모님도 계시지 않으니까 생활이 좀 제멋대로인 부분이 없지 않아 있었습니다. 그래서 이번에도 그런 거라고 생각했습니다."

"전화도 받지 않았는데요."

"네. 예전에도 전화를 안 받는 일이 없었던 게 아니에요. 그래서 그때는 '또야' 하고 어이없다고 생각했을 뿐이었습니다. 나흘째 되던 날에도 아무래도 안 되겠다 싶어 혼내줄 생각이었지 아이가 없어졌을 거라고는 생각도 안 했습니다. 다현이 실종 신고를 하면서 조금 더 일찍 찾아봤어야 했다고 생각했습니다. 솔직히, 담임으로서 실수했다고 생각합니다."

흠, 하고 강치수가 고개를 끄덕거리며 수첩 안을 들여다보았다. 뭔가 메모가 되어 있긴 했지만 준후가 앉은 자리에서는 보이지 않았다.

"혹시 가출이라고 생각하실 만한 일은 없나요? 예를 들면 평소에 아이돌이 되고 싶어 했다거나. 오디션을 보러 갔을 수도 있는 거죠."

준후는 바로 고개를 저었다. 다현이 아이돌이라니, 자기도 모르게 웃음을 터뜨릴 뻔했다. 다현의 세상은 좁았다. 아이돌이니 게임이니 하는 평범한 아이들의 관심사는 다현의 세상에 있지 않았다. 다현은 그저 하루하루를 무심히 살아내고 있었다. 준후를 만나기 전까지 자신의 삶은 버석거리는 모래로 꽉 차 있었다고 했다. 숨이 막히고 벗어날 수 없는.

하지만 아니라고 말해서는 안 된다. 이 증언에서 그는 다현에게 있어 선생일 뿐인, 철저한 제삼자의 입장이어야 한다.

"그런 말을 들은 적은 없습니다."

"짚이시는 데도 없고요?"

"네."

"교우 관계는 어떤가요?"

"글쎄요. 원만하다고 해야 할까. 특별히 문제는 없는 걸로 알고 있습니다만……. 다현이 성격이 활발한 편은 아니라서 애들끼리 몰려다니고 그런 걸 본 적이 없네요. 친구가 별로 없었어요."

"절친이라고 할 만한 학생이 없다는 뜻인가요?"

의아해하며 박인재 형사가 물었다. 준후는 그쪽으로 시선을 돌리며 고개를 끄덕였다.

"제가 알기론 그렇습니다. 걱정되기는 했지만 애들이 괴롭히는 건 아니라서 왕따라고 보기에도 애매하니까 제가 할 일은 없었습니다. 지켜보기만 할 뿐이죠."

"이 학교에 오신 지 삼 년쯤 되셨다고 들었습니다."

"네, 맞습니다. 다현이는 1학년 때도 제가 담임이었습니다."

"보호자가 없는 걸로 알고 있습니다."

그 말에 준후는 시선을 바닥으로 떨구었다.

"맞습니다. 부모님이 안 계셔서 할머니 손에서 컸는데 1학년 때 할머니도 돌아가셨죠. 장례를 치러줄 어른이 없어서 제가 대신 했습니다."

"채다현 학생이 선생님을 많이 의지했겠군요."

준후는 말한 직후, 장례 얘기는 꺼내지 말았어야 했다고 후회했다. 다현의 교우 관계에 대해 잘 모르는 듯한 말이 계속되면서 자신도 모르게 압박감을 느꼈다. 나쁜 선생이 아니라고 변명하고 싶어진 바람에 하지 말아야 할 말을 하고 말았다. 강치수 형사의 말에 씁쓸하게 웃으며 고개를 저었지만 어색하지는 않을까 걱정이 되었다.

"혹시 고민을 상담하거나 하지는 않았습니까?"

"전혀요."

"지금까지 확인된 것으로는 실종 당일 밤 학교로 온 것이 마지막 행적입니다. 혹시 짚이는 것 없으십니까? 학교에 올 만한 일 같은 거요."

준후는 잠깐 허공을 응시하며 생각하는 모습을 보였다.

"글쎄요. 잘 모르겠습니다. 밤에 학교 올 만한 일이 없을 것 같은데."

"혹시 선생님께 뭔가 의논을 하려고 온 것은 아닐까요?"

바로 대답이 나오지 않았다. 이들은 다현이 학교 안으로 들어왔을 거라고 단정 지어 생각하고 있다. 다현이 정문을 통해 들어왔을 리 없다고 생각해서 부정하면 될 거라고 생각했지만, 학교에 들어왔다는 명확한 근거가 CCTV 같은 데 찍혀 있는지 모른다. 학교 안에는 두 명이 있었고, 만약 누군가를 만나러 왔다면 그것은 선생인 자신일 거라 생각하는 것이다. 거의 만날 일이 없는 당직전담원을 만나러 올 리는 없기 때문이다.

"그건 아닐 것 같은데요. 만약 무슨 일이 있어서 급히 의논을 해야 했더라도 전화를 하고 왔겠죠. 제가 담임을 맡고 있는 학생들에게는 전부 전화번호를 공유하니까요. 그리고 그날 제가 야근을 하는지 다현이는 몰랐을 것 같은데요. 정해진 근무 시간이 아니니까요."

두 형사 모두 고개를 끄덕이는 걸로 봐서 준후의 말을 부정적으로 생각하는 것 같지는 않았다. 실종 신고가 접수된 직후 상대가 미성년자이므로 경찰은 빠르게 수사를 진행했을 것이고, 통신 기록 확인은 가장 기본이었을 터다. 기록에 준후와 관련된 내역은 없었을 것이다.

준후는 다현에게 별도의 휴대폰을 사주어 다행이라고 생각했다. 다현이 학교에 가지고 다니는 핸드폰은 등교 즉시 당번이 수거하도록 되어 있는데, 간혹 나누어주다가 핸드폰이 뒤바뀌는 일이 있었다. 다현과 개인적인 통화나 메시지를 주고받는 것이 들통날 위험성이 다분했다. 자신과 연락하는 용도의 핸드폰을 개설해주자 전용 핫라인이라도 생긴 것 같다며 다현은 좋아했다. 물론 준후 명의였다. 그러니 경찰에서 아무리 다현의 휴대폰을 조사해도 준후와 관련된 것은 나오지 않는다. 자신과의 통화에만 사용되던 핸드폰은 전원이 꺼진 채 땅속 깊은 곳에 잠들어 있다. 다현과 자신만의 내밀한 추억을 간직한 채로.

"선생님께서는 7월 25일 야근을 하셨다고 들었는데요."

"네."

"퇴근 후 무엇을 하셨습니까?"

준후가 빤히 보자 강치수가 변명하듯 덧붙였다.

"오해는 마십시오. 확인차 드리는 질문입니다."

"집으로 갔습니다. 성문아파트에 살고 있어요."

강치수가 고개를 끄덕였다. 다현의 가족 사항이나 성적 문제 등에 대해 몇 가지를 더 확인한 뒤에는 준비해 온 질문이 어느 정도 끝난 모양이었다. 박인재 형사가 메모를 하던 수첩을 슬쩍 덮는 것이 보였다. 실종 신고가 늦어진 부분에 대해서는 실수라고 인정한데다, 마지막으로 목격된 날 학교에서 다현을 본 적도 연락을 받은 적도 없고, 사라질 만한 연유도 알지 못한다고 하는 데에야 더이상 물어볼 것은 없을 터다. 슬슬 마무리를 지어가는 낌새를 보던 준후가 잠시 고민을 하다 입을 열었다.

"혹시, 다현이가 나쁜 일을 당했을 수도 있는 건가요?"

일어서려던 박인재 형사가 그를 보았다. 대답을 한 것은 강치수 형사였다.

"여러 가능성을 열어두고 있습니다."

"꼭 좀 찾아주십시오."

사라진 다현을 찾아달라는 담임교사의 당연한 부탁으로 들릴 것이다. 하지만 그가 알고 싶은 것은 다른 데 있다. 다현의 시신은 언제고 떠오를 것이다. 그렇게 되면 살인 사건으로 전환된다. 형사들은 다현을 죽인 범인을 찾기 위해 혈안이 될 것이다. 반드시 범인을 찾아 응분의 대가를 받도록 해줬으면 좋겠다. 그것은 진심이었다. 그 아이의 미래를 빼앗을 권리는 아무에게도 없었다. 더이상 다현의 웃음을 볼 수도, 사과 향이 나는 머리칼을 만질 수도, 따스한 살 냄새를 맡을 수도 없다는 사실에 폭발할 것 같은 분노가 일었다. 누가 그런 잔인한 일을 벌였는지, 반드시 그 얼굴을 보고 싶다. 다현의 시신을 처리한 자신 역시 위험해질 수도 있지만 범인을 잡아야 한다는 생각에는 변함이 없다. 어차피 자신의 알리바이는 완벽하다. 형사가 알아낼 수 없다.

"최선을 다하겠습니다."

강치수 형사가 준후를 향해 고개를 숙였다.

두 형사가 일어나 나간 직후, 준후도 면담실의 불을 끄고는 뒤따라 복도로 나갔다.

“소식 있으면 꼭 알려주세요.”

“연락드리겠습니다.”

준후가 인사하자 박인재 형사가 목례로 답했다. 인사를 마친 박인재가 걸음을 옮겼다. 하지만 곧 그는 자리에서 멈춰 뒤를 돌아보았다. 준후 역시 의아한 눈길로 그쪽을 보았다. 강치수 형사가 어딘가 응시한 채 서 있었기 때문이다. 그가 보는 방향을 따라 시선을 옮긴 순간 준후는 잠시 숨을 쉴 수가 없었다.

강치수 형사는 복도 끝을 응시하고 있었다. 복도에는 옆으로 창이 나 있었고, 복도에 섰을 때 정면으로 보이는 벽면에도 창이 있었다. 강치수 형사가 보고 있는 것은 복도 끝 정면에 위치한 창이었다. 창 너머로 큰 아름드리나무가 잎을 드리우고 있었다. 단지 풍경을 내다보는 것뿐일까, 아니면…… 아니, 그럴 리가 없다. 아직 다현이 죽었다고 밝혀진 것도 아니다. CCTV를 피해 시신을 옮길 방법까지 형사가 생각할 타이밍이 아니다. 괜히 긴장하지 말자. 준후는 불안하게 일렁이는 가슴을 억눌렀다.

“왜요?”

박인재 형사가 강치수의 옆으로 다가서며 물었다. 강치수는 생각에서 벗어난 듯 고개를 돌리고 그를 보았다.

“아니, 오늘은 얼마나 더우려나 싶어서.”

바람 빠지는 소리를 내며 강치수가 웃었다. 웃음에 진심은 별로 느껴지지 않았다.

몸을 돌린 강치수가 한 번 더 준후를 향해 목례를 한 후, 박인재와 복도를 걸어 본관을 빠져나갔다. 창에 선 채로 준후는 운동장 쪽을 내려다보았다. 무슨 대화를 하는지 두 사람은 걸으면서도 뭔가 손짓을 하거나 어딘가 가리키기도 했다. 두 사람이 학교를 완전히 벗어난 뒤 준후는 천천히 몸을 돌렸다.

"안녕하세요."

여학생 두 명이 빠르게 걸어오다 허리를 꾸벅 숙이며 인사를 했다. 준후는 웃음으로 인사를 받아주었다. 여학생들은 교실로 들어갔다. 1반 학생인 모양이다. 계단에서 소란스럽게 소리를 질러대며 올라오던 남학생들도 준후를 발견하고는 민망한 듯 목을 움츠렸다. 준후는 부드러운 미소와 함께 손가락을 입술 가운데에 올렸다. 남학생들이 인사를 하고 지나갔다. 아이들을 보던 준후의 얼굴에서 서서히 웃음이 사그라졌다. 준후는 조금 전 강치수 형사가 응시하던 유리창 쪽으로 고개를 돌렸다.

그날 밤, 다현의 시신을 발견한 후 그는 제정신이 아니었다. 신고를 하려 했지만 그렇게 하면 자신의 인생은 그대로 침몰하게 될 것을 직감하기까지 그리 오랜 시간이 걸리지 않았다. 다현의 시신이 발견되더라도 학교가 아닌 다른 곳이어야 했다. 자신과의 접점이 없어야 했다. 물론 다현의 몸에 남은 자신의 정액도 문제였다.

고민할 수 있는 시간은 길지 않았다. 야간 순찰을 위해 경비원이 나오는 것을 보았기 때문이다. 야간 순찰 시간과 도는 코스는 업무 규정으로 정해져 있다. 순찰을 돌지 않고서도 거짓말하는 경우를 대비해 순찰 구역에 기계가 달려 있다. 경비원에게는 리모컨 모양의 순찰시계가 지급된다. 그것을 순찰 지점에 달려 있는 칩에 찍으면 순찰 시간이 기록된다. 매일 아침 행정실에서는 자료를 업데이트해 일정 기간 보관해놓는다. 순찰지점칩은 각 층은 물론 옥상에도 달려 있다. 경비원은 반드시 3층까지 올라올 것이다.

다현의 시신을 교실에 숨겨놓고 경비원의 눈을 피할 수도 있었다. 하지만 곧장 자신이 따라 내려가지 않으면 경비원은 의아하게 생각할 것이다. 어쩌면 경찰 조사에서 그날 밤 준후가 3층에 혼자 남아 있었고, 무슨 일인지 따라 내려오지 않았다는 이야기를 할지도 모른다.

준후는 다현의 시신을 끌고 교실 밖으로 나갔다. 복도 끝 유리창으로 던질까 하는 생각을 하기도 했다. 그러나 밤이다. 적막한 학교는 작은 소리도 울려 퍼지는 법이었다. 심지어 1층 출입구에는 CCTV도 달려 있다.

그 순간 완강기가 눈에 들어온 것은 천운이었다.

완강기는 화재가 났을 때 밖으로 안전하게 탈출하기 위해 설치된 피난 기구다. 화재 대피를 위해 전체 교직원을 상대로 실시

한 안전 교육에서 준후는 완강기 사용법을 익혔다. 더 생각할 시간은 없었다. 빠르게 달려간 준후는 함을 열어 완강기를 꺼낸 뒤 다현의 시신을 끌고 복도로 나왔다. 시신이 되어버린 다현의 몸은 생각보다 무거웠다. 그사이 1층에서 덜컥거리는 소리가 들렸다. 경비원이 현관문을 열고 들어온 것 같았다. 마음이 급해졌다. 로프에 다현의 몸을 묶은 뒤 바깥으로 내렸다. 원래는 대피하는 사람이 스스로 로프를 풀어 밑으로 내려가야 하지만 지금은 상황이 달랐다. 준후는 힘으로 로프를 당겨 도르래가 움직이도록 했다. 다현의 몸이 서서히 아래로 내려갔다.

땅에 다현의 몸이 닿은 것을 확인하고 재빨리 창문을 닫았다. 로프 때문에 완전히 닫히지 않았다. 자세히 보면 완강기에 연결된 로프도 보일 것 같았다. 하지만 준후는 인간의 방심을 믿었다. 익숙해진 상황에서 인간은 방심한다. 매일매일 같은 일상은 확인하지 않아도 계속 이어질 거라고 믿기 마련이다.

준후의 예상은 틀리지 않았다. 3층으로 올라온 경비원은 계단 전면에 달린 순찰칩을 찍고는 주변을 쓱 훑어볼 뿐이었다. 어두컴컴한 복도 끝의 일상과 어긋나 있던 것은 그의 눈에 들어가지 않았다. 물론 빠르게 다가선 준후가 시선을 빼앗은 탓도 있었다.

“어, 선생님? 왜 여기에 계세요?”

“교실에 자료 좀 갖다 놓고 가려고요. 이제 퇴근하려던 길이었습니다."

교실에 가져다 놓을 자료 따위는 없었다. 수업에 필요한 자료는 모두 교무실에서 보관하고 수업 때에 가져가는 것이 일반적이다. 하지만 경비원이 그런 것까지 알 리가 없었다. 물론 지금 학교 건물 외벽에 시체가 매달려 있다는 사실도.

"그러세요? 전 순찰 돌고 있는데. 바로 퇴근하실 거죠? 교문 열어드려야 하는데."

그는 4층으로 올라가는 계단 앞에서 우물쭈물했다. 다시 나갔다가 돌아오려니 귀찮은 모양이었다.

"아니에요, 기다릴게요. 마저 돌고 오세요."

"그래도 될까요?"

그는 흐흐, 비굴하게 웃으며 4층으로 올라갔다. 그사이 준후는 재빨리 1층으로 내려가 가방을 들고 본관 건물 뒤편의 교사 전용 주차장으로 향했다. 주차장에는 CCTV가 있어서 시신을 옮겨 올 수가 없었다. 차를 끌고 건물 옆에 대었다. 로프에 매달려 있는 다현의 시신은 바닥을 향해 고개가 늘어져 있었다. 한쪽으로 다현의 몸을 받쳐 들고 로프를 풀었다. 다현의 몸이 그대로 준후에게 기울어졌다. 그 무게가, 마음 아팠다.

'미안하다.'

준후는 시신을 트렁크에 실었다. 그러고는 1층 유리창 아래에 몸을 숨기고 인기척을 살폈다. 잠시 후 경비원이 1층으로 내려와 현관문을 통해 나가는 것이 보였다. 경비원이 나간 뒤 유리창을 통해 1층 복도로 들어갔다. 여름이라 거의 모든 창문에 걸쇠가 걸려 있지 않아 다행이었다. 그는 곧장 3층으로 올라가 완강기를 원래대로 해놓고 창문을 닫았다. 다시 1층으로 내려와 창문을 통해 바깥으로 나가 운전석에 올라탔다. 그대로 차를 타고 경비실로 향했다. 그사이 경비원은 교문을 열고 그를 기다리고 있었다.

"좀더 걸리실 줄 알고 기다렸는데."

차에 앉아 경비원이 돌아올 때를 기다리다 이제야 나온다고 생각하게끔 한 말이었다.

"아이고, 늦게까지 일하신 분을 더 기다리게 하면 안 되죠. 후딱 하고 내려왔어요."

"고생하세요."

준후는 그렇게 다현의 시신을 바깥으로 가지고 나오는 데 성공했다.

호수에서 시신이 발견되면 그곳을 중심으로 수사가 이어질 것이다. 호수까지 시신을 옮긴 것은 자신이지만 그쪽도 이미 다 생각해두었다.

준후는 유리창에서 시선을 거두고 몸을 돌렸다. 교무실로 내려가 수업에 들어갈 준비를 시작했다. 그때 옆자리에 앉은 선생이 손을 뻗어 그의 책상을 두드렸다. 준후가 고개를 들고 그녀를 보았다. 영어를 가르치고 있는 선생님이었다. 마흔 살에, 미혼이었다. 빨갛게 칠한 입술을 끌어 올려 미소를 지었다. 매혹적으로 어필하고자 하는 속내가 뻔히 보였지만 자신에게만 그러는 것은 아니었다. 남자 선생에게는 대부분 그랬다. 여자 선생들 사이에서 소문이 좋지 않은 것을 알고 있었다.

"교감선생님이 찾으세요."

형사들이 어떤 질문을 했는지 궁금해하는 것이 뻔했다. 준후는 살짝 묵례하고는 그대로 일어나 교감선생님의 자리로 갔다.

그리고 그날 정오, 다현의 시신이 삼은호수에 떠올랐다. 그 시각 준후는 밥을 먹고 있었다.

4

스물아홉 살 이기영이 삼은호수에 온 것은, 홀가분한 반면 무거워진 기분을 덜어내기 위해서였다. 그는 대학교를 졸업한 이후 반려동물 잡지사에 취직해 삼 년여를 일해왔다. 첫 직장이었기에 나름대로 최선을 다했지만 자꾸만 솟아오르는 회의감을 이기지 못해 사직서를 냈다. 사진을 전공했기에 전문 사진작가가 되는 것을 꿈꿨지만 그가 찍는 사진이라고 해봐야 사람의 것보다 비싼 개의 옷이나 장난감, 사료 따위였다. 협찬사의 마음에 들기 위해 때로는 강아지를 괴롭혀 펄쩍 뛰는 사진도 찍어야 했다. 그가 그동안 배워왔던 사진작가로서의 사명감이나 철학을 담기보다 상품성을 더욱 돋보이게 전달하기 위한 사진을 찍어야 했다. 괴로움을 억눌렀지만 회사를 그만두기로 한 것은 어쩌면 정해진 수순이었는지도 모른다.

더이상 억지로 사진을 찍지 않아도 되니 홀가분했다. 하지만 한편으로는 불안감이 도사리고 있었다. 앞으로 무엇을 어떻게 해야 할지 정해진 것은 아무것도 없었다. 벌써 스물아홉이니 더 이상 부모님께 기댈 수도 없다. 어떻게든 자신의 길을 찾아야 한다는 부담감이 그를 짓눌렀다. 결국 또다시 자신에게 맞지 않는 직업을 선택하게 될지도 모른다는 두려움이 들었다. 그런 기분을 잊기 위해 그는 큰마음을 먹고 여행 계획을 세웠다. 국내 각지에 알려지지 않은 명소를 찾아내겠다는 계획이었다. 그렇게 쌓은 데이터로 여행 관련 책을 내고 싶다는 나름의 목표가 있었다.

은파면에 있는 삼은호수는 이기영의 열다섯 번째 여행지였다. 블로그에서 우연히 삼은호수의 이름을 발견했지만, 자세한 사진이나 정보는 찾을 수가 없었다. 몇 년 전 은파면의 재개발 구역에서 이사를 나온 사람이 삼은호수를 떠나는 것이 아쉽다고 올렸던 글이 유일했다. 딱 한 장뿐인 사진은 이기영을 삼은호수로 향하게 만들었다. 수면 위에 부서지는 햇살이 아름다웠고 호수 주변으로 무심하게 서 있는 나무들이 장관이었다. 저녁놀 지는 모습이 궁금해지기도 했다.

은파면으로 들어선 이기영은 경찰서를 찾아 삼은호수의 위치를 물어 그곳에 도착했다. 출입이 제한되었다는 얘기는 들었지만 딱히 제재하는 사람도 없었다. 눈앞에 펼쳐진 풍경에 그는 곧

바로 "역시!"를 외쳤다. 사진 그대로 삼은호수는 아름다웠다. 아직 알려지지 않았다는 게 신기할 지경이었다.

이기영은 서둘러 카메라를 꺼내 테스트 숏을 찍었다. 햇살은 뜨거웠지만 덕분에 사진이 깨끗하게 잘 나왔다. 그는 막막한 현실을 잊고 호수 둘레를 걸으며 여기저기 사진을 찍었다. 몸에 진득하게 들러붙는 습기도 그의 열정을 막지 못했다. 그러던 중 뷰파인더에 뭔가 자연스럽지 않은 물체가 걸렸다. 이기영은 카메라에서 눈을 떼고 그쪽을 보았다. 호숫가 저쪽 멀리에 희고 커다란 덩어리 같은 것이 걸려 있었다. 누가 쓰레기라도 버린 걸까. 이기적인 생각으로 자연을 훼손하는 사람은 어디에나 있다. 이기영은 카메라의 줌 기능으로 더 자세히 보았다. 순간 그는 거친 숨을 삼켰다. 그러고는 주저 없이 그쪽을 향해 달리기 시작했다.

사람이었다. 얼굴과 팔, 다리가 수면 아래쪽으로 드리워져 있었다. 수면 위로 드러나 있는 것은 등이었다. 머리카락이 수면 위에서 일렁거렸다.

달려가면서 이기영은 119에 신고해야 한다고 생각했다. 혼자서 수영을 하다 사고가 난 것인지도 몰랐다. 하지만 가까이 다가갔을 때 그는 생각대로 행동하지 못했다. 거기에서 뿜어져 나오는 기이한 냄새 때문만은 아니었다. 가까이 다가가 엉망으로 부풀어버린 흐물흐물한 목덜미의 살을 본 순간 이미 이 세상 사람이 아니라고 직감했기 때문이다.

이기영은 알려지지 않은 국내의 명소를 찾아내고 싶었다. 진평군 사람들도 잘 모르던 삼은호수는 그로부터 십여 분 뒤 사람들로 북적였다. 그러나 그것은 그가 바랐던 유명세와는 다른 방향이었다. 아름다운 삼은호수에 둘러쳐진 경찰통제선은 비현실적이었다.

삼은호수에서 발견된 시신이 실종 신고가 된 채다현이라는 사실은 어렵지 않게 확인할 수 있었다. CCTV 속 채다현과 같은 옷이었던데다, 주머니에 들어 있던 카드 지갑 안에서 학생증이 발견되었다. 연락을 받고 출동한 강치수가 박인재와 함께 현장에 도착했을 때는 이미 많은 수의 과학수사팀이 나와 현장을 통제하고 있었다. 강치수는 호수 입구보다 훨씬 떨어진 곳에 차를 주차하고는 걸어서 현장으로 향했다. 자칫 범인의 것으로 추정되는 차량의 바큇자국을 훼손시킬지도 모른다는 판단 때문이었다. 역시나 호수로 향하는 길 여기저기에 번호가 붙은 증거물 숫자판이 세워져 있었다. 현장에서 나온 증거들을 번호로 매긴 것이다. 더위에도 감식복을 입은 대원들이 땀을 흘리며 증거들을 채취하고 있었다. 가까이 다가간 강치수가 신분증을 들어 보였다.

“은파경찰서 강치수 경위입니다.”

“수고하십니다.”

7번 숫자판이 세워진 지점의 사진을 찍던 대원이 허리를 펴며 인사를 했다. 강치수는 주변을 시선으로 훑으며 말했다.

"나온 것 있습니까?"

"타이어 자국이 여러 개 나오기는 했는데……. 다섯 종도 넘습니다. 윗마을로 진입하는 유일한 길이니까요."

그의 말대로 흙바닥에는 타이어 자국이 남아 있었다. 육안으로도 다른 것임을 알 수 있을 법한 무늬도 상당수였다. 아직 채다현이 이곳까지 어떤 이동 수단으로 왔는지는 파악되지 않은 상황이다. 하나도 허투루 할 수는 없었다. 강치수와 박인재는 감식대원이 건네주는 발싸개를 신은 뒤 현장을 훼손하지 않기 위해 조심하면서 호수 쪽으로 다가갔다.

호수 주변은 관리되지 않은 잡초들로 무성했다. 족적이 남기 어려워 보이는 환경이었다.

현장에서 감식 조사관들을 지휘하고 있던 경찰청 과학수사대 반장 성필경이 강치수를 발견하고는 다가왔다. 성필경은 과학수사대에서 잔뼈가 굵은 인물로 강치수와는 여러 해에 걸쳐 안면이 있었다. 다가온 성필경과 간단히 인사를 나누었다.

"고등학생이라며?"

먼저 말을 꺼낸 것은 성필경이었다. 강치수는 그의 어깨 너머로 호숫가를 바라보았다. 채다현이 분명할 시신이 흰 천으로 덮여 있었다. 현장에서 육안으로 확인할 수 있는 감식은 끝난 모양이었다.

"네. 많이 훼손됐습니까?"

"아니. 그렇게 힘든 정도는 아냐. 그래도 피부 상태나 팽창 정도로 보면 익수된 지는 사오 일 이상 된 걸로 보여."

다현이 마지막으로 학교 앞 CCTV에 찍힌 것은 7월 25일 밤의 일이었다. 그날을 기점으로 한다면 오늘로 실종 나흘째였다. 사라진 그날 사망했다는 얘기다.

"자살인가요, 타살인가요?"

"그건 아직 알 수가 없지."

성필경은 말을 아꼈다. 그는 정확하지 않은 것을 입에 올리기 싫어했다. 육안으로 판단한 결과가 정밀 감식에서 뒤바뀌는 경우는 몇 번이고 있었다. 그는 모든 것을 명확한 검사 결과로 말했다. 신중한 태도에서 직업에 대한 확고한 신념이 엿보였다.

"그런데 말이야."

성필경은 두 사람을 시신 쪽으로 안내하며 말했다. 그는 무릎을 굽히고 앉아 시신을 덮고 있는 흰 천을 걷었다. 순간적으로 박인재는 고개를 돌려 시선을 피하고 말았다. 퉁퉁 부은 눈과 살이 그에게 두려움을 안겼다. 어딜 봐서 "그렇게 힘든 정도는 아냐"인가. 사진으로 보았던 학생이라고는 믿어지지 않았다. 강치수는 표정의 변화가 없었다. 그는 가만히 성필경의 말을 기다렸다.

성필경은 라텍스 장갑을 낀 손으로 조심스럽게 시신의 턱을 들어 올렸다.

"목에 뚜렷한 목 졸림 흔적이 있어. 근처에 몇 개의 자상도 있고 말이야."

자상은 칼에 의한 상처를 말한다. 다만 그 깊이는 아직 알 수가 없다고 성필경이 말했다. 피부가 물에 불은 탓이다. 자세한 사항은 부검으로 말할 수 있을 것이다.

강치수는 좀더 주의를 기울여 시신을 확인했다. 얇은 티셔츠에 긴바지를 입고 운동화를 신었다. 강치수의 눈이 매섭게 빛났다. 그는 채다현의 다리에 주목했다. 오른쪽 양말이 조금 돌아가 있었다. 그리고 양말 끄트머리에 바짓단이 들어가 있었다. 강치수는 사진을 찍는 대원에게 그 부분의 사진을 여러 장 찍도록 지시했다. 중요한 단서였다.

"타살이야."

육안으로 시신을 확인한 후, 현장에서 차로 돌아가는 길에 강치수가 굳은 표정으로 말했다. 박인재도 다르지 않은 의견인 듯 고개를 끄덕거렸다.

"자기가 목을 조르고 스스로 호수로 걸어 들어간 게 아니라면 말이죠."

이런 경우 목을 조른 뒤 시신을 호수에 유기했다고 보는 편이 맞는다.

"그것도 그렇지만 옷을 억지로 입힌 흔적이라고 볼 수 있어. 사망한 다음이겠지."

박인재가 낮은 한숨을 쉬었다.

"저 어린애가 무슨 죄가 있다고. 학생이기도 하지만 가난하다고 하니까 금전 문제는 아닐 테고, 역시 묻지 마 살인일까요? 친구도 없다고 했으니 원한 관계일 리도 없잖아요."

"그건 아직 확실하지 않아. 담임선생이 학생들을 백 퍼센트 안다고 할 수는 없잖아. 아무래도 그 늦은 시각에 학교로 온 게 이상해. 모르는 사람의 소행이라는 생각이 안 들어."

두 사람은 왔던 길을 되돌아 차로 향했다. 도로 쪽의 수색은 한창 진행중이었다. 혹시 모를 흔적 때문일 터다. 라텍스 장갑을 낀 대원이 손가락만 한 길이의 핀셋으로 담배꽁초를 집어 봉투에 넣고 있었다. 오래된 꽁초로 보여 증거가 될 가능성은 그다지 커 보이지 않았다.

차 앞에서 발싸개를 벗으면서 강치수는 주변을 둘러보았다. 그러고는 길을 따라 걸어 내려가기 시작했다. 보닛을 짚어 중심을 잡으며 발싸개를 벗던 박인재가 어디 가느냐고 물었지만 그는 허공에 시선을 둔 채로 발걸음을 멈추지 않았다. 호수로 들어가는 외진 길이라 CCTV가 보이지 않았다. 어느새 박인재가 빠르게 걸어와 옆에 붙었다. 거기서 오 분을 내려가자 대로변과 합류하는 지점에 설치된 CCTV가 보였다.

"여기 말고 호수로 갈 수 있는 다른 길은?"

"수풀을 헤치고 가면 불가능한 일은 아니지만 그랬을 가능성은 낮아 보여요."

박인재는 두 가지 근거를 댔다. 첫 번째는 채다현이 죽은 채로 옮겨져 왔을 경우다. 방치된 지 오래되어 험한 지형이다. 혼자라면 불가능하고, 만약 그렇게 했다 해도 시신의 몸에 많은 상처가 남을 수밖에 없는데 발견된 시신에는 그런 흔적이 없었다. 두 사람 이상이라면 불가능한 것은 아니지만 역시 가능성은 낮다. 아무 데도 짚지 않고서는 지나갈 수 없을 만큼 험하다. 시신을 들고서는 어렵다는 얘기다.

두 번째는 채다현의 사망 장소가 삼은호수일 경우다. 채다현이 누군가를 따라왔을 수는 있지만, CCTV를 피해 험한 지대를 지나 호수까지 온다는 가정에는 '왜'가 따라붙는다. 굳이 그렇게 할 이유가 뭐냐는 것이다.

다행이라면 다행이다. 어쨌든 호수로 들어가기 위한 길은 일단 이곳 하나로 여겨졌다. 차로 들어갔든 걸어갔든 이 CCTV 밑을 지나지 않을 수는 없다. 거기에 찍혀 있는 사람들로 용의자를 좁히는 것이 가능했다.

강치수는 차로 다시 돌아가 시동을 걸었다. 박인재가 내비게이션에 주소를 입력했다. 그의 손에는 채다현의 주소가 들려 있었다. 만약 안면이 있는 인물, 즉 채다현과 얽힌 일로 살해를 저지를 동기가 있는 자의 범행이라면 채다현의 생활상이 큰 힌트를 줄지도 모르는 일이었다.

호수를 지나 보이는 윗마을에 채다현이 살았다. 마을 입구에 "양지마을"이라고 새겨진 커다란 돌이 보였다. 재개발이 결정되면서 이주가 시작되었지만 사업체가 부도를 맞으면서 재개발이 중단된 동네였다. 보상을 받고 이주를 나간 빈집들이 흉물스럽게 방치되어 있었다. 강치수가 보고받은 기초 조사에 따르면 이주를 나가지 못한 예닐곱 가구만 거주하고 있다고 했다. 그중 하나가 채다현이었다.

빈집 앞에는 출입 금지 테이프가 볼썽사납게 둘러쳐져 있었고, 붉은색 스프레이 페인트로 "철거 예정"이라고 휘갈겨 쓰여 있었다. 이주를 나가지 못한 집으로 보이는 곳에는 시장이 직접 문제를 해결하라는 문구가 적힌 현수막이 걸려 있었다. 허옇게 변색된 조립식 벽돌 담장 집을 지나 조금 더 올라가자 내비게이션에서 목적지에 도착했다는 안내가 나왔다. 강치수는 길 옆 공터에 차를 세웠다.

허리를 굽혀야 들어갈 만한 파란색 대문이 달린 집이었다. 문패는 걸려 있지 않았지만 주소로 채다현의 집이라는 것을 확인했다. 강치수는 조심스럽게 대문을 밀어보았다. 대문이 힘없이 스르르 열렸다. 잠기지 않은 상태였다. 박인재가 문에 달린 장치를 확인했다. 문을 닫으면 자동으로 잠기는 형태였는데 고장이

나 있었다. 언제 망가진 것인지는 알 수 없었다.

두 사람이 안으로 들어가려 할 때 옆집의 대문이 열리며 중년 여성이 나왔다. 한 손에 쓰레기봉투를 들고 있던 그녀는 두 사람을 의심스러운 눈길로 쳐다보았다. 몇 가구가 살지 않는 작은 동네이니 두 사람이 주민이 아니라는 것쯤은 금방 알아챘으리라. 폴리에스터 소재의 펑퍼짐한 홈웨어 원피스를 입고 낡은 슬리퍼를 신고 있었다. 파마한 머리는 뒤통수 쪽이 눌려 있었다. 바로 옆집인데다 대부분 집에 있는 사람이라면 평소와는 다른 어떤 소리를 들었거나 목격한 것이 있을지도 모른다. 강치수가 여자 쪽을 향해 몸을 틀자 박인재가 센스 있게 신분증을 들어 보이며 앞으로 나섰다.

"경찰입니다. 잠깐 말씀 좀 여쭤볼게요."

두 사람의 신분을 확인하자 여자의 표정이 조금 누그러졌다. 그녀는 흘깃 채다현의 집 쪽을 보았다.

"그 집은 학생 혼자 사는데. 무슨 일 있어요?"

여자의 질문에 박인재가 의견을 묻듯 강치수를 보았다. 강치수는 짧은 고민 끝에 채다현의 사망 사실을 알렸다. 어차피 보도가 나가면 알려질 일이다. 사건 조사 관련한 중요 부분만 발설하지 않으면 될 터였다. 채다현이 죽었다는 이야기에 여자는 눈을 휘둥그렇게 뜨며 손으로 입을 막았다.

"어떻게 그런 일이……. 할머니 돌아가시고 학생 혼자 살아서 걱정했는데."

"여기서 오래 사셨나요?"

박인재의 물음에 셈을 하듯 허공을 응시했던 여자가 대답했다.

"한 십오 년쯤요. 할머니랑 친하게 지냈어요. 아주 좋은 분이셨거든요. 가난했어도 마음 씀씀이가 커서 저희 애들도 가끔 봐주시고, 사탕도 주시고요. 근데 할머니 돌아가신 이후엔 사실 저도 잘 들여다보지 못해서."

그녀의 표정이 무겁게 변했다. 죄책감이 드는 모양이었다. 하지만 가족도 돌보기 힘든 세상이다. 이웃이라는 이유만으로 책임을 지울 수는 없다.

"혹시 찾아오는 사람은 없었나요? 친구들이 놀러 왔다거나."

그녀는 고개를 갸웃했다.

"글쎄요. 딱히 본 기억은 없어요. 학생이 워낙 늦게 들어와서요. 저희 집은 10시만 되면 자거든요."

강치수는 그 말에 주목했다. 고등학생이니 늦은 귀가는 당연하다고 생각할 수도 있지만 채다현은 학원을 다니지도 않았다. 친구도 없다는 아이가 어딜 다닌 걸까. 늦게 귀가하는 이유를 알아볼 필요가 있어 보였다.

"시끄럽게 하는 일도 없었어요. 생각해보니 가끔 말소리가 들리긴 했네요. 아무래도 놀러 오는 친구가 있긴 했겠죠. 아, 그러고 보니 학교 선생님이라는 사람이 찾아왔네요."

"그게 언제죠?"

강치수의 몸이 앞으로 기울었다.

"어제요. 밖에서 대문 두드리면서 학생을 부르는 것 같더라고요. 무슨 일인가 싶긴 했지만 나가보지는 않았는데."

잠시 후 초인종이 울렸다고 했다. 한 남자가 학교 선생님이라면서 옆집에 대해 물었다. 그녀는 아는 것이 없어 잘 모르겠다고 대답했다. 그러고 보니 며칠 동안 옆집에서 소리 나는 것을 들은 기억이 없었다. 남자는 굳은 얼굴로 휴대폰을 꺼내 들며 급히 차로 돌아갔다고 했다. 인상착의를 물었다. 김준후 선생이 맞았다.

그는 어제 채다현이 계속 학교에 오지 않자 집에 방문했다가 부재를 알고 경찰에 신고했다고 했다. 아마 그때 옆집 여자를 만난 듯했다.

"전에 그 사람을 본 적은 없습니까?"

강치수가 물었다. 옆에 서 있던 박인재가 의아한 시선을 던졌지만 강치수는 여자에게서 눈을 돌리지 않았다.

"본 적 없는 것 같아요."

"그렇군요. 혹시 저 대문 말인데요, 선생님이라는 사람이 찾아왔을 때도 저렇게 열려 있었습니까?"

"아, 그거요. 할머니 계실 때부터 망가져 있었어요. 고치라고 하니까 돈 든다고 싫다 하셨죠. 어차피 훔쳐 갈 것도 없는 집이라고요. 제가 할머니도 여잔데 조심하시라고 웃으며 말했던 기억이 나요. 아직까지 그냥 사용하고 있었나 보네요."

강치수는 고개를 끄덕였다. 그는 더이상 알아낼 정보가 없다고 판단했다. 혹시 생각나는 것 있으면 연락을 달라며 명함을 남겼다. 여자가 명함을 받아 돌아섰다. 두 사람은 채다현의 집 쪽으로 돌아갔다. 그때 여자가 되돌아 나오는 소리가 들렸다.

"잠깐만요."

걸음을 멈추고 돌아보았다.

"완전히 잊고 있었네요. 생각해보니까 며칠 전에 찾아온 사람이 있었어요."

"누군지 아십니까?"

"아뇨, 모르는 사람이에요. 2시쯤 됐을 땐가. 빨래 걷으러 나오는데 옆집 학생이 집 앞에 서 있는 게 보였어요. 저희 집 계단에서 보면 그쪽이 보이거든요."

그러고 보니 여자의 집에는 반지하층이 있어서 현관이 1.5층 정도의 높이에 있었다. 여자 말대로 현관 앞에 있는 계단에 서면 담장 너머가 보일 만했다.

"그러고 나서 한 십 분쯤 지나서예요. 에어컨을 너무 틀어놔서 환기 좀 시키려고 창문을 여는데 아직도 서 있더라고요. 누굴 기다리나, 그런 생각을 했던 기억이 나요."

"누굴 기다렸는지, 혹시 만나는 걸 보셨나요?"

"네. 보려고 본 건 아니고, 웬 차가 끼익 하고 서는 소리가 얼마나 크게 들리던지 놀라서요."

그때가 생각나는지 여자는 가슴에 손을 올리며 가볍게 고개를 저었다.

"차가 서고 운전석에서 누가 내리는데, 학생이 기다리는 사람이 왔나 보네, 무슨 운전을 저렇게 하나, 그런 생각만 했어요. 그런데 조금 있다가 그 사람이 소리를 왁 지르더라고요."

"소리를 질렀다고요?"

"비명 같은 건 아니었고요. 싸우는 소린가, 목소리가 커진 건가. 암튼 잠깐이었거든요. 계속 소리가 났으면 나가봤을 텐데 그러고 말아서 나가볼 생각은 안 했어요."

"찾아왔다는 사람 얼굴을 보면 기억하시겠어요?"

"아뇨, 제가 본 건 뒷모습뿐이라……. 근데 여자였어요. 느낌상 사십 대 정도?"

기억하는 것은 그 정도였다. 여자가 들어가고 난 뒤 두 사람은 채다현의 집 대문을 밀어 열었다. 박인재가 말했다.

"누구였을까요?"

"글쎄. 찾아올 만한 친척이 있나 알아봐."

마당은 좁았다. 한편에 수도가 설치되어 있었고, 붉은 갈색빛이 도는 고무 대야가 놓여 있었는데 안은 비어 있었다. 집 벽면에 김장할 때 쓰는 커다란 채반과 플라스틱 바가지가 걸려 있었다. 오래 사용하지 않은 듯 거미줄로 뒤덮여 있었다. 할머니가 쓰시던 물건인 듯했다.

주인을 잃은 집 안은 적막했다.

댓돌 위에 신발을 벗어두고 나무 마루 위로 올라갔다. 마루를 중심으로 오른쪽과 왼쪽에 방으로 통하는 문이 있었다. 싸구려 문짝은 시트지가 떨어져 덜렁거렸다. 오른쪽으로 난 문을 통해 안을 들여다보았다. 할머니가 쓰던 안방인 것 같았다. 벽에는 채다현으로 보이는 어린아이의 유치원 졸업 사진이 걸려 있었다. 옆으로는 크고 작은 사진들이 액자도 없이 벽에 붙어 있었다. 젊은 여성이 아기를 안고 있는 계곡의 사진, 아름드리나무 앞에서 노인이 무심하게 어딘가를 쳐다보는 사진, 꽃 앞에서 찍은 사진, 동물원 사진. 거의 모든 사진에 아이가 있었다. 하지만 그 아이는 열 살가량으로 보이는 사진을 마지막으로 더이상 성장하지 않았다. 그들의 행복은 거기서 멈춘 것 같았다.

라텍스 장갑을 끼고 들어온 박인재가 장롱 문을 열었다. 안은 텅 비어 있었다. 그러고 보니 좌식 화장대 위에도 물건은 없었다. 통풍이 안 된 듯 희미하게 곰팡이 냄새가 났다. 할머니가 돌아가신 후 이 방은 거의 쓰지 않았던 것 같았다. 방의 안쪽에도 문이 하나 있어 열어보았더니 화장실이었다. 방을 통해야 화장실을 갈 수 있는 오래된 주택이었다.

때가 낀 변기, 얼룩져 있는 거울, 벽에 붙어 있는 스테인리스 수납함이 욕실의 전부였다. 대야를 써서 세수하고 있는 모양이었다. 대야에 지저분한 물이 절반쯤 고여 있었다. 스테인리스 수납함에는 세면도구가 가지런하게 정리되어 있었다. 컵에 꽂혀 있는 칫솔은 한 개였다. 화장실 바닥에 대용량의 샴푸와 린스가 놓여 있었다.

“업소용인 것 같은데요. 큰 게 싸니까 썼나 봐요.”

박인재의 말에 강치수는 고개만 끄덕였을 뿐 대답하지 않았다.

의혹을 가질 만한 물건은 없었다. 두 사람은 화장실에서 나와 마루를 통해 다른 방으로 들어갔다. 그곳이 채다현이 사용했던 방이라는 것은 금방 알 수 있었다. 벽에는 교복이 걸려 있었고, 몇 가지 되지 않는 사복이 이동식 행거에 걸려 있었다. 좌식 책상 위에는 교과서가 꽂혀 있었고 방 한구석에 이불이 단정히 개켜 있었다. 책장은 삼 단짜리 컬러 박스 두 개가 전부였다. 가난하고 단출한 삶을 그대로 보여주는 방이었다.

강치수는 박인재에게 물건들을 한번 살펴보라고 지시한 뒤 책장 앞에 앉았다. 책장 벽면에 프린터로 조잡하게 인쇄한 사진이 여러 장 붙어 있었다. 강 위에 떠 있는 홍학 사진이었다. 놀랄 만큼 큰 홍학들이 분홍빛 자태를 뽐내며 무리 지어 있었다. 날개를 활짝 편 사진과 먹이를 먹으려는 듯 강물에 부리를 넣고 있는 사진도 있었다. 다른 한 장의 사진에서는 홍학 두 마리가 나란히 서서 어딘가를 보고 있었다. 아래로 꺾인 부리 끝에 붉은 기운이 돌았고 눈도 빨갰다. 온몸이 핑크색이었지만 딛고 선 두 다리는 장화라도 신은 듯 검었다. 강치수는 시선을 거두고 책장에 꽂힌 책들을 살폈다. 한때 인기를 끌었던 베스트셀러 소설이 몇 권 있었고, 문제집과 다 쓴 노트 들이 꽂혀 있었다. 노트들을 꺼내 넘겨보았지만 일기로 보이는 것은 없었다.

책장의 하단에 세 개의 앨범이 꽂혀 있었다. 하나를 빼 넘겨보았다.

사진은 오래된 것이었다. 어린 시절 사진이 대부분이었고 할머니 방에 걸려 있었던 것과 마찬가지로 일정 시간 이후로는 사진이 없었다. 고단한 삶에 사진을 찍을 여유 따위는 없었을 것이다. 접착력이 떨어진 듯 한 장 한 장 넘길 때마다 사진들이 떨어져 내렸다.

그의 손길이 멈춘 것은 초등학교 졸업식으로 보이는 사진이었다. 두툼한 겨울 파카를 입은 채다현이 친구로 보이는 남자아이의 손을 잡고 카메라를 보고 있었다. 어머니들이 각각 뒤에 서서 아이들의 어깨를 짚고 있었다. 남자아이의 엄마는 단발머리에 감색 정장 코트를 차려입은 모습이었다. 활짝 웃는 입매가 시원해 보였다. 채다현의 엄마도 활짝 웃고 있었는데 요란한 장신구와 화장이 눈에 띄었다. 강치수는 넘겼던 앨범을 다시 되짚어 확인했다. 그러고 보니 앞에서도 이 가족과 찍은 사진이 여러 장 보였다. 아이들끼리 물속에서 어깨동무를 하고 찍은 사진 속에도 엄마들의 모습이 있었다. 가족끼리 친한 사이인 듯 보였다. 그는 사진을 한참 동안 들여다보았다. 어릴 때 사진이라고는 해도 불과 오륙 년 전의 일이다. 물론 평소 친하게 지냈다고 해서 부모가 죽었다는 이유로 그 집안의 아이를 돌보아야 할 의무가 있는 것은 아니다. 하지만 채다현은 친구가 거의 없다고 했다. 이 친구는 어떻게 된 걸까. 다른 학교로 배정되었을지도 모른다. 혹시 찾아왔다는 중년 여자가 이 친구의 어머니 아닐까. 강치수는 그런 생각이 들었던 것이다. 그는 휴대폰으로 사진을 찍었다.

5

출입 금지 표지판이 붙어 있으면 더 들어가고 싶은 것이 사람 마음이다. 하지만 삼은호수는 그런 안내를 어기면서까지 들어가고 싶은 곳은 아니었다. 방치된 호수에는 주변으로 날파리가 들끓었다. 여름이 되면 더욱 심해졌다. 그로 인해 주민들은 불편을 겪었지만 덕분에 그곳은 준후와 다현에게 더없이 좋은 장소가 되었다.

이따금 준후는 그곳에 차를 세우고 다현과 시간을 보냈다. 밤인데다 헤드라이트를 끄면 걱정할 것은 아무것도 없었다. 이곳을 발견하기 전까지 다현과 마음 편하게 지낼 장소는 전무했다. 자신의 집으로 데려갈 수는 없었다. 좁은 동네다. 다른 사람의 시선을 의식하지 않을 수가 없다. 다현이 혼자 산다고 해도 집으로 갈 수는 없었다. 주변 사람들은 다현이 혼자 남은 것을 알고 있다. 자주 차를 타고 올라가면 눈에 띌 수 있었다. 그래서 이곳은 두 사람의 소중하고 유일한 장소였다.

자주 만날 수 없는 만큼 준후는 다현을 더욱 품에 안았다. 학교에서 의식적으로 시선을 피하는 만큼 다현을 더 눈에 담기 위해 시선을 마주했다. 다현도 준후의 몸을 놓치지 않으려는 듯 그의 등에 손톱을 박았다. 준후는 온 힘을 다해 다현을 가졌다. 그의 품속에 다현을 가둘 때면 준후는 더욱 공허해졌다. 갈증이 심한 병이라도 앓고 있는 것 같았다. 참고 다스렸던 시간을 보상받기라도 하듯 둘은 거칠고 자유로웠다.

하지만 그 시간이 지나면 피할 수 없는 그들의 처지가 현실로 다가왔다. 그러면 그는 다시 환상의 시간으로 돌아가고 싶은 듯 다현을 힘껏 끌어안았다. 현실을 외면하고 싶은 것은 다현도 마찬가지인 듯 이따금 이루지 못할 꿈 같은 이야기를 하곤 했다.

"아루바라는 섬이 있어요."

다현이 홍학에 대해 얘기한 것은 그때가 처음이었다.

"네덜란드에 있는 곳인데, 거기에 가면 홍학을 볼 수 있대요. 다른 곳에서도 볼 수는 있는데, 거기서는 홍학한테 직접 먹이를 줄 수도 있고 만질 수도 있대요."

"홍학?"

"네."

다현은 손을 뻗어 휴대폰을 쥐고 준후를 향해 돌아누웠다.

마주 본 상태에서도 준후는 다현을 안고 있었다. 다현은 준후에게 안긴 채로 휴대폰을 켜 검색했다. 준후는 그다지 궁금하지 않았지만 자신의 턱을 간질이는 다현의 머리카락이 기분 좋아 잠시 그러고 있었다. 검색을 마친 다현이 준후에게 휴대폰 화면을 보였다. 홍학이었다.

"해수욕장 같은 데 가면 왜 핑크색 학 모양의 커다란 튜브 있잖아요. 플라밍고라고도 부르고요. 여자들이 많이 올라타 있죠. 그게 홍학을 본떠서 만든 거예요."

"그렇구나."

"아름답죠?"

"그러네."

"가보고 싶어요, 같이."

준후는 다현을 꽉 끌어안았다. 다현이 바르작거리며 그의 품에 안겼다.

"가자, 같이."

대답 대신 다현은 그의 허리를 안은 팔에 더욱 힘을 주었다. 태어날 때부터 하나였던 것처럼 두 사람은 한참 동안이나 엉켜 있었다. 다현은 그의 품에 꼭 맞춘 듯했다. 만족감이 그를 채웠다. 그는 다현의 등을 부드럽게 쓸었다.

그때 축축하다는 느낌이 들었다. 다현이 땀을 흘린 것일 수도 있었지만 곧 그 생각이 틀렸다는 것을 깨달았다. 다현의 머리에서 등에서 물이 줄줄 흘러내렸다. 순식간에 몸이 젖어들었다. 뭔가 이상했다. 준후는 다현을 품에서 떼어내며 얼굴을 보았다. 순간 그는 숨을 멈췄다.

다현의 눈이 동굴처럼 뻥 뚫려 있었다. 거기에서 물이 쉴 새 없이 흘러나왔다. 사랑스럽던 입술은 여기저기 부풀어 덜렁거리고, 부드럽던 머리카락은 여러 군데가 뭉텅이째 뽑혀 나가 있었다. 뿌리까지 드러난 이를 내보이며 다현이 웃었다. 툭툭 불거진 손가락의 뼈마디로 밀쳐내려는 그의 팔을 잡았다. 엄청난 힘이었다.

"가요, 같이."

헉.

준후는 날카로운 숨을 들이쉬며 눈을 떴다. 한참이나 숨을 몰아쉰 후에야 꿈이었다는 사실을 깨달았다. 그는 자신의 방 침대에 누워 있었다. 온몸이 땀으로 흥건했다. 숨을 가라앉히고 나서야 귓속으로 알람 소리가 뛰어들었다. 준후는 깊은 한숨을 내쉬며 몸을 일으키고 앉아 휴대폰의 알람을 껐다.

침대 발치의 벽에 걸린 TV에 자신의 모습이 비쳤다. 지친 듯한 얼굴이었다. 푹 들어간 볼에 검은 그늘이 드리워 있다. 다현의 시체를 발견한 이후로 제대로 먹지도 자지도 못했으니 당연하다. 겨우 잠이 들어도 악몽에 시달렸다. 자는 것이 무서울 지경이었다. 그런 티를 내서는 절대 안 되었기에 스트레스는 어마어마했다. 경찰 조사가 시작된 이후로 스트레스는 극에 달했다.

한편으로는 해결되지 않은 분노가 그를 괴롭혔다. 도대체 누가 다현이를 그렇게 만들었나. 누가 내게서 그 외로운 아이를 빼앗았나. 문득 준후는 손을 내려다보았다. 이 손으로 그 아이를 수장시켰다. 이 괴로움은 형벌일지도 모른다.

침대에서 일어났다. 두 다리를 딛고 선 땅이 일렁이는 것 같았다. 눈앞이 아찔해졌다. 현기증이었다. 식사를 제대로 하지 못한 탓일지도 모른다. 그래도 뭔가를 먹어야겠다는 생각은 들지 않았다.

방문을 열고 거실로 나갔다. 20평의 작은 아파트였다. 좁은 거실에는 3인용 인조가죽 소파와 유리 테이블이 놓여 있을 뿐 다른 가구는 없었다. 단출한 살림은 살풍경했다. 그는 곧장 거실을 가로질러 집을 나섰다.

그가 차를 끌고 간 곳은 아파트 인근에 있는 남성 전용 사우나였다. 그는 뒷좌석 손잡이에 걸린 양복을 옷걸이째 들고 내렸다. 여기서 씻고 바로 출근할 생각이었다. 며칠 동안 내리 해오던 패턴이었다. 1층에서 돈을 지불하고 로커 열쇠를 받아 2층으로 올라갔다. 중앙에 놓인 평상에 몇몇 남자가 앉아 TV를 보고 있었다. 커다란 샤워 타월을 허리에 두르고 있는 사람도 있고 나체로 다리를 쩍 벌리고 앉아 있는 사람도 있었다. 그는 입구에 쌓여 있는 수건을 두 장 집어 들고 자신이 받은 열쇠에 붙어 있는 로커 룸 넘버를 확인하며 안으로 들어갔다.

"바로 어제였습니다. 은파면 실종 고교생의 시신이 인근의 한 호수에서 발견되어 주민들에게 충격을 주고 있습니다. 엄재철 기자입니다."

준후는 걸음을 멈추었다. 다현의 뉴스였다. 아나운서의 멘트가 끝난 뒤 현장에 나가 있는 기자에게로 화면이 바뀌었다. 기자의 뒤로 삼은호수가 보였다. 감식복을 입은 경찰들이 몇몇 보였고, 이어서 흰 천에 덮여 실려 나가는 시신이 비춰졌다.

누군가 혀를 찼다.

"이 동네에도 이런 일이 있네."

"어린애가 뭔 죄를 지었다고 저런 일을 당했대."

자신이 하고 싶은 소리였다. 가슴에 분노가 들불같이 피어올랐다. 준후는 선 채로 뉴스 화면에서 시선을 떼지 않았다. 인기척을 느꼈는지 평상에 있던 남자 중 한 명이 의아한 듯 뒤돌아보았지만 준후는 계속해서 뉴스를 응시했다. 화면은 경찰서 장면으로 넘어갔다.

"경찰은 발견된 증거품들을 토대로……."

화면 속에 눈에 익은 물건들이 비쳤다. 다현의 옷과 지갑 같은 것들이었다. 그리고 그 물건들의 끝에 칼 한 자루가 놓여 있었다. 과도만 한 크기의 칼은 보기에도 섬뜩할 정도로 날카로웠다. 칼자루가 특이했다. 반짝이는 비즈가 칼자루 전체에 붙어 있었고 주황색 비즈가 소용돌이치는 물결의 무늬를 만들고 있었다. 그것은 다현의 시신을 발견했을 때 옆에 떨어져 있던 칼이었다. 다현을 살리겠다는 일념으로 칼을 무작정 집어 들어 끈을 끊어냈지만, 이윽고 칼에 자신의 지문이 남았을지도 모른다는 생각이 들었다. 칼을 수없이 닦은 것은 자신의 차 안에서였다. 그리고 다현의 시신과 함께 호수에 던졌다. 칼을 숨길 수도 있었지만 그렇게 하지 않았던 것은 칼의 모양이 특이했기 때문이다. 흔치 않은 디자인이니 경찰이 소유자를 찾아낼 수 있을지도 모른다는 생각이 들었다. 칼을 호수에 던지면 바닥까지 가라앉아 찾지 못할 수도 있고 유실될 위험도 있다. 그렇다고 다현의 몸에 칼을 넣는 건 상당히 부자연스러운 일이었다. 그저 경찰이 찾아내기만을 바랄 뿐이었다. 다행히 우리나라 경찰은 허술하지 않았다.

"범인을 검거하는 데 최선을 다하겠습니다."

흰색 골프 티셔츠를 입은 남자가 침착한 얼굴로 인터뷰했다. 학교로 찾아왔던 두 사람은 아니었다. 수사 책임자인 모양이다. 그는 목격자가 절실한 상황이라며 협조를 부탁했다.

사우나에서 나와 곧장 학교로 출근했다. 차를 끌고 운동장에 들어서는데 본관에 들어서는 두 명의 남자가 눈길을 끌었다. 둘 다 가벼운 정장을 입고 있었는데 한 명은 어깨에 커다란 카메라

가방을 메고 있었다. 기자인 것 같았다.

주차장에 차를 세우고 교무실로 들어갔다. 교무실은 어수선했다. 기자는 보이지 않았다. 이런 경우 정확한 지시가 내려올 때까지 함구하는 것이 일반적이다. 질기게 인터뷰를 요청하다 쫓겨났을지도 모르고 교장실로 안내된 건지도 모른다. 책상 아래에 가방을 내려놓고 자리에 앉았다.

"뉴스 봤죠?"

그가 오기를 기다렸다는 듯 다가온 것은 체육을 담당하는 임철영이었다. 스물일곱 살로 이 학교에서 가장 어린 선생이었다. 활발하고 쾌활해 남학생에게 인기가 많은 반면 의외로 여학생들에게는 인기가 없었다. 너무 가볍다는 것이 연륜 있는 선생들의 평이었다.

"혹시 경찰에게 뭐 들은 얘기 없어요?"

그의 눈에 가득한 호기심이 준후의 기분을 상하게 했다. 한 생명이 걸린 일이 누군가에게는 흥미로운 일이다. 티를 내지 않으려고 했지만 굳은 표정은 숨길 수 없었다. 준후는 짤막하게 대답하며 컴퓨터를 켜면서 시선을 피했다.

"아뇨."

"원한 때문이라던데요?"

"누가 그래요?"

그 한마디가 날카로워진 그의 신경줄을 기어이 건드리고 말았다. 준후는 미간을 찌푸리고 그를 응시했다. 준후의 감정 변화를 눈치채지 못했는지 임철영은 신이 나서 헤벌어진 입을 다물지 않았다.

"댓글 달린 거 보니까 그렇던데요. 걔 엄마가 보통 아니었잖아요. 당한 사람도 한둘이……."

"임 선생."

준후가 한마디하려는 참이었다. 그러나 그가 입을 열기 전에 임철영의 입을 막은 것은 중간에 끼어든 다른 목소리였다. 준후는 소리가 난 쪽으로 고개를 돌렸다. 책상 맞은편에 교무부장 조미란이 굳은 얼굴로 서 있었다. 오십 대 중반을 넘어선 그녀는 온몸에 선생님으로서의 관록이 넘쳐흘렀다.

"함부로 말하지 말아요. 말 새어 나가기 딱 좋은 데가 학교야."

"네, 죄송합니다."

임철영은 멋쩍은 듯 고개를 움츠리며 일어나 도망치듯 탕비실로 들어갔다. 준후는 조미란을 향해 살짝 묵례를 했다. 조미란이 말했다.

"아무래도 뉴스에 나와서 아이들도 다 알고 있을 거예요. 애들 최대한 동요 없이 잘 알아듣게 말해주세요."

"알겠습니다, 선생님."

조미란은 누구에게랄 것도 없이 교무실에 있는 교사들을 둘러보며 말했다.

"아무래도 한동안 여기저기서 질문 공세가 있을 텐데, 다들 아시겠지만 최대한 언행에 조심하시고 학생 신원이나 학교 이름이 노출되는 일 없도록 해주세요."

알 만한 사람은 이미 알겠지만, 학교의 이름이 반복적으로 뉴스에 언급되는 것은 다른 문제다. 입조심하라는 뜻이다. 역시 아까 그 기자들은 쫓겨난 것 같다.

"경찰에서 학교로 협조 요청이 왔어요. 채다현 학생에 대해 묻고 싶은 게 있나 봐요. 학생들도 대상이 될 것 같은데, 학교 입장에서 공지는 하겠지만 부모님들이 오해가 없도록 문의가 들어오면 잘 설명해주세요."

경찰이 다시 올 모양이다. 강치수 경위라고 했던가. 준후는 자신이 만났던 형사들의 모습을 떠올렸다. 긴장감이 다시 그를 죄었다. 그는 자신도 모르게 주먹을 움켜쥐었다. 형사들은 다현의 죽음에서 자신의 존재를 찾을 수 없을 것이었다. 그들의 수사 테두리 안에 그는 들어갈 리가 없다. 자신이 그렇게 만들었다. 긴장할 필요는 없다.

"알겠습니다."

그날 아침 회의에는 이례적으로 교장이 참석했다. 그는 간단하게 상황 설명을 한 뒤 교사들을 포함한 전 직원이 언론에 인터뷰하는 것을 자제하라고 다시 한번 공지했다. 다현이 단순히 억울한 피해자가 아니라 그 죽음에 문란한 사생활이 끼어 있다면, 학교가 언급되는 게 바람직하지 않다는 뜻이 기저에 깔려 있었다. 다현의 죽음을 애도하는 기색은 없었다.

6

채다현의 부검은 시신 발견 이틀째에 이루어졌다. 부검의는 법의관 신철규였다. 국립과학수사연구원 소속 진평수사연구소의 지하 부검실 복도에서 강치수는 초조하게 결과를 기다렸다. 공식적으로 통보받는 부검 결과서는 한 달 정도가 걸린다. 기다리고 있으면 1차 부검 결과를 구두로 들을 수 있다.

두 시간쯤 지나 부검실의 문이 열리고 신철규가 나왔다. 그는 눈 바로 아래까지 덮었던 마스크를 끌어내리며 시선으로 강치수를 찾았다. 강치수가 벌떡 일어섰다. 신철규는 그를 작은 사무실로 안내했다.

"양쪽 손바닥에 열상의 흔적이 있어요. 요만한 건데."

그는 종이에 연필로 선을 그었다. 폭이 일 센티미터가 채 되지 않는 끈 자국이 여러 개 겹쳐 있었다고 했다.

"가스 때문에 부풀어 오르면서 큰 상처처럼 보이긴 하는데, 실제로는 큰 상처는 아니었을 걸로 보여요. 표피가 박탈된 정도?"

쉽게 말하면 까진 정도라고 덧붙였다. 목을 조르려는 범인과 끈을 잡고 싸운 걸까.

"사인은 예상대로예요. 입과 콧구멍 주변에 흰 거품이 있고 귀에서 피가 흘러나왔어요. 가벼운 늑골 골절 소견이 있고, 알고 있겠지만 목에 자상이 있는데 총 여덟 개고, 끈으로 인한 목 졸림 흔적이 있고요. 여름이지만 수온이 낮은 편이라 사체는 다행히 부패가 덜 진행된 편이거든요."

신철규는 사체의 부패 상태를 더 자세히 설명했다. 폐에서 플랑크톤이 검출되긴 했지만 종류는 자세한 분석 결과를 기다려야 했다.

강치수는 신철규의 말을 주의 깊게 들었다. 그가 가장 중요하게 생각한 것은 사망 일시였다. 강치수의 질문에 신철규는 판단의 근거부터 설명했다. 사체의 부패 상태, 폐에서 나온 플랑크톤의 양 등이 모두 중요 자료로 참고되었지만, 사망 일시를 판단하는 데 가장 큰 영향을 미친 것은 채다현의 위에서 나온 음식물이었다. 채다현의 위에서는 무, 채소, 견과류 등이 죽 상태로 발견되었다. 법의학자는 피해자가 마지막 식사 후 네 시간에서 여섯 시간 이내에 사망했을 거라고 판단했다.

경찰서로 돌아온 강치수는 채다현의 당일 행적 조사표를 다시 읽었다.

채다현은 7월 25일 학교를 결석했다. CCTV 영상으로만 판단한다면 택시를 타고 학교로 출발한 오후 8시 45분 이전에는 단 한 번의 짧은 외출이 있었다. 오후 6시경 편의점에서 도시락을 샀다고 했다. 그것을 저녁으로 먹었을 것이다. 그리고 약 세 시간이 지난 8시 41분 채다현은 다시 마을에서 내려와 택시를 탔다. 채다현이 그날 저녁을 먹었다면 그 세 시간이 되지 않는 사이였을 것이었다. 그렇게 계산하면 채다현이 사망한 시각은 10시부터 자정 사이, 9시경 택시에서 내린 채다현이 누군가를 만났다면 적어도 그로부터 두어 시간 내에 살해당한 것이다.

채다현은 학교로 갔다. 학교 근처의 많은 CCTV 어디에서도 채다현의 모습은 찾아볼 수 없었다. 그렇다는 것은 결국 채다현이 사라진 곳은 학교 내부가 아닐까.

다음으로 그가 주목한 것은 사체의 상태였다. 신철규는 채다현의 시신이 적어도 사 일에서 오 일가량 물에 잠겨 있었을 것이라고 봤다. 역산하면 사라진 날이 된다. 바로 그날 채다현은 물에 던져졌다. 모든 것은 7월 25일, 그날 벌어졌다.

"체격 면에서 채다현보다 훨씬 우위에 있는 사람일 수 있겠네요."

생각을 가르고 들려온 목소리에 강치수는 고개를 들었다. 회의실 맞은편에 앉아 1차 부검 결과를 전해 들은 박인재의 말이었다. 강치수는 고개를 끄덕였다. 사체에서는 늑골 골절이 발견되었다. 손바닥에서는 열상이, 목에서 여덟 개의 자상이 발견되었다. 일혈점을 제외하고는 멍은 없었다. 만약 몸싸움이나 폭행이 있었다면 타박상의 흔적이 있어야 했다. 그런 것이 없다는 것은 단숨에 제압당했을 가능성을 말한다. 벗어나기 위해 끈을 잡아 힘겨루기를 하긴 했지만 몸싸움을 해보기도 전에 목이 졸렸을지도 모른다.

강치수는 분명 채다현과 안면이 있는 자의 소행이라고 판단했다. 그것은 객관적인 사실에 기반한 것이다. 휴대폰 조사 결과 약속을 잡기 위한 연락이 없었다는 것이 첫 번째 증거였다. 휴대폰에 흔적이 없다면 요즘 십 대 청소년이 흔히 쓰는 채팅 앱이나 게임 등을 통한 즉흥적 만남은 아니다. 채다현은 그날 혼자 택시에 올라타 학교로 향했다. 대면 상태에서 미리 약속된 만남일 수밖에 없었다.

범인이 채다현과 알고 지냈던 사람이 아니라 다른 사람을 만나러 온 채다현을 우연히 발견하고 범행을 저질렀을 수도 있다는 의견이 형사팀 내부에서 잠깐 언급되기는 했다. 그러나 그 의견은 곧장 부정되었다. 만약 약속을 한 뒤 채다현이 나오지 않았다면, 약속 상대가 채다현에게 연락을 했어야 자연스럽다. 또한 채다현이 사체로 발견된 이후라도 경찰에게 그날의 행적을 제보했어야 했다. 그런 사실이 없다는 것은 채다현이 그날 안면이 있는 사람과 약속을 했다는 상황이라는 판단으로 이어졌다.

그런 정황들로 인해 그들이 첫 번째 조사해야 할 것은 채다현의 주변 인물이어야 했다. 오늘 회의에서 강치수는 그 점을 명확히 할 생각이었다. 채다현이 학생이었던 만큼 조사 대상의 상당수가 청소년이어서 우려되는 바는 많았지만, 그것은 필수불가결한 일이었다. 채다현에게 친구가 없었다고 했지만 아이들의 세상을 담임교사가 모두 알 수는 없는 노릇이다. 학부모들의 항의를 무릅쓰고라도 아이들의 말을 들어봐야 한다.

그런 생각을 하고 있을 때 회의실 문이 열렸다. 굳은 표정을 한 수사팀장을 위시해 팀원들이 들어왔다. 강치수와 박인재는 자리에서 일어나 형사팀장이 상석에 앉을 때까지 기다렸다.

학교장과의 협의 끝에 정해진 시간은 저녁 8시였다. 전체 동아리 행사와 체육 특기생들의 훈련을 전면 취소하고 모든 학생을 그전까지 하교시키기로 했다. 7시쯤, 강치수는 박인재 형사와 함께 국과수 대원들보다 먼저 학교에 도착했다. 몇 가지를 확인하고 싶다는 강치수의 제안 때문이었다. 확인하고 싶은 게 무엇인지 그는 박인재에게 말하지 않았다. 강치수 역시 뭐든 확실해지기 전에는 말하려 하지 않는 습성이 있었다. 팀인데도 생각을 공유해주지 않아 서운해할 수도 있지만 선입견이 생기는 것을 경계해야 한다. 박인재는 그 뜻을 이해하는 것 같았다. 박인재가 차를 학교 본관 건물 뒤의 주차장에 세우는 동안 강치수는 조수석에 앉아 핸드폰을 조작하고 있었다. 박인재가 슬쩍 보니 학교에서 제출받은 CCTV 영상이었다. 채다현의 행적이 끊긴 7월 25일 밤의 교내 CCTV 영상이었다. 그가 보고 있는 것은 어두운 주차장이었다.

"내리시죠?"

박인재의 말에 강치수가 대답 없이 조수석에서 내렸다. 여전히 영상을 재생중인 상태였다. 그는 눈을 핸드폰 화면에 고정한 채로 걸어 본관 건물을 끼고 돌아 운동장 쪽으로 향했다. 그의 생각을 방해하지 않기 위해 박인재는 조용히 그 뒤를 따랐다. 강치수가 돌연 걸음을 멈춘 채 가만히 생각에 잠겼다. 그리고 다른 영상을 불러냈다. 영상은 같은 날짜에 찍힌 정문 쪽 CCTV였다. 승용차 한 대가 막 정문 쪽을 지나고 있었다. 차량을 향해 손을 흔들어 인사하는 경비원 황권중의 모습이 보였다. 강치수는 그 장면에서 재생을 멈추었다. 검지로 턱을 슬슬 긁으며 음, 하는 소리를 냈다. 고민할 때의 습관이었다.

"왜요?"

궁금해진 박인재가 물었다.

"25일 밤, 채다현의 담임교사가 차를 운전해서 주차장을 벗어난 시각이 22시 08분. 그리고……."

그는 박인재를 향해 휴대폰을 내밀었다. 교사 김준후의 차량이 교문을 벗어나는 순간에서 장면이 멈춰 있었다. 박인재가 몇 번이나 보고 확인한 영상이었다. 김준후의 얼굴이 비교적 또렷하게 찍혀 있었다. 조수석이나 뒷자리에 다른 사람은 없었다.

"학교를 벗어난 게 22시 24분. 약 십오 분간 어디에 있었을까."

박인재는 고개를 갸웃했다. 박인재 역시 그 부분이 이상하지 않은 것은 아니었다. 차를 끌고 주차장을 벗어나 교문으로 가기까지 그런 시간이 걸릴 만한 거리가 아니다. CCTV 업체에 연락해 문의한 결과 기계 결함도 아니었다. 하지만 의문은 경비원 황권중에 의해 금방 풀렸다. 그날 교내의 순찰을 돌기 위해 본관 건물로 들어온 황권중은 3층에서 김준후 교사를 마주쳤다. 김준후는 퇴근하려는 중이었고, 교문을 열어주겠다며 황권중이 나가려 하자 이왕 올라온 김에 순찰을 마무리 짓고 문을 열어줘도 된다고 했다. 황권중은 배려에 고마워하며 순찰을 마저 돌기 위해 4층으로 올라갔고, 이때 김준후가 1층을 향해 내려가는 것을 똑똑히 보았다. 황권중이 순찰을 돌고 경비실로 돌아오고 나서 잠시 뒤, 김준후가 차를 끌고 교문 쪽으로 왔다. 그는 본관 건물 옆에 차를 정차하고, 황권중이 경비실로 돌아오기를 기다렸다고 했다. 본관 정문 CCTV에서 김준후가 황권중과 헤어져 나오는 장면, 그리고 순찰을 마친 황권중이 다시 나오는 장면이 남아 있었다. 둘 중 다시 들어가는 등 수상한 낌새를 보이는 모습이나 다른 사람의 모습은 찍혀 있지 않았다. 그런 사정을 강치수에게도 보고했다. 그런데 다시금 그 시간 차를 마음에 걸려 하는 이유를 박인재는 이해할 수 없었다.

"그 부분에 대해서는 경비원 아저씨가 진술했잖아요."

"너 같으면 말이야, 늦게까지 남아 야근을 해서 피곤한데 문을 열어줄 사람이 자리를 비워서 기다려야 해. 그럼 어디서 기다리겠어?"

박인재가 눈을 깜박였다. 잠시 생각하다 고개를 든 박인재의 얼굴에도 강치수와 같은 의혹의 빛이 서려 있었다.

"교문 앞에서?"

"그렇지. 굳이 주차장에서 차를 끌고 와서 교문에서 멀리 떨어진 본관 건물 옆에서 기다릴 이유가 없어."

강치수가 문득 걸음을 멈추었다. 그는 정면을 응시하고 있었다. 그 시선이 향하는 곳을 박인재가 따라가보았다. 곧장 박인재는 그가 무슨 말을 하고 싶어 하는지 알 수 있었다. 그가 멈춘 곳은 그날 밤 김준후가 차를 멈춰 세우고 경비가 오기를 기다렸다고 말한 건물 옆쪽이었다. 대각선 방향으로 경비실 건물이 위치해 있었다. 박인재가 미간을 찌푸렸다. 그 자리에서는 경비실 건물 옆에 있는 아름드리나무에 가려 경비실 문이 보이지 않왔다.

박인재는 고개를 돌려 본관 정문 쪽을 보았다. 본관 현관에서 학교 정문으로 나가기 위해서는 계단을 내려와 운동장을 가로지르거나 운동장 옆으로 나 있는 플라타너스길을 걸어야 했다. 플라타너스는 학교 벽을 따라 심어져 있었으므로 어느 길로 걷든지 간에 이곳에서 보일 법했다. 그가 무슨 생각을 하고 있는지 간파했다는 듯 강치수가 말했다.

"물론 경비 아저씨가 건물에서 나오는 걸 봤을 수도 있지. 근데 말이야, 경비실로 돌아간 잠시 뒤에 교사가 정문으로 차를 끌고 왔어. 사람이 차보다 빠를 수는 없어. 그렇다는 건 그 교사가 경비가 나온 걸 보고도 한참이나 뒤에 정문으로 왔다는 거야."

박인재가 말했다.

"선배, 혹시 그 교사를 의심하세요?"

강치수가 그를 보았다.

"채다현 학생 옆집 사람한테 그 선생님을 본 적이 없냐고 물으셨잖아요. 그리고 선생님이 학생을 찾으러 왔을 때 대문이 망가진 상태였냐고도 확인하셨고. 그건 선생님이 열쇠가 있는 곳을 알았거나 열쇠를 갖고 있지는 않았을까 생각하신 거죠?"

강치수는 잠시 고민하다가 고개를 끄덕였다.

"그날 진술이 자꾸 마음에 걸려. 그 선생은 실습실에 갔다고 했지만 실은 3층에 있었던 것 같다고 내가 말했지?"

박인재는 고개를 끄덕거렸다.

만약 김준후가 3층에 있었으면서 거짓말을 한 거라면 왜일까? 빈 교실에 갈 뚜렷한 이유는 없었다.

"채다현은 택시를 타고 목적지를 학교로 말했어. 인근 CCTV에 찍히지 않은 걸 보면 학교에 들어왔다고 보는 편이 맞아."

"그리고 사라졌죠."

"학교에서 누굴 만나 무슨 일이 있었는가. 채다현이 사망한 곳은 삼은호수인가 아니면 다른 곳인가. 학교에서는 어떤 방법으로 나간 것인가. 확인해야 할 것이 많아."

고개를 끄덕이는 박인재를 보던 강치수는 문득 목을 뒤로 꺾어 시선을 위로 향했다. 건물이 위압적으로 두 사람을 내려다보고 있었다. 그렇게 하면 건물 안에 도사리고 있는 비밀을 읽어낼 수 있기라도 한 듯 강치수는 오랫동안 건물을 올려다보았다.

학교로 들어간 강치수와 박인재를 맞이한 것은 김준후였다. 아무래도 사망한 학생의 담임교사이니 그가 안내를 맡아야 한다는 판단이었을 것이다. 미소를 머금고 두 사람에게 인사를 건넸지만 김준후의 얼굴은 어색하게 굳어 있었다. 제자가 사망한 사건이기 때문에 당연한 표정이라고 생각할 수도 있었지만 강치수는 그의 표정을 한참이나 응시했다. 대답 없는 강치수 대신 박인재가 인사를 받았다.

"오늘 잘 부탁드립니다."

"학부모님들의 걱정이 큽니다. 오늘 하루로 끝나면 좋겠는데요."

학교명이 직접적으로 언급되지 않았지만 모자이크로 가린 학교의 전경은 진평 사람이라면 누구나 은파고등학교임을 알 수 있었다. 어젯밤 뉴스로 보도되는 바람에 학부모들이 동요했다. 불안과 우려가 섞인 전화가 학교로, 담임인 김준후에게 밀려들었다. 뉴스에서는 사건 현장과 흰 천이 덮인 시신의 사진은 물론이고 시신과 함께 발견된 칼의 모습까지 적나라하게 보도됐다. 칼자루의 형태가 특이하기 때문에 제보로 이어질 것을 기대한 경찰의 협조가 있었을 것이다. 다만, 칼이 나왔다는 건 두말할 것 없이 살인 사건이라는 사실을 의미하기 때문에 관심만큼이나 불안을 키웠다.

"저희도 바라는 일입니다."

박인재가 어색하게 웃었다. 학교 내에서 채다현이 가장 익숙한 장소인 교실이 최우선으로 감식될 장소였지만, 만약 거기서 아무 흔적도 나오지 않는다면, 감식은 학교 전체가 대상이 될 것이었다. 그의 그런 속내를 읽어서인지 김준후는 곤란한 표정을 지었을 뿐 별다른 말을 하지 않았다.

세 사람은 3층의 교실로 올라갔다. 학교에서 이미 아이들을 귀가시킨 탓에 복도는 적막했다. 정면에 보이는 유리창 밖에서 나무가 흔들리고 있었다. 하루 종일 유리창을 통해 들어온 한여름의 햇빛을 머금은 복도는 습하고 더웠다. 김준후가 안내하듯 먼저 교실의 문손잡이를 잡았다. 그는 고개를 돌리다가 정면 유리창을 물끄러미 보고 있는 강치수를 발견하고는 의아한 듯한 얼굴을 했다.

"무슨 일 있나요?"

"아뇨."

강치수는 얼굴에 미소를 띠며 김준후에게로 돌아섰다. 다시 김준후가 교실 문으로 몸을 돌렸다. 그 뒤를 따르는 박인재에게 강치수는 가까이 붙어 섰다. 그는 박인재의 귀에 몇 마디 말을 속삭였다. 그 모습을 김준후가 돌아보기는 했지만, 무슨 일인지 묻지는 않았다.

김준후가 문을 밀어 열었을 때, 교실은 비어 있지 않았다. 모두가 돌아간 교실 한가운데 책상에 한 여학생이 앉아 휴대폰을 만지고 있다가 깜짝 놀란 듯 고개를 들었다.

"최나희! 수업 끝나자마자 모두 돌아가라고 했을 텐데? 못 들었어?"

"알아요. 갈 거예요."

여학생은 부루퉁한 목소리로 말하며 자리에서 일어났다. 책상 위에 올려져 있던 필통과 지갑을 가방에 집어넣는 손길이 거칠었다. 마지막으로 넣은 것은 소설책이었다. 집에서는 소설을 읽지 못하게 하는 걸까. 최나희는 새초롬한 얼굴로 가방을 한쪽 어깨에 걸쳐 메고는 의자를 밀어 넣지도 않은 채 교실 뒷문을 향해 걸었다. 김준후가 한숨을 쉬며 고개를 절레절레 저었다.

"저기, 학생."

최나희가 문 앞에서 돌아보았다. 그녀를 부른 것은 강치수였다. 그는 부드러운 표정을 지으며 최나희에게 물었다.

"다현이 말인데, 혹시 친했니?"

"네?"

"아님 친한 애가 있다든가."

최나희가 눈을 깜박이다가 김준후를 흘낏 보고는 다시 강치수에게로 고개를 돌렸다. 말해도 되는지 담임선생님 눈치를 잠깐 보는 것 같았다. 최나희가 말했다.

"갠 친한 애 없어요."

"그래도 가끔 대화를 나누는 애는 있었겠지?"

"그랬겠죠. 근데 전 몰라요. 걔 가끔 말해봐야 남자애들만 상대했으니까요."

마지막 말에서는 죽은 아이에 대한 연민이나 안타까움 같은 것은 느껴지지 않았다. 아무 상관 없다는 듯한 태도다. 아무리 친하지 않았더라도 같은 반에서 얼굴을 마주하던 사이고, 하물며 그 아이가 죽었는데도.

더이상 할 말이 없다는 듯 고개만 까닥여 묵례를 하고 나가는 최나희의 뒷모습을 강치수는 씁쓸한 눈길로 보았다.

과학수사팀 대원들이 도착한 것은 최나희가 나간 직후였다. 일단 그들은 회의한 결과에 따라 교실 내에서 혈흔을 추적해볼 생각이었다. 채다현의 목에 난 자상 때문이었다.

삼십여 명의 학생들이 수업을 받는 넓은 교실을 과학수사팀 대원들이 샅샅이 훑는 동안 강치수와 박인재는 교실 뒤쪽으로 향했다. 거기에는 가로로 열 칸, 세로로 네 칸이 쌓아 올려진 사물함이 있었다. 사물함의 문에는 각각 학생들의 이름이 붙어 있어 채다현의 것을 찾기 쉬웠다. 채다현의 이름은 세로로 세 번째 줄 두 번째 칸에 붙어 있었다. 자물쇠가 잠겨 있어 열어볼 수가 없었다.

"학교에서 보관하고 있는 여분 열쇠는 없나요?"

박인재의 물음에 김준후는 고개를 저었다.

"열쇠 관리 문제도 있고, 물건 분실 문제도 있어서 학생에게 지급된 것 이외에는 열쇠가 없습니다."

박인재는 강치수와 의논 후 사물함의 자물쇠를 부수기로 했다. 채다현은 보호자가 없었기 때문에 담임선생인 김준후의 동의를 받았다. 김준후가 참관한 자리에서 박인재는 줄 톱을 가지고 와 자물쇠를 끊었다. 강치수는 라텍스 장갑을 낀 채로 문을 열고 안의 물건들을 주의 깊게 살폈다.

사물함은 깔끔하게 잘 정리된 편이었다. 주로 교과서와 노트가 꽂혀 있었는데 크기에 맞춰 순서대로 세웠다. 투명 플라스틱으로 만들어진 원통형 연필꽂이에 색색의 펜이 꽂혀 있었고, 잘 접은 수건 하나가 들어 있었다. 혹시나 있지 않을까 생각했지만 그들의 기대와는 달리 메모가 적힌 수첩이나 일기장 같은 것은 없었다. 박인재는 라텍스 장갑을 끼고 책을 하나하나 꺼내 훑듯이 넘겨보았다. 혹시라도 메모나 낙서 같은 것이 있을까 싶어서였다. 그러나 특별히 그들의 주의를 끄는 것이 없었다.

물건들을 살펴보던 강치수가 문을 향해 손을 뻗었다. 사물함 문의 안쪽 면에 다섯 장의 사진이 붙어 있었다. 사진이라기보다는 잡지 같은 곳에서 오려낸 것으로 보였는데, 모두 홍학 사진이었다.

"그거 집에도 붙어 있었죠?"

박인재의 말에 강치수는 고개를 끄덕거렸다.

"좋아했나 봐요."

사물함에서 꺼낸 책을 돌려놓으면서 박인재가 말했다. 강치수는 문에 붙어 있는 사진들을 유심히 보다가 시선을 끄는 것을 발견했다. 사진이 붙어 있지 않은 곳에 묻어 있는 흔적 때문이었다. 그것은 사각형의 테두리를 남기고 있었는데, 테이프를 오랜 시간 붙여놓았다가 떼었을 때 남는 접착제의 흔적이었다. 여기에도 똑같이 사진이 붙어 있었던 걸까. 왜 떼어냈을까. 강치수는 접착제 자국 위를 손으로 만져보았다.

그때였다. 한참 감식을 벌이고 있던 대원 하나가 소리쳤다.

"찾았습니다!"

강치수는 튕기듯 자리에서 일어났다.

7

"찾았습니다!"

감식을 진행하던 대원 중 누군가 소리쳤을 때 준후는 심장이 철렁 내려앉았다. 예상은 했지만 평정을 유지하기는 어려웠다. 다현의 사물함을 살펴보던 강치수와 박인재가 일어나 그쪽으로 향했다. 준후는 티가 나지 않도록 숨을 크게 들이쉬며 표정을 들키지 않으려 애썼다. 조금 진정이 된 뒤에 그는 천천히 몸을 돌렸다.

대원들이 몰려 선 곳은 교실의 중앙, 다현이 매달려 있던 아래쪽이었다. 그들은 자세를 낮추고 앉아 바닥에 푸른빛을 비추었다. 빛이 비춰지자 형광 반응을 보이는 지점이 있었다. 그것은 점점이 찍혀 있기도 했지만 손바닥 넓이로 뭉개져 있는 것도 있었다. 준후는 그것이 무엇인지 알 것 같았다. 혈흔 반응을 조사하는 것이다.

그날 다현은 목에 상처를 입고 피를 흘리고 있었다. 시신을 수습하는 과정에서 준후가 바닥을 닦아내기는 했지만 경찰의 조사에서도 검출되지 않을 만큼 완벽히 없애지는 못했다. 그럴 시간이 없었기 때문이다. 그가 범행을 저지른 것이 아니기 때문에 혈흔 자체가 그에게 위협적인 상황은 아니었지만 문제는 교실에서 사건이 벌어졌다는 사실이 밝혀지는 것이었다. 그는 조금 떨어진 곳에서 경찰들의 움직임을 주의 깊게 살폈다.

자외선램프를 들고 있던 현장 조사관이 주변을 더 비추어 살폈다. 손바닥 넓이로 뭉개져 있는 혈흔 주변으로 핏방울의 흔적이 몇 개 보였지만 그보다 먼 쪽에는 혈흔이 없었다. 강치수가 조사관의 손에서 자외선램프를 받아 들었다. 그가 비춘 곳에 있는 혈흔 방울 위에는 의자가 놓여 있었다. 그는 의자 다리를 살폈지만 형광 반응은 없었다. 의자를 밀자 혈흔 방울의 모습이 온전히 보였다. 강치수는 책상 다리 아래쪽도 더 살폈다. 그러고는 무슨 생각이 들었는지 벌떡 일어나 책상과 의자를 바깥으로 밀어냈다. 강치수가 말했다.

"책상이랑 의자가 없는 상태에서 피를 흘린 거야. 적어도 이렇게 밀쳐진 상태에서."

"몸싸움이 있었던 걸까요?"

고개를 갸웃하며 말한 것은 박인재였다. 반론을 제기하듯 조사관이 무릎을 굽히며 말했다.

"이건 낙하 혈흔이에요."

강치수와 박인재가 그를 쳐다보았다. 조사관이 설명했다. 낙하 혈흔은 가만히 있는 물체에서 수직으로 피가 떨어졌을 때 생긴 흔적을 말한다. 수직으로 떨어지기 때문에 혈흔이 정원형을 띠고 피가 튀는 돌기가 일정하게 퍼져 있다. 그는 낙하 혈흔임을 증명하는 다른 혈흔도 있다고 말했다. 그것은 동반 방울이라고 했다. 동반 방울은 큰 혈액 방울이 바닥에 부딪치면서 생기는 작은 혈액 방울을 말한다. 현장에서 여러 개 검출된 동반 방울은 혈액이 상당한 높이에서 떨어진 것을 증명한다고 덧붙였다.

상당한 높이. 그의 말에 강치수와 박인재는 약속이나 한 듯 고개를 꺾고 천장을 보았다. 그들의 바로 머리 위에 천장 매립형 에어컨이 붙어 있었다. 준후는 입이 말랐다. 심장이 조이듯 압박감을 느꼈다. 작은 혈흔으로 이렇게 많은 것을 알아내다니, 결국 다현의 사망 사건에서 자신을 분리하는 데 실패한 건 아닐까 하는 걱정이 그를 두렵게 했다. 그는 아랫입술을 깨물면서 무심결에 정면을 보았다.

강치수와 시선이 부딪쳤다.

천장을 응시하는 준후의 표정을 강치수가 살피고 있었던 것이다. 준후는 신경이 빳빳하게 곤두섰다. 형사가 자신을 의심하고 있다는 불길한 확신이 들었다.

"책상 좀 가지고 와봐."

어느새 강치수는 준후에게서 시선을 떼고 박인재에게 지시를 내렸다. 박인재가 책상을 끌어오자 그는 신발을 벗고 책상 위에 올라섰다. 강치수는 조사관 중 한 명에게 랜턴을 건네받았다. 그는 조심스레 안을 비췄다. 준후는 자신도 모르게 온몸에 힘이 들어갔다. 천장형 에어컨의 테두리 부분에 있는 바람 출구에 다현의 목이 매달려 있었다. 한참이나 침묵이 흐른 끝에 그는 랜턴을 끄고 책상에서 내려왔다.

"여기네요. 쌓인 먼지 위로 끈 자국이 있어요."

그 말에 조사관이 강치수가 올라갔던 책상 위로 올랐다. 그는 강치수가 말한 부분을 금방 찾아낸 것 같았다. 사진을 찍고 주변에서 지문을 채취하기 시작했다. 다시 대원들이 부산해졌다.

강치수와 박인재는 자리를 피해주듯 무리에서 한 발짝 뒤로 물러섰다.

"저기에 목을 매단 거야."

"근데 혈흔으로 보아서는 다리 아래쪽에 책상이나 의자가 없었죠."

"응. 그러니까 누군가 목을 찌르고 매단 거야. 그러고 나서 강에다 던진 거지."

"목을 찌르고, 매달고, 강에다 던진다. 왜 그렇게까지 해야 했을까요?”

“알 수 없지. 확실한 건 우발적 살인이 아니라는 거야. 계획 살인이야.”

“고등학생을 왜 그렇게까지……. 이런 어린애가 그 정도로 원한을 살 일이 있을까요?”

“사람 일은 아무도 몰라, 아무도.”

“아무도”라고 말하는 순간 강치수가 준후를 응시했다. 다현에게는 친구가 아무도 없었다는 준후의 진술 때문인지도 몰랐다. 하지만 기저에 다른 의도가 있는 것은 아닐까 준후는 의심을 거둘 수 없었다. 어쩌면 자신을 용의자라고 생각하고 있는지도 모른다. 하지만 진실은 그렇지 않다. 준후는 시신을 옮기기만 했을 뿐 다현을 죽음에 이르게 하지도 않았고, 죽기를 바란 적도 없다. 지금이라도 시신을 옮기기만 했다고 솔직히 말하면 어떨까? 이제 와서 말해봐야 통할 리가 없다. 그들은 완전히 자신을 범인으로 지목하고 더이상 수사를 진행하지 않을 게 분명했다. 그 순간 그는 결심했다. 절대 진실이 밝혀지게 두지 않겠다고.

현장 조사는 늦은 밤까지 계속 진행되었다. 교실에서의 작업이 끝난 뒤 곧장 그들은 복도를 수색하기 시작했다. 거기에 계속 있을 수만은 없어서 준후는 교무실로 내려와 있었다. 그들이 무엇을 찾아내는지, 어떤 이야기를 나누는지 몹시 궁금했지만 티를 내서는 안 된다고 생각하니 자리를 지키고 있을 수가 없었다. 계속 강치수 형사와 눈이 마주치는 것도 불편했다.

교무실은 텅 비어 있었다. 준후는 빈자리 쪽의 등은 모두 끄고 자신의 책상 쪽만 불을 밝혔다. 어두컴컴한 교무실에 앉아 적막 속에 잠겨 있자니 불편한 마음이 배가되었다. 눈을 감으면 조금 전 조사관들이 비췄던 형광색 혈흔들이 아른거렸다. 그것은 목이 매달린 다현의 그날의 모습을 불러냈다. 그는 고개를 가로젓고 책상 위 책꽂이에 있는 책을 아무거나 뽑았다. 교육청에서 발간한 『학생위기지원 가이드북』이었다. 경제적 어려움이나 따돌림 등의 위기에 처해 있는 학생들을 조기에 발견할 수 있도록 내려진 지침이었다. 그는 되는대로 책자를 펴서 눈을 박았다. 그러나 집중될 리가 없었다. 그가 읽어내는 글자들이 내용으로 인식되지 않았다. 그는 책을 덮고 깊은 한숨을 내쉬며 머리를 쓸어 넘겼다.

시간을 확인했다. 10시 반. 귀가하고 싶은 마음은 굴뚝같았으나 조사가 끝나지 않은 이상 그럴 수가 없었다. 경비원을 불러 조사가 끝날 때까지 지켜보고 있다가 정리를 하라고 해도 되지만, 형사들이 있는데도 자리를 지키지 않으면 교장이 곱게 볼 리가 없다. 아직도 멀었을까. 그는 잠시 고민을 하다가 자리에서 일어났다. 날선 긴장 상태로 몇 시간째 있는 셈이니 지치는 것은 당연했다.

준후는 계단을 올라 3층으로 향했다. 조사가 얼마나 진행되었는지 물어볼 생각이었다. 그러나 3층 복도로 들어선 순간 온몸이 굳어버리는 듯 충격을 받았다. 자신이 선 땅이 푹 꺼지는 것처럼 두 다리에 힘이 풀렸다. 잘못하면 중심을 잃고 휘청거릴 뻔했다.

조사관과 경찰이 복도 끝에 몰려 있었다. 그들이 보고 있는 것은 완강기였다. 완강기 함을 열고 조사관들이 두툼한 붓으로 함의 겉면과 로프, 고리 위에 약품을 바르고 있었다. 수사 관련된 일은 거의 모르는 준후가 봐도 뭘 하는 것인지 한눈에 알 수 있었다. 지문을 채취하고 있는 것이다.

완강기까지 알아내다니. 칼날이 목을 겨누고 있다.

그날 준후는 다현의 시신을 완강기로 옮겼다. 경비원의 눈을 피하기 위해서였다. 그 순간 완강기가 떠오른 것은 하늘의 도움이라는 생각이 들 정도였다. 그러나 이제 와 생각해보면 그게 아닐지도 모른다. 그날 그는 맨손으로 완강기의 로프를 만졌다. 장갑 같은 걸 찾을 겨를은 없었다. 완강기를 돌려놓을 때도 마찬가지였다. 이후 완강기에 남을 지문이 걱정되지 않았던 것은 아니다. 그러나 완강기를 해체해 닦아내는 수상쩍은 짓은 할 수 없었다. 형사들의 시선이 완강기까지 미치지 않기만을 바랄 뿐이었다.

그 모습을 지켜보고 있을 때 현장에 있던 강치수가 문득 고개를 돌렸다. 그와 눈이 마주치자 준후는 발걸음을 옮겨 강치수에게로 다가갔다. 그는 지문을 채취하는 조사관들 쪽을 흘깃 보고는 강치수에게 말했다.

"거기서 제 지문이 나올 텐데."

"네?"

선불렀나? 휘둥그렇게 눈을 뜨는 강치수의 표정을 보고는 후회했다. 그러나 돌이킬 수는 없다.

"완강기요. 관리자가 저거든요. 교직원들은 학교 시설물에 대해 담당이 정해져 있어요. 각자 관리하고 있는 시설물이 있는데 그 완강기가 제 담당이에요. 한 달에 한 번 정상 작동되는지 체크하고 있어요. 지문 채취하시는 것 같아서요. 제 지문이 나올 거라고 말씀드리는 겁니다."

강치수가 순순히 고개를 끄덕거렸다.

"그렇군요."

그는 준후를 똑바로 응시했다.

"그러면 완강기 사용법은 정확히 숙지하고 계시겠네요."

누군가 심장을 움켜쥐는 것만 같았다. 그는 입술을 끌어 올려 미소를 지었다. 자연스러운지는 알 길이 없었다.

"네, 물론."

알았다는 듯 강치수가 다시 한번 고개를 끄덕였다. 그러나 지문 채취를 중단하도록 지시하지는 않았다.

"지문 조사가 끝나더라도 완강기 로프와 고리는 수거해 가야 할 것 같습니다."

"왜죠?"

준후의 질문이 의외라는 듯한 표정으로 강치수가 대답했다.

"혹시 범죄에 사용된 흔적이 남아 있을 수도 있으니까요. 유전자나 미세 증거 같은 거요. 물품 보상 관련해서는 저희 경찰서 담당관실에서 연락을 드릴 겁니다."

"알겠습니다."

조사는 그로부터 삼십 분가량 더 이어졌다. 준후는 멀지 않은 곳에 서서 끝나기를 기다렸다. 차라리 보고 있는 것이 마음 편할 것 같았다. 강치수와 박인재 형사는 마지막까지 남아 현장에서 조사관들이 떠나는 것까지 지켜보았다. 현장이 완전히 정리된 것을 확인한 두 사람은 계단을 통해 본관 뒤편 주차장으로 향했다. 3층에서 벗어나는 그들을 뒤따르던 준후는 본관을 벗어나는 순간 자기도 모르게 깊은 숨을 터뜨렸다.

주차된 승합차 앞에서 그들은 준후를 향해 몸을 돌렸다.

"아까도 보셨겠지만 여러 증거에 비춰볼 때 채다현 학생의 사건은 안면이 있는 자의 소행으로 추정됩니다. 그래서 채다현 학생에 관해 조사해야 하는데 아무래도 학생들이라 저희도 조심스럽네요. 게다가 특정 학생이 아니라 대상이 광범위해서 설문조사 형식을 취할 수밖에 없는데, 그렇게 되면 선생님께서 진행해주셔야 하니 불편하시겠지만 잘 부탁드립니다."

박인재 형사가 고개를 숙였다.

"교감선생님께 들어 알고 있습니다. 걱정 마세요."

학생들의 학업 분위기를 흐리지 않는 선에서 가장 최적의 조사 방법이라고 결론을 내린 것 같았다. 물론 학부모들의 항의도 고려했으리라. 그것이 최선의 방법이니 학교 측에서도 거부할 이유가 없었다. 학교에서 설문 조사를 진행하되, 취합은 경찰이 하고, 눈에 띄는 진술이 있어 학생과 대면해야 할 경우 보호자의 허락하에 경찰서에서 비공개 면담을 진행하기로 최종 합의가 되었다.

"그럼 내일 연락드리겠습니다."

박인재가 인사를 한 후 운전석에 올랐다. 강치수도 준후를 향해 목례를 한 후 조수석 쪽으로 몸을 돌렸다. 그러던 강치수가 갑자기 걸음을 멈추고 뒤를 돌아다보았다. 그는 준후의 눈을 곧게 응시했다.

"그런데 선생님, 25일 밤에 말입니다. 경비원분 진술에 의하면 라면을 찾으러 실습실에 가셨다고 하는데 맞나요?"

"아, 네. 그랬습니다."

예상치 못한 질문에 순간적으로 목소리가 떨렸다. 그는 당혹감을 감추려 애썼다.

"그런데 경비원분은 실습실에 불이 켜져 있는 건 못 보셨다고 해서요."

"그랬나. 정확히 기억나는 건 아닌데 불 안 켜고 들어갔을 수도 있습니다. 밤이긴 하지만 밖에서 가로등 불빛이 들어오기도 하고, 라면을 놓는 곳이 어디인지는 아니까요. 라면이 있었으면 불을 켰겠지만 없었거든요. 그냥 나왔습니다."

준후의 말에 강치수는 입을 다물고 뭔가 생각하는 듯 시선을 내리깔았다. 쿵쿵 뛰는 심장을 억누르며 준후가 물었다.

"그게 중요한가요?"

"아뇨. 확인차 여쭙는 겁니다."

강치수가 부드럽게 미소를 지었다. 하지만 준후는 따라 웃을 수 없었다.

"절 의심하시는 건가요?"

강치수가 놀란 눈을 했다. 그는 어색한 웃음을 지으며 손을 가로저었다.

"그런 건 아닙니다. 말씀드렸듯이 그날 현장에서 있었던 일을 확인하려는 겁니다. 만약 그날 교내에 범인이 숨어 있었다면 선생님과 경비원분의 동선을 피해서 다녀야 했을 테니까요. 기분 나쁘셨더라도 이해 부탁드립니다."

"그런 건 아닙니다. 그날 학교에 제가 있었던 것도 사실이니 의심을 사도 어쩔 수 없다고는 생각하고 있습니다. 불편하더라도 어떤 일이든 협조할 테니 괘념치 마세요."

"그렇게 말씀해주시니 감사합니다. 그래서 말인데요……."

"말씀하세요."

"혹시 채다현 학생의 집에 찾아갈 만한 중년 여성에 대해서 아는 게 있으신가요? 현재까지는 채다현 학생에 대해 잘 알 만한 사람이 선생님 이외에는 나오지 않아서요."

무슨 소린가 싶어 준후는 바로 대답을 하지 못했다. 설명하듯 강치수가 말했다.

"조사하다 보니 채다현 학생 집에 찾아온 중년 여성과 다툼이 있었던 것 같더군요. 학생 할머니의 장례를 같이 치러주셨다고 하니 보셨을 수도 있을 것 같은데, 혹시 떠오르는 인물이 있나요?"

고민할 것도 없었다. 곧장 고개를 저었다.

"아뇨. 다현이 할머니 장례식에는 단 한 명도 추모객이 없었습니다. 친척도 없다고 다현이가 말했죠. 중년 여성…… 이야기를 들어본 적도 없습니다."

"그렇군요. 혹시라도 뭔가 저희에게 이야기해줄 것이 있으면 언제라도 말씀해주세요. 뭐든 상관없습니다."

지푸라기라도 잡아보려는 생각일 것이다.

"알겠습니다. 그런데 저……."

잠깐의 고민 끝에 그는 입을 열었다. 의심을 산다고 해도 어쩔 수 없었다. 그로서는 꼭 알고 싶은 것이었다.

"다현이 부검은 끝났나요?"

"아직 1차 부검 결과지가 오기 전입니다만, 곧 시신이 인도될 겁니다. 보호자가 없는 학생이라 지자체 기준에 따라 절차가 진행될 겁니다."

그는 준후가 시신 처리에 관해 걱정하고 있다고 생각한 모양이었다. 물론 준후는 다현을 위해서라도 무연고 처리를 하도록 내버려둘 생각은 없었다. 보호자가 되어 직접 다현의 마지막을 지켜주고 싶었다. 그것이 다현과 이별하는 예의라고 생각했다. 하지만 지금 위험을 감수하고서라도 준후가 알고 싶은 것은 그것이 아니었다.

"다현이는 칼에 찔려 죽은 건가요?"

그 말에 강치수가 놀란 눈을 했다. 준후는 자기도 모르게 시선을 피했다. 하지만 곧 고개를 들고 변명처럼 말했다.

"아까 조사하실 때 옆에서 들었습니다. 다현이 목을 천장 에어컨에 매달았던 거라고요. 목에도 칼에 찔린 상처가 있다고 뉴스에서 들었어요. 그럼 그 어린애를 칼로 찌른 것도 모자라서 목까지 매달았다는 것 아닙니까? 어떤 흉포한 놈인지 생각만 해도 치가 떨립니다. 얼마나 무섭고 아팠을까요? 그래서 그런 생각이 들었습니다. 차라리 칼에 찔려서 즉사한 거면 다행이지 않을까 하고요."

이 말은 진심이었다. 다현은 늘 무덤덤한 얼굴을 하고 있었다.

친구가 없어도, 대화할 사람이 없어도 아무 상관 없다는 듯한 얼굴이었다. 모르는 사람들은 그런 다현을 강하다고 생각할지도 모른다. 그러니 아무도 다현에게 말을 걸지 않고 걱정해주지 않고 버려두는 것이리라. 하지만 사실이 아니다. 자신은 알고 있다. 다현은 처절하게 외로운 아이였다. 부서질 듯 약한 아이였다. 작은 상처를 받는 것도 두려워 거짓 외피를 서툴게 두른 것뿐이었다. 그런 다현이 죽을 때 얼마나 외롭고 무서웠을지를 생각하면 몸이 조여온다.

자신이 의심을 피할 수만 있다면, 다현과 자신의 관계가 드러나지 않는다면, 자신의 생활이 무너지지 않는다면, 다현에게는 미안하지만 범인이 잡히지 않아도 할 수 없는 일이라고 그는 생각했다. 하지만 그것만은 알고 싶었다. 다현은 어떻게 죽었는가. 차라리 즉사했다면 마음이 편할 것 같다.

준후는 강치수 형사의 대답을 기다렸다. 그런데 강치수 형사의 얼굴에 곤혹스러운 빛이 스쳤다. 자신을 의심하는 것 같지는 않아 다행이었지만 그의 표정이 의아했다. 강치수 형사가 차에 앉아 밖을 내다보는 박인재 형사와 눈빛을 교환하는 것을 준후는 놓치지 않았다. 무슨 일일까. 알 수 없는 불안감이 가슴을 태웠다. 이 대답을 듣지 말아야 한다는 경고가 어디선가 울리는 듯했다.

이윽고 강치수 형사가 결심했다는 듯 준후를 보았다.

"채다현 학생의 사인은……."

그는 유감을 표하듯 고개를 약간 숙인 채 무거운 어조로 말했다.

"익사입니다."

8

강치수가 교통과를 찾는 일은 잦은 편이었다. 사건이 터지면 가장 기본이 되는 수사가 CCTV 판독이기 때문이다. 강치수가 안으로 들어가자 기다리고 있었다는 듯 김 순경이 자리에서 일어섰다. 강치수는 안면이 있는 다른 직원들과 가벼운 눈인사를 나눈 뒤 김 순경을 따라 판독실 안으로 들어갔다.

CCTV 영상을 재생하는 모니터와 판독에 필요한 몇 가지 기계가 있을 뿐 방은 좁았다. 김 순경은 철제 의자를 펼쳐 책상 옆에 놓으면서 강치수를 향해 손짓해 보였다. 강치수가 앉자 그도 의자를 빼고 앉았다. 김 순경은 피곤이 가득한 얼굴로 마우스를 쥐고는 몇 가지 조작을 했다. 그는 표정만큼이나 건조한 목소리로 말했다.

"말씀하셨던 영상은 다 찾아놨어요. 상당한 양이었지만 말이에요."

불만 가득한 목소리에 강치수는 말없이 웃었다. 분석관들이 항상 방대한 양에 신음하는 것을 잘 알고 있다. 용의자를 압축해 조사할 수 있다면 일은 훨씬 줄어들 테지만, 문제는 압축의 기준이었다. 기준이 잘못될 경우 생겨난 구멍으로 용의자는 언제든 빠져나갈 수 있다. 용의자가 빠져나갈 '만에 하나'의 구멍을 촘촘히 채우는 것은 인력의 고혈뿐이다.

"말씀하신 25일 밤부터 26일 24시까지 삼은호수 인근 CCTV 영상이에요. 그런데 말씀하신 차량 번호는 없던데요."

"없다고?"

강치수의 미간이 좁혀졌다. 그는 믿을 수 없다는 듯 화면 속 영상을 응시했다. 영상이 화면 속에서 빠르게 재생되었다. 걸어가는 사람도 있었지만 이따금 차량들도 지나갔다. 영상을 보는 강치수에게 김 순경이 스테이플러로 고정된 서류를 내밀었다.

"지나간 차량들 목록이에요."

서류를 받아 든 강치수는 명단을 빠르게 훑었다. 김 순경의 말대로 그가 찾는 번호는 없었다. 김 순경이 무덤덤하게 말했다.

"없다니까요."

삼은호수 진입로의 CCTV를 확인하는 것은 채다현을 삼은호수에 던진 용의자를 찾기 위해서였다. 채다현의 최종 사인은 익사다. 하지만 부검의는 당시 채다현이 정상적인 상태는 아니었을 거라고 했다. 자상을 입은데다 목이 졸려 가사 상태였을 가능성이 있었다. 폐에서 검출된 플랑크톤과 익사 시 발견되는 비강의 흰 거품, 귀에서 발생한 출혈 같은 전형적인 현상 때문에 최종 사인이 익사라고 판단했지만 그 양은 많지 않았다. 호흡을 하고 있어서 물이 폐로 들어갔지만 호흡량은 많지 않았다는 증거였다.

학교에서 목을 매달아 의식이 없는 채다현을 삼은호수에 던졌다는 이야기다. 차가 없으면 불가능하다. 그래서 차량을 우선시하여 조회하고 있었는데, 사실 강치수의 마음에는 용의 차량이 있었다. 바로 교사인 김준후의 SUV 차량. 하지만 그의 차량 번호는 목록에 없었다.

날짜를 잘못 생각한 걸까. 하지만 부검의는 피부 상태를 근거로 채다현의 목이 졸린 시각과 물에 던져진 시각의 차이가 그리 크지 않을 거라고 판단했다.

"제가 부탁드린 차량 추적은 완료됐나요?"

서류를 움켜쥔 채로 강치수가 말했다. 김 순경이 고개를 끄덕거리며 대답했다.

"네, 확인했는데요. 의심스러운 정황은 보이지 않았어요."

그는 빠르게 키보드를 조작했다. 그러고는 다이얼을 돌려 영상을 되감았다. 잠시 후 그가 재생한 영상은 학교 앞을 비추었다. 어두워진 학교 교문 밖으로 나오는 차량은 강치수가 주목하고 있는 4054 차량, 김준후의 차였다.

“학교 앞을 벗어나서 1분 후, 은파사거리.”

김 순경이 검지로 키보드를 탁, 소리가 나도록 쳤다. 영상이 바뀌면서 사거리를 비추었다. 김 순경이 다시 한번 키보드를 누르자 영상이 멈췄다. 영상 속에서 번호판이 선명하게 찍힌 김준후의 차량이 보였다.

“그리고…… 3분 20초 후 MH저축은행 앞.”

김 순경의 조작에 영상이 바뀌고, 마찬가지로 김준후의 차량이 보였다. 그런 식으로 3~4분가량의 차이를 둔 영상을 김 순경이 연이어 보여주었다. 김준후의 차가 멎은 곳은 성문아파트, 그의 거주지였다. 그날 밤 학교에서 나와 바로 귀가했다는 진술 그대로였다. 아파트에 들어가는 영상에서 김 순경이 조작을 멈추었다.

“제가 강 경위님이랑 한두 해 보는 사이도 아니고, 성격 잘 아니까 미리 성문아파트에 CCTV 요청했는데요, 안타깝지만 지상 주차장에는 CCTV가 없다고 하네요. 엘리베이터랑 각 동의 출입구에만 달려 있는데 그 사람, 1층 산다면서요. 엘리베이터 CCTV는 확인해볼 필요도 없고 동 출입구 것만 받았는데, 4054 운전자가 들어간 뒤 다음 날 출근 시간까지 외출한 적은 없었어요. 들어갈 때는 작은 서류 가방 하나만 들었고요. 그 영상도 담아서 드릴게요."

강치수는 멍하니 고개를 끄덕거렸다. 머리가 복잡해 정리하기가 쉽지 않았다. 그 와중에도 김 순경은 계속 설명을 이어갔다. 다음 날 퇴근한 김준후는 그대로 아파트로 향했고 마찬가지로 밤을 넘겨 출근길에 오르기까지 외출하지 않았다. 그런 김준후의 차량이 삼은호수 앞을 지나간 것은 7월 28일 오후에 이르러서였다. 김준후가 채다현의 결석 때문에 찾아갔다가 집에 없는 것을 확인하고 실종 신고를 한 날이다. 김준후의 진술과 행적이 일치했다.

김준후는 범인이 될 수 없었다. 강치수는 그간 많은 사건을 해결해왔다. 잘 벼려진 날처럼 그의 감은 항상 기민하게 유지됐다. 그가 의혹을 가진 사람은 증거를 통해 대부분 범인으로 입증되었다. 하지만 이번만은 자신이 틀렸다는 것을 인정하지 않을 수 없었다. 강치수는 손에 들린 서류를 응시했다. 사건 당일 삼은호수 CCTV 앞을 지나간 차량들. 이 안에 자신이 예상 못한 범인이 있다는 것일까.

채다현의 행적이 마지막으로 포착된 25일부터 다음 날인 26일 사이에 삼은호수 입구를 지나간 차량은 총 열다섯 대에 불과했다. 삼은호수를 지나 갈 수 있는 곳은 양지마을밖에 없다. 이곳은 이제 이주를 시작한 재개발 동네이기 때문에 방문자가 많지 않았다. 차적 조회를 통해 열다섯 대 중 열세 대가 동네 주민으로 확인되었다. 동네 주민이 채다현을 학교까지 불러내 살해할 이유는 없다고 생각되었지만 이번 역시 만에 하나의 경우를 배제할 수는 없었다. 동네 주민 열세 대 차량에 대한 압수수색이 결정되었다. 거부하는 사람은 없었다.

주민들의 협조를 얻어 압수수색은 동네 공터에서 실시했다. 참관한 강치수는 조금 떨어진 도로변에 앉아 공터의 작업 상황을 지켜보았다. 그의 표정이 어두웠다. 저 열세 대에서 유력한 증거가 나올 거라는 생각은 조금도 들지 않았다.

주목할 만한 차량은 두 대였다. 운전자는 각각 세천시와 진평의 미현면 거주자였다. 두 운전자 모두 마을 사람과 가족 관계였다. 가족과 만나기 위해, 또는 놓고 간 짐을 가지러 온 사람들이었다. 마을 사람과 가족이라면 그동안 오가며 채다현과 안면이 있었을 가능성을 배제할 수는 없었다. 두 차주 모두 사정을 말하자 압수수색에 동의했다. 두 차량에 대한 압수수색은 주소지에 해당하는 경찰서에 협조를 요청했다.

감식이 한창 진행되고 있을 때 전화가 걸려 왔다. 박인재 형사로부터 온 전화였다. 지난번 그는 김준후에 대한 강치수의 의심이 틀렸다는 것을 알게 된 것이 오히려 다행이라고 말했다. 함께 살던 할머니까지 사망하여 기댈 가족이 없는 채다현이 유일하게 의지할 수 있었던 이가 함께 장례를 치러줬던 김준후 선생이라는 것을 알았기 때문이다. 믿음에 대한 결과가 살해로 이어졌다는 것은 끔찍한 불행이다. 박인재는 차라리 채다현이 전혀 모르는 사람에게 살해당했다는 결과가 나오기를 바란다고 했다.

그런 생각을 하며 강치수가 전화를 받았다.

"선배님, 채다현 핸드폰 분석 결과 나왔습니다."

실종 당시 채다현은 핸드폰을 집에 두고 외출했다. 그것만으로도 이상했다. 요즘 아이들은 핸드폰이 없으면 아무것도 하지 못한다. 깜박하고 놓고 나갔다면 다시 돌아와 가져갈 정도로 중요한 물건이다. 만약 누군가를 만나러 나간 것이라면 더욱 이상한 부분이다. 그래서 채다현의 휴대폰 이용 내역을 조사하는 일은 필수였다.

휴대폰 분석은 2019년에 영인시 지방경찰청에 새로 설립된 디지털포렌식 분석 센터에서 진행했다. 삭제된 파일이나 통화 내역까지 대부분 복구가 가능했다.

"뭐 나온 거 있어?"

"두 가지 정도 있습니다."

"두 가지?"

"네. 하나는 스팸 차단 내역인데요. 스팸 광고 전화번호 말고도 차단된 몇 개의 핸드폰 번호가 있었습니다. 두 번째는 삭제된 문자를 복구한 건데요. 이건 한번 보셔야 할 것 같습니다. 아무래도 선생님 말과는 달리 왕따를 당한 것 같아요."

박인재는 대표적인 몇 개의 문자만 읽어주었다.

"'학교 그만둘 생각은 하지 마. 그런다고 해서 네가 벗어날 수 있을 줄 알아? 난 내 눈으로 네가 불행한 걸 봐야겠어.'

'오늘이 무슨 날인 줄 알지? 영인은행 앞으로 나와. 안 나오면 넌 죽어.'

'전화 받아. 죽고 싶지 않으면.'

'감히 네가 나한테 선생질을 해? 이걸로 끝날 거 같지? 두고 봐. 네 입을 갈가리 찢어놓을 테니까.'"

마지막 문자는 7월 25일 오후 6시 40분경 수신되었다. 채다현이 사라진 당일이었다.

"학생 같은데."

"그런 것 같습니다."

"좋아. 일단 스팸 처리된 전화번호 소유주 확인해서 채다현과 무슨 관련이 있는지 확인해봐. 문자 발신자도 확인하고."

문자 발신자에게는 미리 연락하지 말라고 강치수가 당부했다. 채다현이 사라진 날 마지막으로 수신된 메시지이므로 상대방이 실종과 관계가 있을 가능성이 있다. 미리 경찰이 연락을 했다가는 빠져나갈 대책을 마련할지도 모르는 일이다. 문자 발신자가 학생일 가능성이 있으므로 강치수는 보호자에 대한 내용도 파악해두라고 지시하고는 전화를 끊었다.

강치수는 낮은 한숨을 내쉬며 고개를 들었다. 차량에 대한 조사가 어느 정도 마무리되는 모양인지 소유주들이 감식반의 안내를 받고 차를 다른 곳으로 이동 주차하고 있었다. 한편에서는 감식반원들이 채취된 증거품들을 챙기고 있었다. 상당한 양이었다. 매번 겪는 일이지만 강치수는 문득 안개가 잔뜩 낀 미로 위에 서 있는 기분을 느꼈다.

스팸 처리된 번호의 소유주를 확인한 결과 놀랄 만큼 다양한 연령대였다. 영인시에 사는 사람이 대부분이었지만 두 사람은 각각 봉천시와 진면군에 거주하고 있었다. 일단 소유주 내역에서는 채다현과의 접점을 짐작할 수가 없었다. 휴대폰 분석을 담당했던 분석관은 어쩌면 그 전화번호들 역시 광고 전화번호일지 모른다고 했다. 요즘 스팸 전화를 알아서 걸러주는 서비스가 많이 생기면서 그것을 피해 일반 핸드폰 번호로 전화를 거는 업체도 많아졌다고 했다. 그럴 가능성은 있었지만 확인하고 넘어가야 할 부분이다. 광고 전화라면 전화 영업에 최적화된 영업자가 받거나 녹음된 홍보 멘트가 나올 거라고 생각했는데 예상외로 전화를 받은 것은 중년 남성의 목소리였다. 박인재가 자신의 소속을 말한 뒤, 채다현을 아느냐고 물었다.

"채다현? 그게 누구지?"

거짓말을 하는 느낌은 아니었다. 혹시 잘못 걸린 전화였을까? 하지만 잘못 걸린 전화를 일일이 스팸 등록하는 사람은 없다.

“진평군에 살고 있는 고등학생입니다. 선생님께서 두 달 전쯤 학생에게 전화를 거신 내역이 있던데, 잘 모르십니까?”

진평이라는 말을 듣자 남자가 아, 하는 소리를 냈다. 그러나 이어진 말에서 그의 어조는 상당히 날이 서 있었다.

“그게 뭐요?”

전화를 건 것이 무슨 문제가 되느냐는 투였다.

“학생이 사망했습니다. 그 건을 조사하고 있습니다.”

전화기 너머에서는 잠깐 동안 목소리가 들려오지 않았다. 예상치 못한 말이라 충격을 받은 모양이었다. 잠시 후 정신을 차린 남자는 다시 뭔가를 방어하는 듯한 목소리로 돌아와 있었다.

“그, 그게 뭐요? 내가 무슨 상관이라고?”

박인재는 채다현과의 관계를 물었다. 이름만 듣고 금방 누구인지 떠올리지 못했던 남자. 그런 그가 왜 채다현에게 전화를 한 것일까. 그리고 채다현은 왜 그의 전화를 수신 차단해놓았을까. 그 답은 남자의 설명으로 금방 알 수 있었다.

“걔 엄마가 내 인생을 망가뜨린 그 쌍년이요.”

“네?”

“나한테 사기 친 년이라고.”

남자는 이를 가는 듯한 목소리를 냈다. 박인재는 채다현의 실종 당시에 진행했던 기초 조사 내역을 떠올렸다. 채다현의 엄마는 사기 사건으로 수감되었다가 교도소 안에서 자살한 것으로 되어 있었다. 아마 그 피해자인 모양이었다. 그제야 차단된 다른 번호들의 공통점이 보였다.

채다현의 사망한 어머니의 이름은 송인숙. 진평시장에서 대부업체를 하는 조상현을 만나면서 송인숙의 사기 행각이 시작되었다. 주로 일수를 내어주며 돈벌이를 하던 조상현은 시장 상인들에게 투자를 제안했다. 투자금으로 사금융을 운영해 발생한 이익금을 나눠준다는 것이었다. 그가 계산해 온 기대수익률은 은행 이자의 몇 배나 되는 것이었기에 사람들의 관심을 끌었다. 여기에 기름을 부은 것이 송인숙이었다. 송인숙은 특유의 친근함과 유려한 화법을 내세웠다. 대부분의 상인들은 그녀를 믿고 투자했고, 처음 몇 달간은 기대수익률보다 높은 이득으로 그들을 만족시켰다. 상인들은 그것이 모두 계산하에 이행된 것이었다는 것을 깨닫지 못한 채 감사의 인사로 송인숙에게 집에서 말린 태양초 고추며 쌀과 과일을 선물로 바쳤다. 송인숙은 은행 대출이자보다 투자수익이 훨씬 높다는 점을 강조하면서 상인들에게 대출을 통해 더 많은 투자를 하도록 유도했다. 상인 중 일부는 실제로 자택을 담보로 대출받아 투자했고, 일부는 친인척에게 송인숙을 소개해 투자가 이뤄졌다.

상인들이 사기라는 것을 인지했을 때는 조상현이 필리핀으로 도주한 뒤였다. 송인숙은 전라도의 인적 드문 섬으로 도주했다가 체포되었다. 모든 자금을 조상현이 빼돌렸기에 피해자들은 피해금을 회수하지 못했다. 송인숙은 자신도 속은 것이라며 항변했지만, 사기라는 것을 인지하지 못했을 가능성이 없고, 적극적으로 나서서 투자를 유도했기에 받아들여지지 않았다. 그녀는 6년의 징역형을 받았고, 그해 교도소에서 자살로 생을 마감했다.

피해자 중에서도 다섯 명이 자살을 하거나 시도했고, 십여 가구가 이혼 등으로 가정의 파탄을 맞았다. 안타까운 사연이었다.

그렇게 끝난 일인데 왜 채다현에게 전화를 걸었던 것일까? 그 질문에 남자는 착잡한 목소리로 답했다.

"그년은 돈 한 푼 없다고, 자기는 정말 몰랐고 챙긴 거 없다고 했지만 난 안 믿어. 그래서 전화했던 거야. 그년 앞으로 있던 빚을 자식새끼는 상속 포기할 테니까. 상속 포기하고 숨겨놓은 돈으로 잘사는 꼴을 내가 어떻게 봐. 난 못 봐."

그는 상속 포기를 하지 말라며 협박했다. 지난 팔 년간 분노가 치밀어 오를 때마다 발작하듯 다현에게 전화를 걸었다. 자신의 인생을 뭉개버린 여자의 자식이 편안히 산다는 생각만 해도 화병으로 몸져누울 것 같았다. 그래도 제대로 된 통화는 딱 한 번뿐이었다고 했다. 수신 차단이 되어 있었던 것은 몰랐던 모양이다. 집으로 찾아간 적은 없다고 했다.

설명을 마친 그는 잠시 입을 다물었다. 전화기 너머의 침묵

끝에 나직한 한숨 소리가 들려왔다.

"혹시 자살이오?"

그의 어조에서 짙은 죄책감이 느껴졌다. 혹시 자신의 압박으로 인해 아이가 목숨을 버린 것은 아닌가 싶었을 것이다. 대부분의 경우 사건 조사가 끝나지 않았을 때는 '아직 확인된 바는 없다'고 에둘러 말하지만 잠시 고민한 끝에 박인재는 자살이 아니라고 답해주었다. 그가 자신의 행위로 인해 죄책감을 갖지 않기를 바랐다. 물론 자식은 죄가 없다. 그렇지만 피해자의 입장도 이해 못 할 바는 아니었다. 원망의 상대는 틀렸지만 그는 채다현의 죽음을 바란 것은 아니었을 것이다.

전화를 끊은 후 박인재는 차단된 다른 번호에도 전부 전화를 걸었다. 한 통 한 통 전화를 끊을 때마다 그의 마음은 점점 더 무거워졌다. 다른 번호들 역시 첫 번째 통화한 남자와 다르지 않은 사정이었다. 모두 사기 사건의 피해자들이었다. 그들은 첫 번째 통화한 남자처럼 채다현에게 상속을 포기하지 말 것을 강요하거나, 몰래 숨겨놓은 돈이 있지 않냐며 추궁하기도 했었다. 첫 번째 통화한 사람을 제외하면 대부분 근래에 전화한 적은 없었다. 팔 년간 유지된 스팸 번호처럼 채다현의 기억에도 그들은 두려움으로 남아 있었던 것 같았다.

그들의 알리바이는 대부분 확실했다. 피해금 수억 원의 빚을 갚기 위해 대리운전을 하거나, 가족들과 헤어져 지방에서 숙식

제공을 하는 식당에서 일하거나, 공사장의 야간 경비를 서고 있었다. 투잡은 기본이고 직업이 세 개씩 되는 사람도 있었다. 확인은 해봐야 했지만 지금으로서는 혐의점이 보이지 않았다.

그는 확인을 마치고 손을 들어 마른세수를 했다. 사기 피해자도, 채다현도 안타까웠다. 어린아이가 겪을 만한 일들은 아니었다.

박인재는 수신 차단 목록을 옆으로 밀고는 무거운 마음을 떨치려는 듯 고개를 저었다. 그때 형사팀의 문이 열리고 강치수가 들어왔다. 박인재는 반색하며 자리에서 일어섰다. 빠른 걸음으로 들어온 그가 책상으로 향하자 박인재가 곧장 따라가 조금 전까지 확인한 내용을 보고했다. 무거운 얼굴로 고개를 끄덕인 그가 물었다.

"그 문자 발신자는?"

"통신사에 협조 공문 넣어서 회신받았습니다. 소유주 확인됐는데 역시 채다현과 같은 학교 학생이었습니다."

박인재는 들고 온 서류를 강치수의 책상 위에 놓았다. 강치수가 고개를 숙여 서류를 읽었다. 소유자는 정은성. 채다현과 동갑이었다. 아버지는 사망했고 어머니와 둘이 살고 있다. 사망한 채다현이 마지막으로 받은 문자이니만큼 정은성의 당일 행적에 대한 조사는 반드시 필요해 보였다. 상대가 미성년자여서 조사 시에는 보호자에게 통지하고 동의를 구해야만 했다. 연락을 취한 것은 강치수였다. 정은성의 어머니는 약간 놀란 듯했으나 자신이 동석한 면담이라면 협조하겠다고 말했다. 서류를 보며 강치수는 그녀의 이름을 어디선가 본 것 같다고 생각했는데 면담을 위해 찾아온 두 사람을 보고 깨달았다.

조미란. 은파고등학교의 교사였다.

9

대낮인데도 식당의 구석진 자리에 앉아 벌써 네 병째 술병을 따고 있는 준후를 식당 주인은 불편한 시선으로 흘깃거렸다. 준후는 아랑곳하지 않고 가득 채운 술잔을 입안에 털어 넣었다. 쓰디쓴 술이 목구멍을 훑고 내려가 속을 뜨겁게 달궜다. 취하고 싶었지만 시간이 지날수록 정신은 계속 또렷해질 뿐이었다.

어제도 곧장 포장마차로 들어가 술을 펐다. 눈을 뜬 것은 출근 시간이 한참이나 지난 뒤였다. 교감에게 전화를 해 몸이 좋지 않다는 거짓말로 휴가를 냈다. 계획되지 않은 휴가가 달가울 리는 없었지만 사람이 아프다는데 어쩔 수 없는 일이라는 듯 교감은 몸 관리 잘하라며 전화를 끊었다. 오늘 그가 들어가야 할 수업은 다른 과목으로 대체될 것이다. 교사가 된 이후로 한 번도 없었던 일이었다.

그는 소주병을 움켜쥐었다. 잔을 다시 채우려다 말고 테이블에 올려져 있는 스테인리스 물컵에 따랐다. 소주 반병이 단숨에 비워졌다. 괴로움은 더욱 진해졌다.

'익사입니다.'

강치수 형사의 목소리가 또렷하게 머릿속에 맴돌았다. 처음에는 자신이 잘못 들은 줄 알았다. 그게 아니라면 형사가 잘못 말한 것이라고 생각했다. 하지만 강치수 형사는 익사라는 말을 바로잡지 않고 돌아갔다. 믿을 수가 없었다.

준후는 다현을 처음 발견했을 때를 떠올렸다. 다현이 죽은 뒤 눈만 감으면 계속 떠올라 억지로라도 잊으려고 했던 모습이었다. 천장에 목이 매달려 흔들리던 다현의 몸. 분명 의식이 없었다. 목이 매달렸다면 줄에서 벗어나기 위해 엄청난 저항을 했을 터였다. 그럼 정신을 잃은 지 얼마 되지 않았던 걸까? 줄에서 내려놓았을 때도 숨을 쉬지 않았다. 심장박동도 없었다. 그래서 심폐소생술을 했다. 그때 정신을 차리지는 못했지만 심장의 기능이 약하게라도 돌아왔던 거라면.

준후는 무너지듯 머리를 움켜쥐었다. 만약 그 자리에서 다현을 병원으로 옮겼다면 살았을지도 모른다는 뜻이었다. 강치수 형사는 최종 사인이 익사라고 했다. 결국 다현은 자신이 죽인 것이다.

'나를 이해해주는 건 선생님뿐이에요.'

다현의 목소리를 떠올리며 준후는 고개를 흔들었다. 그 믿음을 자신이 배신하고 말았다.

"저기요."

갑자기 들려온 목소리가 자신을 부른다는 것을 준후는 금방 깨닫지 못했다. 그는 다시 술병을 들어 잔을 채웠다. 그때 누군가 어깨를 흔들었다. 준후는 깜짝 놀라며 고개를 들었다. 인상을 찌푸린 식당 사장이 그를 보고 있었다.

"전화 오잖아요, 아까부터 시끄럽게."

무슨 소리인지 못 알아듣는 사람처럼 의아한 눈으로 보자 식당 사장이 턱짓으로 휴대폰을 가리켰다. 휴대폰은 테이블 끄트머리까지 밀려가 있었다. 그제야 준후의 귀에 휴대폰 벨 소리가 들려왔다. 그가 휴대폰으로 손을 뻗는데 벨 소리가 멎었다. 식당 사장이 고개를 가로저으며 카운터를 향해 몸을 돌렸다.

준후는 휴대폰을 확인했다. 부재중 전화가 세 통이나 되었다. 발신자는 모두 한 사람이었다. 지금 듣고 싶은 목소리는 아니었다. 휴대폰을 주머니에 집어넣으려는데, 이번에는 문자메시지가 왔다.

—통화 안 되네요. 나 진평에 내려왔어요.

그의 아내, 영주였다.

준후의 차가 아파트 주차장에 멈춰 섰다. 조수석에 앉아 있던 준후는 시동이 꺼진 것도 눈치채지 못한 채 창틀에 올려둔 손에 얼굴을 묻고 있었다.

"다 왔습니다, 손님."

술에 취해 잠들었다고 생각했는지 먼저 내린 대리운전 기사가 조심스럽게 그의 어깨를 흔들었다. 준후는 정신을 차린 듯 고개를 들고 기사가 내미는 자동차 열쇠를 받았다. 대리운전 기사가 떠난 이후에도 한동안 그는 멍하니 자리에 앉아 있었다. 그러다 차에서 내려 집을 향해 걸었다.

성문아파트는 준공한 지 이십 년도 훨씬 넘은 복도식 아파트였다. 복도에 그 흔한 유리창 하나 달려 있지 않아서 비가 오면 그대로 빗물이 들어왔다. 장마철이면 복도에 빗물이 고여 있는 것이 일상이었다. 아파트에 구성되어 있는 입주자대표회의에서 전체적인 유리창 시공을 논의하긴 했지만 찬성하는 사람이 적어 수포로 돌아갔다고 들었다. 이 아파트는 전 세대가 20평형으로 방 두 개에 화장실이 하나 딸린 구조다. 3인 이상의 가족이 생활하기에는 좁다. 낡아서 집값은 오르지 않는데, 안전진단 평가에서 재개발할 정도의 등급은 나오지 않는다. 쓸데없는 돈이 든다고 도색에도 찬성하지 않는다. 집값은 점점 떨어지고, 단지 안은 가난하다는 느낌으로 가득하다. 그렇다 보니 거주하는 사람들 대부분이 혼자 사는 저소득층 노인이나 준후처럼 집값을 신경 안 쓰는 1인 가구다.

아파트 입구에는 푸른색 정복을 입은 경비원이 대나무 비로 바닥을 쓸고 있었다. 그는 준후를 발견하고는 모자챙을 슬쩍 들어 올리며 웃었다. 준후가 묵례를 하며 다가섰다.

"오늘은 일찍 오시네요?"

대낮부터 포장마차에서 술을 푸고 대리운전 기사를 불러 돌아왔을 거라고 생각하지 못하는 듯하다.

"네. 지난번에는 죄송했습니다."

"아니에요. 선생님이 맨날 그러시는 것도 아니고. 그분께는 제가 잘 말했습니다."

"감사합니다. 앞으로는 조심할게요."

아파트 입구에 가까운 곳은 장애인 주차 구역으로 별도 지정되어 있었다. 거기에 주차한 준후의 차가 문제였다. 새벽에 퇴근해 들어오던 주민이 준후의 차를 보고는 경비실에 항의를 했다. 경비원이 먼저 발견했다면 문제가 되지 않았을 텐데 주민이 먼저 봤기에 경비원이 근무를 소홀히 한 게 아니냐는 소리까지 들었다고 했다. 사진을 찍어 신고를 하겠다며 펄펄 뛰는 그를 간신히 말리고 준후에게 연락을 취했다. 전화를 받지 못해 이동 주차한 것은 다음 날이었다. 그동안 경비원이 항의 때문에 몸살을 앓았다. 미안하기 이를 데 없었다.

"근데 댁에 손님이 오신 것 같던데요?"

경비원의 말에 준후는 자신의 집 쪽을 바라보았다. 1층인지라 선 자리에서 곧장 그의 집인 102호 호수판이 보였다.

이런 문제 때문이었다. 작은 동네다 보니 사람들의 시선을 받기가 쉽다. 그래서 집에 오고 싶어 하는 다현을 데려오지 못했다. 다현이 그의 집에 온 것은 딱 한 번뿐이었다. 아내는 내려오고 싶어 하지 않아 별로 온 적이 없고, 정작 오고 싶어 하는 다현도 데려오지 못했다.

준후는 대답 대신 가벼운 인사를 하고 104동 출입구를 통해 안으로 들어갔다. 동 현관을 기준으로 좌우로 각 두 세대가 위치해 있었다. 102호는 동 출입구 바로 오른쪽에 자리 잡고 있었다. 복도를 걸어 집 앞으로 간 그는 문에 달린 도어록에 손을 대었다. 불이 밝혀지면서 키패드가 나타났다. 비밀번호를 누르는데 안에서 인기척이 났다. 비밀번호를 다 누르기도 전에 문이 열렸다. 영주가 한 손으로 문을 밀어 열며 그를 향해 웃었다.

"초인종 누르지."

준후는 그녀를 물끄러미 응시했다. 뽀얗게 화장한 얼굴은 생기가 넘쳤다. 웨이브진 머리를 뒤로 질끈 묶어 여성스러웠다. 흰 목덜미에 그가 결혼할 때 선물한 목걸이가 걸려 있었다. 영주는 앞치마를 매고 있었다. 안에서 익숙하지 않은 음식 냄새가 났다.

"습관이 돼서."

영주를 지나쳐 거실로 들어섰다. 문을 닫은 영주가 그의 뒤를 따랐다.

"술 마셨어? 선생님들이랑 회식 있었나 보네?"

영주의 목소리는 평소에 듣던 것보다 한 톤이 높았다. 그는 영주를 응시했다. 아직 퇴근 시간이 되지 않았다는 사실은 모르는 모양이었다. 학교에 다녀온 차림새도 아니다. 관심 없었던 사람에게 관심 있는 척하려니 제대로 된 말이 나올 리가 없다. 별로 상관은 없었다.

"뭐, 그냥."

무성의하게 대답한 뒤 방으로 향했다. 다시 영주가 한 톤 높은 목소리로 말했다.

"웬일로 청소를 열심히 했나 봐? 화장실에 물때도 없고. 은근히 성실한데? 내가 가르쳐준 대로 했어? 배수구 뚜껑 열고 안까지 깨끗하게 닦아야 한다고 했잖아. 당신 천식기에 비염까지 있으니까 청소를 잘해야 한다구."

대답을 바라지 않는, 어색함을 감추기 위해 주워섬기듯 뱉어내는 말. 준후의 발걸음이 우뚝 멈췄다. 그는 잠시 영주를 돌아보고는 말없이 방으로 들어갔다. 문을 닫는데 나직한 한숨 소리가 틈새로 밀려들었다. 그는 다현을 생각하며 문을 닫았다.

영주와 저녁 식탁에 마주 앉은 것은 기억나지 않을 만큼 오랜

만의 일이었다. 영주는 연신 높은 어조로 수많은 얘기를 늘어놓았지만 준후의 머릿속에서 다현을 밀어내지는 못했다. 입맛이 썼다. 영주가 열심히 지었을 솥밥은 입안에서 까끌거리기만 했다. 그는 결국 반도 먹지 못하고 수저를 놓았다.

저녁 뉴스를 보다 그가 안방으로 들어갔을 때 침대 위에는 베개 두 개가 나란히 놓여 있었다. 베갯잇이 새것으로 교체되어 있었다. 그가 그것을 물끄러미 보고 있을 때 뒤따라 들어온 영주가 문을 닫았다. 흰색 원피스 잠옷 차림이었다. 말없이 영주가 침대 위에 올라가 누웠다.

준후는 불을 끄고 침대 위에 올랐다. 반듯이 누워 어두워진 천장을 올려다보았다. 창밖에서 들어온 가로등 불빛이 천장의 어둠을 가로지르고 있었다. 적막하고, 외로웠다. 그때 이불 속에서 영주의 팔이 준후의 가슴 위로 올라왔다. 영주는 잠시 그를 끌어안고 있다가 그의 상체에서 천천히 손을 미끄러뜨렸다. 배를 쓸듯이 만지고 지나간 그녀의 손이 준후의 트레이닝복 바지 속으로 들어왔다. 그 손을 준후가 잡았다.

"피곤해."

그는 돌아누웠다. 영주의 시선이 느껴졌지만 외면하듯 눈을 감았다. 그는 잠이 들기를 원했지만 영주는 포기하지 않았다. 준후는 거칠게 영주의 손을 내쳤다.

"여보."

영주의 목소리는 아까와는 다르게 나직했다.

"나 노력하고 싶어. 노력하자, 우리."

영주의 손목을 잡은 준후의 손에서 서서히 힘이 빠져나갔다. 영주는 상체를 일으키고 앉아 준후가 다시 자신을 보게 했다. 준후의 양 뺨을 감싸 쥔 영주는 그의 입술에 입을 맞췄다. 키스는 뜨겁지 않았다. 불편했다. 그래도 자신의 몸 위로 올라오는 영주를 그대로 받아들였다. 다현이 언젠가 물었던 것이 기억났다. 사랑하지도 않는데 섹스가 가능하냐고. 이해가 가지 않는다는 그 얼굴을 떠올리자 다현에게 깊이 미안했다. 이런 사람이라서, 미안하다고 생각했다.

그날 밤 준후는 다현과 함께 보낸 시간, 다현의 살결, 다현의 체취, 다현의 움직임을 간절히 떠올린 후에야 영주의 몸에 사정할 수 있었다. 영주에 대한 미안함은 없었다.

새벽 5시가 되었을 때 준후는 잠이 들기를 포기하고 침대에서 일어섰다. 벗어둔 옷과 휴대폰을 챙겨 들고 방문을 열었다.

"벌써 나가요?"

잠에서 깬 듯 나른한 목소리였다. 준후는 돌아보지도 않고 대답했다.

"요즘엔 사우나에 가서 씻어. 거기서 바로 출근할 거야."

"여보."

나가려는 그를 영주가 불러 세웠다.

"우리 준영이, 한 번도 묻지 않은 것 알아요?"

준후는 잠시 멈춰 섰다가, 그대로 방을 나갔다.

학교에 도착하자마자 준후는 교감의 자리를 찾았다. 교감은 보자마자 그의 안색을 살폈다. 술 냄새가 날까 봐 걱정했지만 그건 아닌 모양이었다. 교감은 젊은 사람이 감기에 걸리느냐며 웃음으로 그를 맞았다.

"학생 사건 때문에 너무 마음을 쓴 거 아니에요?"

걱정스러운 얼굴이었다. 완전히 틀린 말은 아니었다. 하지만 그 마음이 교감이 생각하는 것과는 질이 다르다. 교감은 선생이 가지는 직업의식 때문에 그가 힘들지는 않은지 걱정하는 듯했다. 준후가 어떤 문제로 괴로운지는 상상도 못 할 터였다.

"아닙니다. 어제는 별일 없었나요?"

사건에 대해 과한 궁금증을 들키지 않으려 조심스럽게 물었다. 이미 출근하기 전 휴대폰으로 사건 관련 뉴스를 훑어보았다. 요즘은 지방신문의 기사도 전부 인터넷으로 검색이 가능했다. 별다른 기사가 없는 것을 보니 새로운 소식은 없는 것 같았다. 하지만 학교에 또 형사들이 찾아왔는지 궁금했다. 다현이 익사라는 것을 알고 난 직후 학교에 출근하지 않은 것을 형사들이 모르기를 바라는 마음이 컸다.

"어제는 별일 없었어요. 학생들 설문지는 어제 김 선생이 나눠

줬으니까 취합만 해요. 경찰이 오후에 가지러 온댔어요."

"알겠습니다."

"아, 그리고."

인사를 하다 말고 준후가 교감을 보았다.

"교무부장 선생님 오늘 출근 좀 늦을 거니까 그렇게 알아요. 뭐 어차피 1교시 수업 없대서 땜빵 들어갈 일은 아니고."

교무부장이라면 조미란이다. 교감의 말과 동시에 조미란의 딱딱하고 차가운 이미지가 준후의 머릿속에 그려졌다. 준후가 이 학교에 출근한 이후로 조미란은 단 한 번도 지각하는 모습을 보여준 적이 없었다. 사생활이라고는 없는 사람이 아닐까 생각한 적도 있다. 사람이라면 누구든 아프거나, 집안에 문제가 있거나 하는 등의 개인적인 일로 일상을 지키지 못할 때가 있다. 그러나 조미란은 그런 적이 없다. 그런 사람이 늦는다고 하니 순수하게 궁금증이 들었다.

"아프신가요?"

"그건 아니고……."

교감이 말끝을 흐렸다. 늦는 이유를 알기는 하지만 말하기 힘든 표정이 역력했다. 그래서 더 궁금해졌다. 그렇다고 재차 물어가며 곤란하게 할 정도는 아니었다. 알겠다고 대답하며 준후는 자신의 자리로 돌아왔다. 시간을 확인했다. 7시 40분. 8시에 시작하는 0교시 수업 전에 조례를 해야 했다. 어제 출근하지 못했으니 전달 사항도 많을 터였다. 그는 비어 있는 조미란의 책상에서 교직원 회의 파일을 꺼냈다. 어제 어떤 내용의 논의가 오갔는지 확인해야 학생들에게 전달할 수 있었다. 그는 서류를 빠르게 훑었다.

"선생님."

조심스레 그를 부르는 목소리에 고개를 들었다. 언제 왔는지 준후의 책상 바로 옆에 여학생이 서 있었다. 반장 신국희였다. 국희는 양손으로 두툼한 종이 뭉치를 들고 서 있었다.

"설문 조사한 거요."

"아, 고맙다."

준후는 설문 조사지를 받아 책상 옆에 올려두었다. 다시 회의록을 읽으려는데 국희가 가지 않고 있었다. 올려다보니 뭔가 말을 하고 싶은 듯 우물쭈물거리고 있다. 시선이 마주치자 국희가 주변을 둘러보며 말했다.

"그거요."

국희는 설문 조사지를 가리켰다.

"선생님도 읽으세요?"

무슨 말을 하려는 건지 얼른 이해가 가지 않아 둥그렇게 뜬 눈으로 국희를 보았다.

"혹시 조사지 선생님들 다 읽으세요?"

"아니. 경찰이 와서 가져갈 거야."

"제가 거기에 쓴 거, 다른 사람이 알게는 안 하겠죠?"

설문 조사라는 명목이지만 사건 특성상 조사지에는 작성자의 학번과 이름을 기재하게 되어 있었다. 유력한 증언이라도 나오면 경찰과의 면담을 거쳐야 하기 때문이다. 이번 조사를 하면서 학생의 신변 보호는 철저히 하겠다는 약속을 받았다.

"그런 일은 없을 거야. 걱정 마."

"그럼…… 쓸 게 있긴 한데."

국희는 설문 조사지 뭉치를 손가락으로 가리켰다. 쓸 것이 있다는 것은 다현에 대해 경찰에 뭔가 말할 것이 있다는 뜻이다. 무엇일까. 혹시 자신과 다현의 관계에 대해 뭔가를 알고 있기라도 한 것일까? 마음에 걸리는 부분이 있어서 그런지 국희가 자신을 보는 시선에 뭔가 다른 낌새가 있는 것 같아 보이기도 했다. 하지만 곧 고개를 저었다. 알 리가 없다. 다른 사람의 눈에 띄지 않기 위해 극도로 조심해왔다. 다현 역시도 주변에 말했을 리가 없었다. 뭔가를 안다면 자신에게 설문 조사에 쓸 내용이 있다고 굳이 말하지도 않을 것이다. 괜한 노파심이다. 준후는 얼른 국희에게 설문 조사지 뭉치를 도로 건넸다.

국희는 선 채로 설문 조사지를 들춰 자신의 이름이 적힌 종이를 찾아냈다.

"금방 갖다 드릴게요."

"무슨 일인데?"

준후가 조심스럽게 물었다. 나가려던 국희는 잠시 고민하는 기색을 보이더니 주변을 한 번 더 돌아본 후 나직하게 말했다.

"사실은 다현이가 맞는 걸 본 적이 있어요."

다현이 맞았다? 준후는 처음 들어보는 일이었다.

"왜? 무슨 일인지 알아? 누가 때렸는데?"

"그게……."

국희가 말하려는 순간 교무실의 공기가 바뀌었다. 조례 시간이 되자 교사들이 일어나기 시작한 것이었다. 국희는 잠깐 고민하더니 어색하게 웃으며 조사지를 들어 보였다.

"금방 적어서 드릴게요."

준후는 궁금증이 극에 달했지만 그러라고 할 수밖에 없었다. 조례 내내 준후는 국희가 신경 쓰여 집중할 수가 없었다. 그리고 그날 1교시가 끝나 자리로 돌아왔을 때 국희가 제출한 조사서가 책상 위에 올려져 있었다. 빠르게 읽어본 그의 미간이 좁혀졌다. 그는 쉽게 믿을 수가 없었다.

거기에는 다현이 맞는 것을 본 적이 있다는 내용과 함께 가해자가 다른 반의 정은성이라고 적혀 있었다. 준후가 수업을 들어가기도 하고, 워낙 성적이 좋고 모범생으로 알려져서 그도 익히 알고 있는 얼굴이었다. 다현이 은성과 아는 사이라는 것은 알지 못했다. 두 사람이 같이 있는 것을 본 적도 없었다. 그런 사이에 무슨 일이 있었다는 것일까. 더군다나 은성은 학교에서 더욱 행동을 조심하는 아이였다. 어머니가 교무부장인 조미란 선생님이니까.

그제야 조미란이 오늘 왜 늦는지 알 수 있었다. 그것을 확인하듯 준후는 1반의 출석부를 열어 확인했다. 은성의 이름 옆에 출석 체크가 되어 있지 않았다.

분명 경찰에서 은성과 다현의 접점에 관해 알게 되어 출석을 요구한 것일 터다. 아직 설문 조사 내용은 경찰이 알지 못하니 두 사람에 대해 뭔가를 파악한 것이다. 경찰이 알게 된 게 무엇인지 궁금했다.

경찰이 은성을 의심하는 것은 아닐 것이다. 경찰의 입장에서 볼 때 운전할 수 없는 은성은 삼은호수까지 다현을 옮길 수 있는 인물이 아니다. 하지만 그는 알고 있다. 삼은호수까지 옮긴 것은 자신이지만, 다현을 죽인 것은 다른 사람이다. 최종 사인은 익사지만, 어쨌든 누군가 죽일 의도를 갖고 다현을 해쳤다. 은성일까. 그는 은성의 이름을 한없이 노려보았다.

10

강치수가 조사실의 문을 열고 들어가자 안내를 받아 먼저 들어와 있던 정은성과 어머니인 조미란이 동시에 고개를 들었다. 드라마나 영화에 나오는 것처럼 어두운 사무실 안에 백열등 하나만 켜진 살풍경한 곳은 아니지만, 경찰서라는 곳이 주는 위압감 때문인지 두 사람은 대화조차 나누지 않고 있었다. 정은성의 얼굴에는 긴장이 역력했다. 강치수는 살짝 고개를 숙여 인사를 건넨 후 두 사람의 맞은편에 앉았다. 정은성의 목울대가 꿀꺽, 움직였다.

직함과 이름을 말했지만 두 사람에게 관심사는 아닐 것이다. 오늘의 출석은 단순한 참고인 조사일 뿐이라는 말은 그다지 힘을 얻지 못했다.

강치수는 가지고 온 파일에서 서류 한 장을 꺼내 두 사람에게 내밀었다. 조미란은 자신의 앞으로 종이를 끌어와 내용을 읽었다. 하지만 정은성은 읽어보지 않아도 그것이 무엇인지를 알아본 듯했다. 정은성의 표정이 심하게 흔들리는 것을 강치수는 놓치지 않고 보았다.

"네가 채다현에게 보낸 문자메시지야. 기억하지?"

조미란이 굳은 얼굴로 정은성을 보았다. 정은성은 차마 엄마의 얼굴을 볼 수가 없는지 바닥을 향해 숙인 고개를 천천히 끄덕였다.

"다현이랑 사이가 나빴니?"

물론 단순히 친한지 안 친한지를 묻는 건 아니었다. "학교를 그만둔다고 벗어날 수 있을 것 같냐"라든가 "두고 보라"는 메시지의 분위기로 봐서는 일방적 괴롭힘일 가능성을 염두에 둘 수밖에 없다.

"좋진 않아요."

"같은 반이 아니던데."

"어쩌다 아는 사이예요."

툭툭 뱉는 어조였다. 방어를 하고 있다, 는 생각이 들었다. 강치수는 잠시 정은성을 물끄러미 응시했다. 낯선 침묵에 정은성이 고개를 들었다가 시선이 마주치자 다시 숙였다.

"어쩌다 아는 사이인데 왜 이런 문자를 보냈지?"

정은성은 입을 꾹 다물고 있었다. 강치수는 조미란을 보았다.

뭔가 짐작이라도 하는 것인지 아이의 대답을 채근하지 않았다. 당황은 했지만 일어나지 말았어야 하는 말도 안 되는 일이라고 생각하는 것 같지는 않다. 같은 학교에 근무하고 있으니 알고 있는 사안인지도 모른다. 그렇다면 더 의혹이 짙어진다. 자식이 누군가에게 폭력을 일삼고 있다면 그냥 보고 넘길 엄마가 있을까. 그것도 선생님인데 말이다.

정은성에게 대답은 들려오지 않았다. 강치수는 팔을 책상 위에 올리고 깍지를 꼈다. 그는 최대한 부드러운 목소리로 말했다.

"벗어날 수 없다든가, 두고 보라든가. 이런 말들을 아무 이유 없이 하지는 않을 거 아냐? 그냥 맘 편히 최대한 솔직하게 말해 줬으면 좋겠다. 둘 사이에 무슨 일이 있었는지."

정은성은 큰 눈을 껌벅였다. 강치수는 대답이 들려올 때까지 차분히 기다릴 생각이었다. 어차피 침묵으로는 해결될 것이 없다는 것을 안다는 듯 천천히 정은성의 입이 열렸다.

"같은 초등학교 나왔어요. 뭐, 좀 괴롭히기는 했는데……."

그날은 뭘 잘못 먹었는지 다현이 자신의 눈을 똑바로 보고 말했다고 했다.

—이러면 너도 행복하지 않을 거야. 널 위해서라도 나 좀 그만 괴롭히면 안 돼?

순간 울컥 화가 치밀었다. 정신없이 팔을 휘두르고 보니 다현이 땅바닥에 주저앉아 있었다. 뺨이 금세 빨갛게 부풀었다. 그러고도 분이 풀리지 않아 다현의 책가방에서 쏟아진 책들을 마구 짓이겨 밟았다. 오물을 뒤집어쓴 것보다 기분이 더 더러웠다. 집에 가서도 도무지 화가 풀리지 않았다. 감히 누구한테 선생질이야, 그런 생각이 들자 참기 어려웠다. 다음 날 다현의 반으로 찾아갔다. 결석이었다. 도망갔다고 생각하자 더 분했다. 그래서 전화로 다현을 불러냈다. 그러나 약속 장소에 다현은 오지 않았다. 그래서 흥분한 마음에 그렇게 문자를 보낸 것일 뿐이라고 정은성은 말했다.

"오늘이 무슨 날인지 아느냐는 말은 뭐야?"

강치수의 물음에 정은성이 흘깃, 엄마의 눈치를 보았다. 이 이야기까지는 엄마가 몰랐으면 하는 모양이다. 아까와는 다르게 조미란은 얼굴이 일그러진 채로 정은성을 보고 있었다. 눈이 마주치자 정은성이 어깨를 움츠리며 다시 고개를 떨궜다. 천천히 내는 목소리가 제대로 들리지 않을 만큼 작았다.

"돈이요."

"너……!"

"어머니."

목소리를 높이며 일어서려는 조미란을 향해 강치수가 손짓했다. 조미란은 무너지듯 다시 의자에 엉덩이를 붙였다. 지금은 정은성의 잘잘못이나 행위의 적법성을 따지는 자리가 아니었다. 그날 다현에게 무슨 일이 있었는지를 아는 것이 중요했다.

정은성의 말에 따르면 그는 채다현을 괴롭혀왔다. 돈을 빼앗는 일도 있었다. 돈이 없다고 하면 25일에 은행 앞으로 채다현을 불러냈다. 기초생활수급자인 채다현에게 돈이 들어오는 날이 언제인지 알고 있었다. 학교에서 채다현을 마주친 그날, 이번에도 제대로 상납하라는 말에 돌아온 것은 선생질이었다고 정은성이 말했다. 그리고 다음 날이 마침 25일이었다. 또다시 돈을 준비하라고 불러냈다. 하지만 채다현은 나오지 않았다.

채다현의 삶이 어떤 것인지 알았기에 말을 듣는 내내 강치수의 가슴에 확확한 분노가 밀려 올라왔다. 그러나 그 어떤 비난이나 혐오도 얼굴에 드러내서는 안 됐다. 감정을 내비치는 즉시 정은성의 진술은 오염된다. 위축된 마음에 진술을 가려 할 것이다. 입을 다물지도 모른다.

강치수는 고개를 끄덕였다. 한동안 조사실 내에 무거운 침묵이 이어졌다. 이윽고 그가 입을 열었다.

"문자 내역을 보니 다현이가 오지 않는다고 죽고 싶냐고 문자를 보낸 시간이 6시 40분. 그 뒤로 뭘 했지?"

"이봐요!"

내내 침묵을 지키며 옆에서 지켜보던 조미란이 날카로운 소리를 내었다. 희번덕 뜬 눈이 그를 향해 항의하고 있었다. 채다현이 사망한 이후다. 지금 묻는 말은, 알리바이를 대라, 네가 범인이 아니냐는 것과 다르지 않았다.

"어머니, 지금의 질문은 통상적으로 참고인들 모두에게 하는 질문이니 너무 예민하게 받아들이지 않으셔도 됩니다."

강치수의 어조는 침착하고 단호했다. 불쾌감이 사라지지는 않았지만 항의할 근거도 없어서 조미란은 더이상 아무 말도 하지 못했다. 이제 네가 대답을 할 차례라는 듯 강치수가 정은성을 보았다.

"잤어요, 집에 가서."

"한 번도 나온 적이 없니?"

"없어요."

"학원은 안 다니니? 요즘 학원 안 다니는 고등학생이 있나?"

정은성이 다시 조미란의 눈치를 보고는 말했다.

"다녀요. 그날만 안 갔어요. 열 받아서."

강치수는 조미란에게 시선을 돌렸다.

"어머니는 그날 몇 시에 귀가하셨습니까? 25일입니다."

기억을 되짚어보는 듯 조미란은 책상 옆쪽 허공을 잠시 응시했다.

"별다른 날은 아니었으니까…… 집에 도착했을 때쯤엔 6시쯤 됐을 겁니다."

"그때 정은성 학생이 집에 있었나요?"

그렇게 물은 순간 정은성이 버럭 소리를 질렀다.

"못 믿겠으면 엘베 CCTV 확인하면 되잖아요!"

강치수의 날카로운 눈길이 정은성에게로 곧장 꽂혔다. 자신도 모르게 한 행동인 듯 정은성은 당혹스러운 얼굴로 시선을 피했다. 자신을 의심하는 것 같아 화가 났을 수는 있다. 정은성은 아파트에 살고 있다. 귀가 시간을 확인하려면 CCTV 확인은 당연하다. 그런데 엘리베이터 CCTV라고 정확히 짚는 것은 있을 수 없는 일까지는 아니지만 보편적이라고는 생각되지 않았다. 마음에 걸리는 것이 있는 사람들이 자신의 알리바이를 대기 위해 과한 정보를 쏟아낸다는 것은 범죄심리학의 기초다. 흔들리는 표정 기저에 숨어 있는 뜻을 읽어내려 강치수는 한동안 정은성을 응시했다. 그 관심을 끊어내며 조미란이 끼어들었다.

"집에 있었어요."

강치수가 시선을 조미란에게로 옮겼다.

"제가 집에 갔을 때는 확실히 있었습니다. 공부하고 있었고, 누구랑 통화하고 있었는데……."

"과외 선생님이랑 했어요!"

기억이 났다는 듯 정은성이 고개를 번쩍 치켜들었다.

"모르는 문제가 있어서 과외 선생님이랑 통화하고 있었어요. 그때 엄마가 들어왔고 통화하다 말고 인사했으니까, 선생님도 들었을 거예요."

확인해보세요, 라고 덧붙이려다 정은성은 입을 다물었다. 강치수는 조미란에게 정은성의 과외 선생님 이름과 연락처를 물어 수첩에 적었다.

“그 이후로는?”

“밤까지 공부하다 잤어요.”

여전히 의심을 받고 있다는 생각이 드는지 정은성의 목소리가 퉁명스러웠다. 예상했던 답과 다르지 않았다. 조미란이 말했다.

“저희 집, 방이 두 개이기는 하지만 눈 뜨고 못 봐줄 정도로 좁아요. 죽은 애 아빠 덕분에 다 날리고 그나마 얻은 것도 교원 대출 받은 덕분이에요. 옷장 하나 넣기도 빠듯한 방이죠. 애 책상이라도 들어가야 하니까 그나마 큰 방은 은성이가 쓰고 작은 방을 옷방으로 쓰고 있어요. 저는 거실에서 자고요. 불면증이 있고 예민하니까 은성이가 화장실 가는 것도 다 알아요. 만약 은성이가 밤사이에 나가려고 했다면 제가 알았을 거고, 분명 못 나가게 했을 거예요. 그런 적은 없어요.”

강치수는 입을 다문 채로 고개를 끄덕였다. 다른 사람도 아니고 어머니의 증언이다. 거짓의 가능성을 배제할 수는 없지만 이 자리에서 논할 문제는 아니었다. 정은성의 말마따나 확인 작업을 거치면 될 일이다. 강치수는 기초적인 몇 가지 질문을 더 한 뒤 참고인 조사를 마무리 지었다. 간간이 적던 수첩을 덮으면서 말했다.

“말씀드렸던 대로 참고인 조사일 뿐이니 너무 신경 쓰지는 마세요.”

"알고 있습니다. 다현이라는 그 아이, 제가 담임은 아닙니다만 그래도 저희 학교 학생이고 안타깝게 생각하고 있습니다. 꼭 해결되면 좋겠네요."

차분히 말하는 조미란의 옆에서 정은성은 굳은 얼굴로 앉아 있을 뿐이었다. 그런 정은성을 본 강치수가 가벼운 어투로 물었다.

"조사와는 상관없이 하나만 물을게."

한 지점을 응시하던 정은성의 눈이 강치수에게로 향했다.

"왜 괴롭혔니?"

그 말에 정은성은 눈을 크게 떴고, 다시 바닥을 보았으며, 미간을 살짝 찌푸렸다가 이내 피식 웃은 뒤에야 대답했다.

"재수 없어서요."

조미란과 정은성을 귀가시킨 뒤 조사실에서 나와 자리로 돌아가자, 기다렸다는 듯 박인재가 다가왔다. 그는 들고 있던 서류 한 장을 강치수의 책상 위에 올려놓았다. 깔끔한 필적으로 적어 내린 설문지였다. 강치수가 고개를 꺾어 그를 올려다보았다.

"은파고등학교 설문지예요."

강치수는 시선을 곧장 설문지에 박았다. 한 장만 준다는 것은 그가 보아야만 하는 내용이 있다는 뜻이다. 내용을 꼼꼼히 읽어 내려가기 시작했다. 그가 제일 먼저 확인한 문항은 교내에서 학교폭력을 목격한 적이 있냐는 것이었다.

"정은성에게 채다현이 맞는 것을 봤다는 내용이에요."

강치수는 깊은 한숨을 쉬며 의자에 기대어 앉았다. 방금 전 확인한 내용이다.

"그러잖아도 문자 내용 때문에 예상하고 있기는 했어. 본인 진술도 다르지 않고."

"그런데 말이에요……."

박인재가 고개를 갸웃하며 말했다.

"평소에 정은성이 채다현을 지속적으로 괴롭혀왔다면 많은 아이들이 그걸 봤을 텐데, 정은성에 대한 얘기는 딱 이거 한 장뿐이란 말이죠."

"그냥 모르는 척하는 거겠지."

아이들은 괜히 귀찮은 일에 휘말려들거나 혹은 잘못 알려져서 보복을 당할까 두려워서 익명이라 해도 침묵을 택하기도 한다.

"그래도 어쨌든 고발처럼 썼는데 이 학생도 본 건 한 번뿐이라고 적었고……. 학교에도 슬쩍 전화해서 물어봤는데요."

정은성은 전형적인 모범생이었다. 친한 친구들이 있기는 하지만 떼로 몰려다니며 시끄럽게 하거나 문제를 일으킨 적은 없었다. 눈에 띄게 교칙을 위반한 사실도 없고 성적도 우수한 편이었다. 물론 그것은 가면일 수도 있다. 선생님들 앞에서만 보이는 가식일 수도 있다. 그러나 정은성은 반장은 물론 전교 회장에 추

천되기도 했다. 엄마가 같은 학교 선생님이므로 매번 고사했지만 아이들의 신임이 없다면 생길 수 없는 일이다.

강치수는 검지 끝을 눈썹에 대고 쓱쓱 밀어 올렸다. 어지러워진 머릿속을 정리하거나 깊은 고민을 할 때 보이는 오랜 습관이었다. 박인재가 어깨를 으쓱하며 말했다.

"뭐 한 번이든 두 번이든 때린 건 때린 거죠. 근데 그렇다고 해서 정은성이 사건에 관계있는 건 아니잖아요. 여태까지 발견된 정황으로는 어딘가에서 목이 졸린 뒤에 삼은호수에 던져진 거니까요. 이동 수단이 없는 정은성은 관련이 없죠. 들쳐 업고 날아다닌 게 아닌 이상 말이에요."

박인재가 말하는 도중에도 강치수는 눈썹을 밀어 올리는 손을 멈추지 않았다. 생각이 깊어질수록 손가락 놀림이 빨라졌다. 그러던 순간 그 움직임이 우뚝 멈췄다.

"만약에 말이야."

강치수가 앉은 채로 박인재를 올려다보았다. 안광이 날카롭게 번뜩였다.

"죽인 사람과 옮긴 사람이 다르다면 어떨까?"

박인재의 눈이 커졌다. 강치수는 다시 박인재에게서 시선을 거둔 채로 눈썹 위에 손가락을 올렸다. 박인재 역시 깊은 생각 속으로 빠져들었다.

택시 운전기사는 연신 룸미러로 뒷자리를 흘깃거렸다. 미란은 그 시선이 거슬렸지만 알은체하지 않았다. 교복을 입은 학생과 경찰서 앞에서 택시에 올랐으니 분명 사고를 쳤을 거라고 생각하는 것일 테다.

남편 때문에 빚더미에 올라앉은 미란은 타던 차마저 처분할 수밖에 없었다. 중고 경차라면 못 살 정도까지는 아니지만 차를 사는 비용만 생각할 수는 없다. 기름값이며 보험료나 수리비 같은 유지비까지 생각하면 그녀의 입장에서는 사치다. 하지만 오늘 같은 날은 차를 사지 않은 것이 후회된다.

미란은 옆에 앉아 있는 은성을 보았다. 무슨 생각을 하는지 창틀에 팔을 올리고 턱을 괸 채로 앉아 있었다. 고개는 창 쪽을 향해 있지만 바깥을 보는 것 같지는 않았다. 아래로 내리깐 눈은 어디를 보는지 알 수 없었다. 다부지게 각진 턱이 생소했다. 매일같이 보지만 아들의 성장이 새삼 피부에 닿았다. 남편이 죽은 뒤 아들은 한층 성장했다. 스스로 집안일을 찾아서 했고, 집안에 생기는 작은 문제를 처리할 줄도 알았다. 고장 난 등기구를 제 용돈으로 사다가 직접 교체했다는 것을 며칠이 지나서야 안 적도 있었다. 말수가 줄어들기는 했지만 또래의 남자아이들 대부분에게서 보이는 변화일 뿐이었다. 모든 것을 잃고 세상에 내던져져 헤쳐나가는 데에 온 정신이 팔려 있었지만, 그럼에도 아들을 가장 잘 아는 것은 여전히 자신이라고 생각했다. 하지만 경찰서에서 조사 내내 들었던 것은 자신이 모르는 은성이었다.

"요즘 애 키우기 쉽지 않죠?"

룸미러 속에서 택시 운전기사가 느물거리는 미소를 보내왔다. 다 안다는 표정이었다. 이미 그의 머릿속에서 은성은 엄마를 끼고 경찰서를 들락거리는 비행청소년이 되어 있을 것이 뻔했다. 은성이 고개를 들다가 눈이 마주치자 시선을 피했다. 알 수 없는 불안감이 명치끝에 걸려 흔들거렸다.

미란이 대답하지 않자 기사는 머쓱한 표정으로 정면을 응시했다.

어린 시절부터 절친이라고 표현해도 틀리지 않았을 두 아이가 틀어진 것쯤은 미란도 알고 있었다. '친구들끼리는 사이좋게 지내야지' 같은 순진한 충고로 풀어질 관계도 아니었다. 미란도 납득할 만한 사유였고, 그렇게 끝난 관계라고만 생각했다. 그녀는 은성을 다시 돌아보았다. 문득, 모르는 아이 같았다.

"여기서 세워주세요."

은파고등학교 방면으로 택시가 우회전을 하자 미란이 말했다. 운전기사가 룸미러를 통해 쓱 보고는 인도변으로 차를 붙였다. 미란이 택시비를 치르는 동안 은성이 먼저 내렸다.

미란이 내리고 문이 닫히자 택시가 떠났다. 은성은 자리에 멈춰 선 채로 가만히 있었다. 미란이 먼저 학교를 향해 걸음을 떼었다.

"죄송해요."

미란은 걸음을 멈추고 뒤돌아보았다. 은성이 그녀를 향해 선 채로 고개를 숙이고 있었다. 미란이 물었다.

"뭐가?"

죄를 짓기라도 한 듯 은성은 더욱더 고개를 들지 못했다. 지금 은성은 자각하지 못하는 것 같았다. 자신의 그런 태도가 엄마의 불안을 더 키울 뿐이라는 것을 말이다.

"그 아이를 때리고 돈을 빼앗은 거? 아니면……."

학교 담장 너머로 와, 하는 함성 소리가 들렸다. 운동장 끝에 있는 체육관에서 수업이 있는 모양이었다.

"그날 밤에 나간 거?"

용수철에 튕겨지듯 은성이 머리를 치켜들었다. 휘둥그레진 아이의 두 눈이 크게 요동치고 있었다. 남편의 사망 소식을 전해 들은 것만큼 더 놀랄 일은 없을 거라고 생각한 적이 있었다. 하지만 지금 이 순간 그녀는 자신이 더 큰 소용돌이 속에 던져진 것을 깨달았다.

"네가 죽였니?"

11

점심시간이 다 되어서야 출근한 조미란 선생은 가방을 내려놓으며 주변 교사들과 가볍게 인사를 했고, 곧장 교감의 자리로 가서 출근 신고를 했다. 다시 자리로 돌아와 책상 위에 올려져 있는 업무 일지를 살펴보며 결재를 시작했다. 평소와 다름없는 표정은 그녀가 경찰서에 가서 정은성에 관해 무엇을 알고 왔는지, 어떤 말을 했는지를 전혀 읽을 수 없게 만들었다. 시선을 느꼈는지 고개를 드는 조미란을 피해 준후는 컴퓨터로 눈을 돌렸다. 모니터에는 다음 달 수업 계획표가 띄워져 있었지만 머릿속을 지배한 다른 생각들로 인해 집중할 수가 없었다.

은성이 다현을 때렸다는 것이 가장 큰 의문이었다. 선생님이 부모이거나, 아니면 뛰어난 성적으로 선생님들의 신임을 받는 것을 권력처럼 여기는 아이도 있다. 그런 아이라면 대부분의 선생들은 금세 눈치챈다. 모르는 것 같지만 모르는 척할 뿐이다. 문제를 일으키지 않으면 문제가 되지 않는다.

하지만 단언컨대 은성은 그런 부류에 속하지 않았다. 성적이 우수한 것은 논외로 치더라도, 예의 바르고 성실한 학생이었다. 친구들도 꽤 있는 것 같고, 나서거나 두드러지는 일도 별로 없었다. 성적을 제외하면 지극히 평범한 범주에 드는 모범생의 기준 같은 아이였다. 그런 아이가 다현과 무슨 일이 있었던 걸까. 두 아이는 같은 반도 아니다. 다현이 은성에 대한 이야기를 한 적도 없다.

준후는 조미란을 곁눈질했다. 그녀는 여전히 변화 없는 표정으로 서류를 훑어보고 있었다. 그는 모니터에 열어둔 수업계획표를 닫고 교육행정 정보시스템을 열었다. 그러고는 은성의 기록을 조회했다. 분명 다현과 접점이 있을 것이다.

그가 가장 먼저 확인한 것은 출신 학교였다. 학교명을 본 순간 미간이 좁혀졌다. 은파초등학교, 은파중학교. 모두 다현과 같은 학교였다. 같은 재단의 사립학교이므로 부자연스러운 일은 아니다. 이 고등학교에도 은파초등학교와 은파중학교 출신인 학생들이 대부분이다. 곧장 학년별 반을 확인했다. 초등학교 5학년과 6학년, 중학교 2학년 때 두 사람은 같은 반이었다. 혹시 친구였을까? 뭔가 다툼이 있어 알은체하지 않았을 수도 있는 일이다. 그러다 둘 사이에 싸움이 생겨 은성이 다현을 때린 것이 아닐까? 그렇다면 그 일은 뭘까. 경찰은 아마도 그것을 확인했을 것이다. 준후는 학교를 찾아왔던 두 명의 형사들을 떠올렸다. 그들이 알아낸 것은 무엇이었을까.

검지로 책상을 두드리며 잠시 고민하던 준후는 두 사람을 맡았던 담임선생님의 이름을 확인했다. 문이영. 눈에 익은 이름은 아니었다. 앞에 있는 메모지에 그 이름을 적고는 곧장 자리에서 일어났다. 그가 교무실을 빠져나올 때까지 조미란은 일에 몰두하고 있었다.

학교 건물을 끼고 돌아 나와 교직원 주차장 옆 쉼터 벤치에 자리를 잡았다. 4교시 수업중이라 사람은 전혀 없었다.

"문이영 선생님이요?"

음, 하고 휴대폰 너머에서 지경석이 생각에 잠긴 듯한 소리를 냈다. 지경석은 진평군 교사 모임의 총무로, 준후가 발령받았을 때 동료 교사를 따라 모임에 참석해 명함을 받은 적이 있다. 어려운 일이 있으면 언제라도 연락하라고, 유난히 큰 입으로 벙긋 웃던 얼굴이 목소리와 함께 머릿속에 떠올랐다.

"네. 저희 학교 학폭 관련해서 여쭤볼 게 있어서요."

"아, 문이영 선생이 담임 했었던 애인가 보군요."

"아직 학폭위에 올라간 사건은 아닌데, 애들 관련해서 확인해 보려고요."

혹시라도 조미란의 귀에 들어갈까 싶어 변명처럼 덧붙였다. 지경석은 그다지 의심하는 것 같지는 않았다. 다만 개인 연락처를 함부로 말해도 되는지 주저했다. 지경석은 문이영에게 물어보고 알려준다고 대답한 후 전화를 끊었다. 문이영의 전화번호가 문자메시지로 도착한 것은 점심 식사를 하고 있던 중이었다. 준후는 밥을 먹는 둥 마는 둥 하고 다시 벤치로 돌아와서 문이영에게 전화를 걸었다. 예전에는 흡연가 선생들의 장소였지만, 지금은 학교 전체가 금연 구역이기 때문에 쉬는 시간이라 하더라도 이쪽에 오는 사람은 거의 없었다. 교사들이 이곳에 와 쉬는 것을 금하는 것은 아니지만, 요령 피운다는 인상을 주고 싶지 않은 것이다. 학생들의 눈은 부모와 연결되어 있다. 상대도 점심시간일 것이 분명해서 준후는 곧장 전화를 걸었다.

"여보세요."

문이영은 조미란과 비슷한 나이대로 느껴지는 음성이었다. 두 사람 간에 별다른 친분 관계가 없기를 바랐다. '너희 학교 선생이 이런 전화를 걸었어'라고 말할 만한 사이가 아니기를.

"안녕하세요. 지경석 선생님께 번호를 받아 전화드렸습니다. 저는 은파고등학교의 김준후라고 합니다."

"네, 말씀 들었어요. 학폭 때문이시라고요? 궁금하신 게 누구죠?"

"2018년도 은파중학교 2학년 담임 맡으셨을 때 학생인데요,

정은성이랑 채다현이요. 기억하시나요?"

"아."

또렷이 기억하고 있는 모양이었다. 몇 년 되지 않은 일이니 그럴 수 있었다. 하지만 그녀가 내는 낮은 탄성에서 기억에 남을 만한 좋지 못한 일이 있었다는 것을 직감할 수 있었다.

"은성이가 다현이를 크게 때리기라도 한 건가요?"

그 말을 들은 순간 준후는 제대로 짚었다고 생각했다. 두 사람의 이름을 들은 것만으로도 때린 것이 누구인지를 안다는 것은 둘 사이에 그만한 일이 있었던 것이라고, 그것이 당시의 담임교사도 알 만큼 작지 않은 사건이었던 것을 의미했기 때문이다. 문이영은 아직 다현의 사망 사실을 모르는 것 같았다. 뉴스로 보도되기는 했지만 실명이 거론되지 않았던 탓이다. 준후는 일단 그 사실을 말하지 않기로 했다.

"크게까지는 아니지만…… 왜 그랬는지 말하지를 않아서요. 지금 학교에서는 둘이 같은 반도 아니라서 싸울 일도 없는데 말이죠. 그래서 선생님께 전화를 드려본 겁니다. 같은 반에 있을 때 어떤 사이였는지 궁금하기도 해서요."

"거기, 은파고등학교라고 하셨죠? 조미란 선생님 계시지 않나요?"

문이영이 조심스럽게 물었다. 담임선생이었으니 학생 부모가 교사인 걸 모를 리 없다. 작은 동네이니 그녀가 어느 학교 선생님인지 알고 있을 것이었다. 그러니 은성과 관련된 궁금증을 왜 부모인 조미란에게 묻지 않는지 의아한 것이다. 준후는 침착하게 대답했다.

"네. 은성이가 조 선생님 아들인 건 알지만 학폭위가 열리느냐 마느냐 하는 상황인지라 예민하게 받아들이실까 봐요. 일단 담당 교사로서 두 녀석 간에 무슨 일이 있었는지는 알아야 할 것 같아서 전화드렸습니다."

"아, 네."

그녀는 이해가 간다는 듯 말끝을 약간 늘이며 대답했다. 잠시 생각을 정리하는 듯 숨을 들이켠 문이영은 대답을 참을성 있게 기다리는 준후에게 전혀 예상치도 못한 말을 폭탄처럼 터뜨렸다.

"혹시 다현이 어머님에 관해 아세요?"

다현의 엄마는 교도소에서 자살로 생을 마감했다. 사기죄로 수감된 끝이었다. 덕분에 다현이 생활고를 겪으며 힘들게 할머니의 손에서 자란 것은 알고 있었다. 그 일을 왜 이야기하는 것인지 알 수 없었지만 준후는 알고 있다고 대답했다.

"그 피해자세요, 은성이 아버님이. 그 일로 자살하셨고요."

뒤통수를 후려 맞은 듯한 충격은 대단했다. 순식간에 머릿속이 하얗게 비었다. 살짝 벌린 입은 금세 목소리를 만들어내지 못했다. 크게 뜬 눈 끝이 파르르 떨렸다.

"두 아이는 초등학교 때부터 절친으로 알고 있어요. 그래서 부모님끼리도 잘 아는 사이였고. 그 사이에서 사기 사건이 벌어진 거예요. 그 사건 때문에 조미란 선생님이 은성일 어렵게 키우신 걸로 알고 있어요."

다현의 어머니인 송인숙의 사기에 은성의 부친은 완벽하게 걸려들었다. 가지고 있던 예금은 물론이고 퇴직금까지 모두 끌어다 부었다. 퇴직금 지급에 대한 규정이 없던 시기이니 중간 정산이 쉬웠다. 살고 있던 아파트를 담보로 한도 끝까지 대출을 받았다. 그뿐이었으면 다행이었을 텐데, 송인숙이 내세우는 비전을 믿고 회사 동료들은 물론 동창들에게까지 그녀를 소개했다. 모든 것이 사기였음이 드러나자 그들은 은성의 부친까지 공범으로 고소하기에 이르렀다. 지인의 배신, 사기를 당했다는 절망감과 자기 비하, 모든 돈을 잃은 허망함, 가족에 대한 미안함, 그 와중에 증명해내야 하는 결백과 다른 사람들까지 절벽으로 내밀었다는 죄책감으로 그는 무력해졌다. 그리고 끝내 그가 선택한 것은 죽음이었다. 그것이 2018년, 아이들이 중학교 2학년 때였다. 그 일은 지역 뉴스에도 보도될 만큼 상당한 규모의 사건이었다고 했다. 전근을 온 지 얼마 되지 않은 김준후는 모를 수밖에 없었다. 다현도 그런 얘기는 한 번도 한 적이 없었다.

—선생님을 이해하는 건 나뿐이에요.

다현은 자주 그렇게 말했다. 준후도 그 말에 동감했다. 자신을 가장 솔직하게 내보일 수 있는 것은 다현뿐이었다. 그 역할은 아내도 해주지 못했다. 그런 다현의 그 말을 '우리는 서로를 잘 알아'라고 이해했던 것은 자신뿐이었다. 자신은 다현에 대해 제대로 아는 것이 하나도 없었다. 어떻게 인사를 했는지도 기억나지 않을 만큼 준후는 정신없이 전화를 끊었다.

아무리 부모 사이에 벌어진 일이라 하더라도 은성과 다현이 계속 친구로 지낼 수는 없었을 것이다. 아버지의 사망이 은성의 분노를 촉발시켰다. 그때부터 다현을 괴롭혔을 것이다.

혼란 속에 빠져들던 그때 수업 예비종이 울려서 준후는 교무실로 돌아갈 수밖에 없었다. 5교시에는 수업이 있다. 제대로 수업을 진행할 수 있을지 자신이 없었다. 교무실로 돌아갔을 때 다른 교사들은 한창 수업 자료를 챙기고 있었다. 조미란 역시 5교시 수업이 있는 듯 분주한 모습이었다. 자신의 책상으로 돌아간 준후의 눈을 사로잡는 것이 있었다. 책상 한편에 쌓아둔 교과서와 다이어리 사이에 정방형으로 접은 종이가 꽂혀 있었다. 준후가 그것을 빼 들었다. 힘주어 꼭꼭 접어 날카로운 모서리의 종이에는 뭔가가 적힌 듯 겉에서도 글씨가 보였다. 고개를 갸웃하며 종이를 펼친 순간, 준후는 발아래가 한순간에 꺼져드는 충격을 받았다.

당신이 채다현을 죽였다는 증거를 갖고 있다.

수업 내내 준후는 자주 멍했다. 문제의 지문을 읽도록 학생에게 시켜놓고는 읽기가 끝날 때까지 멍하니 있다가 다른 아이들이 불러 정신을 차린 것이 몇 번이나 되었다. 설명중에도 문득 문득 끼어드는 생각 때문에 말을 멈췄다는 것을 깨닫지 못한 채 넋을 놓고 있기도 했다. 갑자기 어지러움이 밀려와 중심을 잃어 결국엔 반장으로부터 괜찮으시냐는 물음까지 받았다. 그날 수업은 망망대해에 떨어진 표류자의 절망처럼 끝날 것 같지 않게 길고 길었으며, 조금도 집중할 수 없어 괴로웠다.

누구인지 짐작하기가 어려웠다. 메모지를 읽은 뒤 주변을 돌아봤을 때, 그의 반응을 엿보는 듯한 사람은 없었다. 교무실은 주로 교사들만이 사용하지만, 쓰레기를 비워주기 위해 들어오는 청소 아주머니, 문서를 전달하러 오는 행정실 직원, 시설과 관련된 일 때문에 들어오는 시설 직원이나 경비 아저씨, 그리고 학생 등 다양하므로 오가는 사람을 특정할 수 없다. 교무실의 문은 24시간 오픈되어 있다고 봐도 무방했다.

당신이 채다현을 죽였다는 증거를 갖고 있다.

궁금하다면 삼은호수 밤 11시.

그는 다현을 죽이지 않았다. 하지만 분명 의식 없는 다현을 몰래 숨겨 나간 것은 자신이었다. 그때 누군가 본 것이 분명했다. 시신을 숨기고 입을 다문 것만 보아도 준후의 등에 살인자라는 낙인이 찍히기에 딱 좋았다.

목격자라면 왜 이런 메모를 남겼을까? 행여 그날 준후가 옮기던 것이 시신인 줄 몰랐다가 나중에 뉴스를 보고 인지하였더라도 신고를 하면 그만이다. 증거를 가지고 있다면 더욱 말할 나위가 없다. 이렇게 메모를 남긴 것만 봐도 협박이라는 것은 자명했다. 분명 돈이라도 요구할 심산이다.

교무실은 많은 사람들이 오가지만, 그렇기에 텅 비는 일이 거의 없는 만큼, 누군가 메모를 놓고 가는 것이나 준후의 책상 근처에서 어슬렁거리는 것을 봤을 가능성이 컸다. 하지만 누가 남겨놓은 것인지도 모르는 상황에서 주변 교사들에게 누가 자신의 책상 근처에 있는 것을 못 봤느냐고 물어볼 수도 없는 노릇이었다.

준후는 잠시 고민했다. 이 편지를 슬그머니 주머니에 넣을지, 불쾌한 얼굴로 찢어버릴 것인지. 어쩌면 지금 자신을 보고 있을 협박 편지의 발송인에게 어떤 표정을 보여야 할지 알 수 없었다. 만약 슬그머니 주머니에 넣는다면 발송인은 쾌재를 부를 것이다. 분명 준후가 다현을 죽였다는 확신을 주게 된다. 만약 상대가 갖고 있는 증거가 별것 아닐 경우, 은근슬쩍 발뺌하기 어려워진다.

아침 출근길, 차에 붙은 중고 판매상의 광고지를 떼어버리듯 준후는 평정을 유지하며 자연스레 메모지를 구겨 쓰레기통에 버렸다. 정말로 상대가 지금의 준후를 보고 있다면 초조하지 않을 수 없으리라.

"먼저 들어가보겠습니다."

아직 교무실 안에는 뒷정리가 끝나지 않았거나 잔업 때문에 남아 있는 교사들이 제법 있었지만 준후는 도저히 가만히 앉아 있을 수가 없어 자리에서 일어났다.

"오랜만에 일찍 가네요?"

미소 띤 얼굴로 조미란이 말했다. 준후는 그녀를 돌아보았다. 평소 연령이 상대적으로 높은 다른 교사들이 전산과 관련된 업무 상당 부분을 준후에게 맡기는 것을 알고 있는 그녀가 충분히 할 수 있는 일상적인 말이었다. 그런 인사치레의 말을 처음 들은 것도 아니다.

하지만 오늘따라 그 음성이 조금 다르게 들렸다. 자신의 얼굴을 물끄러미 보고 있다는 것을 알아서인지 조미란이 눈을 동그랗게 떴다. 준후는 고개만 살짝 숙여 인사하고는 교무실을 빠져나왔다.

혹시 조미란이 아닐까? 다현을 살해할 만큼 원한이 있는 인물은 은성이라고 생각했다. 제 아버지의 몰락과 그 끝의 죽음이 다현의 어머니이니까. 하지만 다현을 미워하는 마음은 조미란이 훨씬 더 강하지 않을까? 은성과 다현의 사이에 무슨 일이 있었는지 알지 못했던 만큼, 조미란과 다현 사이에도 자신이 모르는 갈등이나 충돌이 있었을 수 있다. 그날 밤 다현이 학교에 나타난 것은 예정되어 있던 일이 아니었다. 혹시 조미란이 불러 학교까지 왔던 것은 아닐까 하는 생각이 잠깐 들었지만 곧 고개를 저었다. 만약 조미란과 만날 것을 미리 알았다면 준후와 학교 교실에서 정사를 나누는 일을 벌였을 리가 없다.

조미란은 다현의 집 주소를 충분히 알아낼 수 있는 사람이지만 죽이려고 했다고 한들 학교를 무대로 삼았을 리 없다. 혹시 조미란이 다현에게 뭔가 할 말이 있어 집으로 찾아갔다면? 밤늦은 시간인데도 다현이 어딘가 가는 것을 보고 조미란이 따라온 것은 아니었을까. 학교의 정문은 완전히 닫혀 있었지만 다현이 경비원의 눈을 피해 교내로 숨어들었다면, 조미란에게도 불가능한 일은 아니다. 문득 다현의 집에 찾아간 중년의 여성에 대해 아는 것이 없냐던 형사의 물음이 떠올랐다.

조미란이 협박범일까? 그녀가 어렵게 생활했다던 문이영의 말이 떠올랐다. 남편의 죽음으로 빚에 관련해서는 상속 포기를 했을 테지만, 죽기 직전까지 모든 재산을 탕진했다고 하니 지금의 생활이 넉넉할 리가 없다. 그렇다면 돈일까? 어차피 마음 깊이 미워했던 채다현이다. 누구에게 무슨 이유로 죽임을 당했건 상관이 없다. 그걸 이용해 돈을 벌면 그만이라는 생각을 할 법했다.

교직원 주차장에 세워둔 차에 올라 시동을 걸었다. 이제 준후의 머릿속에서 메모를 남긴 주인공은 완전히 조미란이 되어 있었다. 그녀가 원하는 것이 돈이라면 금액은 얼마쯤이나 될까? 준후는 자신의 가용 금액을 생각해보았다. 발령이 나면서 숙소를 마련하는 데에 돈이 들었기에 현금은 없었지만, 신용 대출이나 집을 담보로 대출을 받을 수는 있을 것이다. 영주가 살고 있는 영인의 아파트도 자신의 명의로 되어 있으니 그쪽도 담보 대출을 고려해볼 수 있었다. 어쨌거나 살인을 한 것이 자신이 아니라는 것을 잘 설명하면 어느 정도 요구액을 줄일 수도 있을 것이다. 협상이 어려워지면 차라리 신고하라고 강하게 밀어붙일 생각이다. 한 푼도 건지지 못할 바에야 입을 다무는 대가로 목돈을 만질 수 있다면 충분히 이득을 취했다고 여길 것이다. 돈을 준다고 생각하면 억울한 기분이 아예 없는 것은 아니지만 인생이 무너지는 것에 비하면 감수할 만한 대가다.

일찍 퇴근해서인지 운동장에는 하교를 하거나 방과 후 활동을 하는 아이들이 아직 많이 보였다. 준후는 아이들을 의식하며 저속으로 차를 몰았다.

끼익.

순간 그는 브레이크를 밟았다. 지나가던 아이들이 놀란 눈으로 걸음을 멈췄다가 다시 걷기 시작하는 동안 그의 눈은 운동장 옆길에 고정되어 있었다. 준후가 보고 있는 것은 열심히 바닥을 쓸고 있는 경비원 황권중이었다. 지금껏 왜 생각하지 못했을까. 그날 밤 다현을 옮기는 자신을 목격했을 가장 유력한 인물이 황권중이라는 것을.

황권중은 운동장 한복판에서 멈춰 선 차량이 있다는 것을 깨달은 듯 빗자루질을 멈추고 허리를 세웠다. 그가 이쪽을 향해 쓴 모자를 슬쩍 들며 인사하는 것이 보였다. 운전석에 앉은 채 묵례로 인사를 받았지만 황권중을 향한 날카로운 눈빛을 감추지 못했다. 그러나 곧 그는 천천히 학교 밖을 향해 차를 몰았다.

어차피 오늘 밤 11시면 메모의 주인공을 알게 된다.

집에 도착해 문을 열었을 때, 비밀번호를 누르는 소리를 들었는지 영주가 현관 앞까지 나와 있었다. 마치 드라마에서 나오는 가정적인 아내 역할이라도 맡은 것처럼 앞치마에 젖은 손을 닦으며 “이제 와요?” 하고 물었다.

집 안에서 구수한 된장찌개 냄새가 풍겨 왔다. 진평에 내려오기 전에는 한 번도 보여주지 않았던 모습이다. 영주는 집에 냄새가 배는 것을 극도로 싫어했다. 신혼 때에도 반찬 가게에서 산 마른 반찬으로 식탁을 차렸고, 그나마도 점차 없어졌다. 집에서 먹는 것은 우유나 견과류가 전부였다.

그녀가 어떤 목적으로 이러는지를 알고 있기에 준후는 아무

감흥도 느껴지지 않았다. 오히려 더 진저리가 났다. 준후는 말없이 신발을 벗고 거실로 올라서자마자 옷방으로 쓰는 작은 방의 문손잡이를 잡았다. 어차피 안방에 있어봐야 영주가 들어올 것이 분명했기 때문이다.

"밥은 먹어야죠."

영주의 목소리에는 다급함이 가득했다. 그는 손잡이를 쥔 채로 고개를 돌렸다. 간절한 눈빛을 보고는 조소했다. 그대로 문을 열고 안으로 들어갔다. 쿵 소리가 나도록 문을 닫았다. 돌아서는 영주의 슬리퍼 소리는 문이 닫히고도 한참이 지난 후에야 들려왔다.

준후는 셔츠의 단추를 모조리 풀어버렸다. 새내기 선생들에게 휩쓸려 넥타이를 매지 않은 지 오래되었다. 셔츠를 벗어 던진 이후에도 목을 조이는 느낌이 남아 있었다. 준후는 그것이 압박감이라고 느꼈다. 누운 채로 팔을 들어 시간을 확인했다. 5시 5분. 이 압박감에서 해방되거나, 혹은 뭔가에 얽매이거나 하는 결판이 나기까지는 적어도 여섯 시간을 견뎌야만 했다.

닫힌 문 밖에서 덜그럭 소리가 나기는 했지만 영주가 식사를 하는 것 같지는 않았다.

12

"기지국 접속자 정보 조회 결과 나왔습니다."

박인재가 서류를 들고 급한 걸음으로 다가왔을 때 강치수는 교통계에서 넘겨받은 CCTV를 다시 검토하는 중이었다. 처음엔 채다현이 스스로 집에서 나와 학교까지 간 사실을 파악했기 때문에 이 영상은 전혀 중요하지 않았다. 하지만 지금은 중요도가 달라졌다. 채다현을 죽인 사람과 시신을 옮긴 사람이 다를 수 있다는 가설이 서자 채다현의 주변 인물들을 캐야 했다. 실종 당일, 채다현의 집을 찾아왔다는 중년 여성의 존재 역시 확인해 봐야 하는 부분이다. 지금으로서는 조미란이 아닐까 하는 의심이 든다. 정은성에 대해서도 간과할 수는 없다.

강치수는 우선 채다현의 집에 찾아온 사람의 소리를 들었다는 시각 이전부터 채다현이 집을 벗어난 시간까지의 영상을 모두 꼼꼼히 살폈다. 지나간 차량의 목록을 작성하는 한편 도보로 이동하는 사람들의 모습을 일일이 확인했다. 채다현의 휴대폰에서 약속을 잡은 정황이 발견되지 않은 이상, 누군가 불러내기 위해 접촉했을 가능성이 있기 때문이다.

안타깝게도 녹화된 영상은 CCTV 카메라가 노후되어 화질이 무척이나 좋지 않았다. 화질 자체가 좋지 않은데다 적외선 카메라도 아니어서 이목구비는커녕 옷의 색깔도 구분할 수 없었다. 마을 사람이라면 영상에서 주민을 구별해낼 수 있을지도 모른다는 가능성에 기댈 수밖에 없었다.

그러던 중 강치수의 눈에 포착된 인물이 있었다. 안타깝게도 연령대를 구분할 수도 없었고, 모자를 쓰고 있어서 남자인지 머리를 짧게 자른 여성인지조차 판별하기 힘들었다. 여차하면 법보행 분석을 통해 정보를 알아낼 수도 있지만 비교대조군이 있어야 확실히 대상을 지목할 수 있다. 그렇기에 강치수는 사건 당일 채다현의 집 인근 기지국의 접속자 확인 요청을 한 것이다. 주파수 종합정보시스템을 통해 채다현의 집 근처에서 휴대폰을 사용했을 때 전파를 받는 기지국을 확인했다. 각 통신사에 접속자 정보 조회 요청을 하면 지정한 시각에 기지국 반경 500미터 내에서 사용된 휴대폰 번호를 조회할 수 있다. 만약 내역에서 의미 있는 번호를 찾는다면, 그 번호의 주인과 영상 속 인물들을 대조해볼 가능성이 생기는 것이었다.

“건질 만한 거 나왔어?”

강치수가 박인재에게서 서류를 넘겨받으며 물었다. 서류는 이미 수차례 넘겨 본 듯 빳빳함을 잃은 상태였다. 박인재가 의기양양한 얼굴로 목록 속의 한 전화번호를 짚었다.

“재밌는 게 나왔죠.”

그의 손가락이 가리킨 휴대폰 번호 위에 형광펜이 칠해져 있었다. 강치수는 답을 원하는 듯 박인재를 올려다보았다. 박인재가 말했다.

“정은성이에요.”

강치수의 눈이 날카롭게 빛났다. 그는 다시 서류 속으로 눈을 돌렸다. 정은성의 것이라는 번호 옆으로 기지국에 접속된 시간이 나와 있었다. 25일 21시 07분. 그때라면 이미 채다현이 택시를 타고 학교로 떠난 뒤다. 이것만으로는 채다현을 죽였다고 볼 수는 없지만 그 시각 학원을 가지 않고 집에 있었다던 정은성의 진술이 거짓임이 증명되었다. 모든 거짓말에는 이유가 있다. 강치수는 전화기를 집어 들었다.

은파중학교는 은파고등학교와 차로 오 분 거리에 위치해 있었다. 남녀공학으로 운영되고 있고 은파재단의 사립학교였다. 미리 전화해놓은 덕분에 교무실로 들어서자 곧장 면담실로 안내받았지만, 강치수와 박인재 형사가 만나기로 한 문이영 선생은 수업 중이라 삼십 분이나 기다려야 했다.

문이영은 채다현과 정은성의 중학교 2학년 담임선생이었다. 같은 반이었으니 둘의 관계에 대해 잘 알 거라는 생각이 들었다. 설령 교사가 잘 모르더라도 당시의 사정을 잘 알 만한 친구 정도는 소개받을 수 있을 것이다. 수업 종료 벨 소리가 울린 지 오 분이 지났는데도 문이영이 오지 않자 박인재가 손목에 걸린 시계를 확인했다.

"아직 수양이 덜 됐구만."

쳐다보는 박인재를 향해 강치수가 씨익 웃었다. 형사 일을 한 이래 얻은 가장 큰 깨달음은 뜻대로 되는 일은 없다는 것이었다. 사건 현장이나 초동수사 내용으로 봤을 때 조속한 범인 검거를 예상했음에도 결국 장기 미제 사건으로 끝나버리는 일도 있었고, 심사숙고하여 파악한 범인의 도주 예상 경로가 틀려 며칠이나 차 속에서 잠복하며 시간을 허비하는 일도 많았다. 박인재가 강치수를 향해 멋쩍게 웃을 때 짤막한 두 번의 노크 소리와 함께 면담실의 문이 열렸다. 들어온 것은 오십 대 초중반으로 보이는 여성이었다. 실크 재질에 기하학적 무늬가 프린트된 원피스를 입고 있었다. 문이영 선생일 터였다.

강치수와 박인재가 소파에서 일어섰다. 안으로 들어온 교사 문이영은 문을 닫은 뒤 두 사람의 옆으로 걸어왔다. 장시간 서 있는 직업이라 그런지 약간 팔자걸음이었다.

"전화드렸던 은파경찰서 박인재 형삽니다."

박인재가 명함을 내밀었다. 문이영은 그것을 두 손으로 받아 주의 깊게 들여다본 뒤 고개를 들었다.

"제가 문이영입니다. 은성이 일로 오셨다고요?"

"맞습니다."

문이영은 두 사람에게 자리를 권하듯 손을 내밀었다. 박인재와 강치수가 앉은 뒤 맞은편에 앉으려다 말고 테이블에 아무것도 없다는 것을 깨달은 듯 급하게 몸을 세웠다.

"차도 안 드렸네요. 죄송해요."

면담실에 들어와 기다리게 했으니 안내한 누군가 차를 대접했을 거라고 생각했던 모양이다. 박인재가 서둘러 사양했지만 문이영은 이미 벽에 붙어 있는 테이블 위의 전기 주전자 전원을 올리고 컵을 꺼내고 있었다.

"커피 괜찮으세요?"

"네."

하는 수 없이 박인재가 대답했다. 문이영은 테이블 위에 놓인 라탄 바구니 안에서 스틱형 인스턴트커피를 집어 들었다. 잔에 커피 가루를 붓고 뜨거워진 주전자의 물을 부으며 문이영이 말했다.

"저도 은성이가 그럴 줄은 몰랐어요."

그 말에 강치수의 눈이 날카로워졌다. 네? 하고 물은 것은 박인재였다. 문이영이 고개를 갸웃했다.

"은성이랑 다현이 학폭 사건 때문에 오신 거 아니에요?"

둘 사이에 폭력 사건이 있었던 것은 설문 조사를 통해 알게 된 것이기는 했다. 하지만 학폭 사건이라고 아직 규정지어지지는 않았다. 채다현이 사망했기 때문이다. 그렇기에 문이영이 알 만한 일이 아니었다. 문이영은 채다현의 사망 사실조차 모르는 것 같았다.

"그건 어떻게 아셨죠?"

짙은 의혹이 깔려 있는 강치수의 목소리에 문이영은 눈에 띄게 당황했다. 자신이 뭔가 잘못 말한 것은 아닌지 두 사람의 얼굴을 번갈아 보며 생각하는 듯했다.

"어…… 애들이 지금 다니는 학교 선생님께서 전화를 하셔서…… 예전에 그 애들 사이가 어땠는지를 물어보셨거든요. 그래서 알게 됐어요."

강치수와 박인재가 눈빛을 교환했다.

"혹시 제가 뭘 잘못한 건가요?"

"아뇨, 그렇지 않습니다. 저희도 그 이야기를 들으러 왔거든요. 두 번 말씀하시게 되어 귀찮으시겠지만 저희에게도 들려주시겠어요? 두 사람이 어떤 사이였는지요."

박인재가 다정한 미소로 말하자 문이영이 안도하는 표정을 지였다. 역시 이런 곳에 올 때는 박인재를 데리고 오는 것이 좋겠다고, 강치수는 생각했다. 자신은 아무리 노력해도 저런 능구렁이 같은 얼굴은 할 수 없을 것이다.

"처음에는 서로 아는 사이였는지도 몰랐어요. 성격 좋아도 반 전체 애들이랑 친한 건 아니니까 은성이랑 다현이도 서로 그룹이 달랐다고 생각했죠. 그 사건이 있은 뒤에야 두 애들 사이에 악연이 있다는 걸 알았어요."

"그 사건이요?"

"모르세요?"

문이영이 눈을 크게 떴다. 그녀는 아직 학교폭력 사건이라고 생각하고 있으니 그 정도는 형사들이 알고 왔을 거라고 생각하는 것 같았다. 무슨 사건일까? 두 사람이 답을 요구하는 듯 응시하자 문이영이 말했다.

"혹시 다현이 어머님이 안 계신 거 아세요?"

"네, 그건 알고 있습니다."

강치수가 대답했다. 채다현의 어머니는 사기 혐의로 교도소에 수감되어 있던 도중 자살했다. 그 정도는 사망자 인적 확인을 통해 파악하고 있던 사실이었다.

"은성이 아버님이 그 피해자시거든요. 피해자 중 최대 금액이었다고 알고 있어요."

강치수와 박인재의 눈이 동시에 휘둥그레졌다. 두 사람의 강렬한 눈빛이 서로를 향했다. 말을 나누지 않아도 서로 생각하는 것이 똑같다는 것을 알 수 있었다. 채다현 사건에 공범이 있을 경우, 그중 한 사람이 정은성이라면 지금 알게 된 사실로 짐작 가능한 것이 있다.

살인 동기.

"그 일 때문에 은성이 아버님이 완전히 피폐해지셨던 모양이에요. 제가 담임을 맡을 때 돌아가셨는데, 극단적인 선택으로요. 장례를 치르고 돌아온 은성이가 다현이를 보자마자 주먹을 휘둘렀어요. 그 사건 때문에 알게 됐어요. 그때 다현이가 그랬다더라고요. 너무 상심하지 말라고. 그 말에 은성이 눈이 뒤집힌 모양이에요. 그럴 수밖에 없죠. 왜 안 그랬겠어요. 입장 바꿔놓고 생각해도 저라도 그럴 것 같아요. 아무리 어른들끼리 일이라지만 내 아버지를 죽인 거나 다름없는 사람의 자식인데 어떻게 아무 일 없던 걸로 하고 멀쩡히 친구를 볼 수 있겠어요."

그녀는 생각만 해도 안타깝다는 듯 볼에 손을 갖다 대고는 나직이 한숨을 쉬었다.

"그렇더라도 은성이가 다현이를 계속 괴롭혀왔을 줄은……."

강치수는 고개를 끄덕이며 수첩에 짤막한 메모를 했다. "채다현 모친의 사기 사건, 이후부터 괴롭힘?"이라는 두 줄의 메모였다. 당시 사건에 대해 개략적인 내용을 파악하고, 정은성의 괴롭힘이 그때부터 이어져온 것인지 조사해볼 생각이었다.

“당시 그 둘의 사이를 알 만한 다른 학생은 없나요?”

음, 하고 문이영이 잠시 생각에 잠겼다. 아랫입술을 잘근 깨무는 것은 습관인 듯 보였다. 그녀는 곧 아, 하고 고개를 치켜들었다.

“있어요. 저한테 은성이와 다현이에 대해 얘기해준 아이가 있었거든요. 같이 유치원을 나왔다고 들었어요. 그때까지만 해도 두 아이가 무척 친했다고 했던 기억이 나네요. 그런데 정확히 이름이…… 벌써 사 년이나 된 일이고…… 다른 선생님들은 제자들 이름을 거의 기억하신다는데 전 웬일인지…….”

그녀는 어깨를 움츠리며 말끝을 흐렸다. 제자의 이름을 기억 못 하는 것이 부끄럽다고 생각하는 것 같았지만 강치수는 충분히 그럴 수 있는 일이라고 생각했다. 확인을 부탁하자 문이영은 교무실에 다녀오겠다며 일어섰다. 교무실에 지난 연도의 졸업앨범이 있다고 했다. 얼굴을 보면 떠오를 거라고 문이영이 말했다. 이름만 알면 연락처는 금방 안다며, 잰걸음으로 면담실을 나갔다.

문이 닫히자 강치수가 나직하게 말했다.

“저 선생님 돌아오시면 누가 두 사람에 대해 알아봤는지 물어봐.”

“네.”

이미 생각하고 있다는 듯 박인재가 대답했다. 바로 물어보지 않은 것은 나름의 수사 방법이다. 누군가 두 학생에 대해 물었다는 것을 문이영이 말한 것은 형사와 만난 직후다. 말하는 걸로 봐서는 상대의 신분을 명확히 확인하는 절차를 거치지 않은 상태에서 이야기해준 것이 분명했다. 그럴 경우 자신에게 예기치 못한 불똥이 튀기라도 할까 말을 아끼기 마련이다. 누군가 두 사람에 관해 캐는 것이 문제가 된다, 라는 것을 알면 움츠러들 수밖에 없는 것이 사람의 심리였다. 그렇게 되면 강치수와 박인재에게 이로울 것이 없었다.

문이영은 교무수첩을 들고 돌아왔다. 그녀가 펼친 수첩에는 커다랗게 전화번호 하나가 메모되어 있었다.

"서영선이네요. 앨범을 찾아보니 확실히 기억났어요."

자신의 제자를 완전히 기억 못 하는 것은 아니라고 말하고 싶은 듯 변명처럼 말했다.

"은성이가 반장, 얘가 부반장이었어요."

박인재가 문이영의 교무수첩에 적힌 번호를 옮겨 적은 뒤 옆에 "서영선"이라고 적었다. 그러고는 질문이 얼추 끝났다는 것을 알리는 듯 고개를 끄덕이며 수첩을 접었다. 옆에 앉아 있던 강치수는 허리를 쭉 폈다.

"아, 마지막으로 한 가지 궁금한 게 있어서요."

박인재가 영업 직원 같은 미소를 지으며 말했다.

"아까 누가 은성이와 다현이 사이에 있었던 폭행 사건 때문에 전화로 물어봤다고 하셨죠?"

"네."

"혹시 그게 누구인지 아시나요?"

"지금 담임선생님이라고 했어요."

"누구의 담임이요? 은성이? 아니면 다현이요?"

문이영은 눈을 껌벅거렸다. 곧장 눈빛이 흐려졌다. 묻지 않은 듯했다.

"아, 맞다. 저 녹음돼요!"

문이영은 손바닥을 짝 부딪치더니 곧장 주머니에서 휴대폰을 꺼냈다. 그녀는 통화 목록을 훑어 내렸다. 저장되어 있지 않은 번호를 누르자 테이프 아이콘이 붙은 녹음 목록이 나왔다. 통화를 하면 일부러 조작하지 않아도 녹음이 되는 기능을 사용하는 모양이었다.

그녀는 버튼을 누르더니 재생 음량을 올린 뒤 테이블에 휴대폰을 내려놓았다.

"여보세요."

문이영의 목소리였다.

"안녕하세요. 지경석 선생님께 번호를 받아 전화드렸습니다."

휴대폰을 타고 흘러나오는 남자의 목소리는 박인재와 강치수 모두에게 익숙했다. 둘이 의견을 주고받기도 전에 목소리가 말했다.

"저는 은파고등학교의 김준후라고 합니다."

"김준후 선생에 대해서 조사해봐. 채다현이든 정은성이든 간에 두 사람과 얽혀 있는 것 모두."

"네."

짧게 대답한 박인재는 학교 밖 도로를 향해 뛰었다. 그는 택시를 타고 곧장 경찰서로 복귀할 것이다. 강치수는 두 사람이 함께 타고 온 차에 홀로 올랐다. 그는 서영선이라는 학생을 만나러 갈 예정이었다. 문이영 선생의 도움을 받아 서영선 학생의 보호자에게 임의 진술을 허락받았다. 마침 하교 시간인지라 학원 앞에서 학생을 만나기로 했다.

강치수는 시동을 걸고 차를 출발시켰다. 문이영을 통해 확인된 것은 두 가지였다. 하나는 두 사람 사이에 얽힌 비운의 사건. 그것을 알게 되자 사건 당일 채다현의 집에서 들렸다던 중년 여성의 목소리가 정은성의 어머니인 조미란의 것이 아닐지에 대한 의심이 더욱 짙어졌다. 어쨌거나 직접적인 원한이 있다면 정은성보다는 조미란이 더 크다.

또 다른 하나는 김준후와 관련된 건이었다. 그는 왜 두 사람의 관계에 대해 조사했을까? 물론 채다현의 담임선생이니 궁금해서 그랬다고 생각할 수도 있다. 하지만 학폭 사건 운운하며 거짓말을 한 것은 납득되지 않는다. 궁금증으로 인해 그렇게까지 조사할 사람은 없다. 의혹이 있다면 경찰에 말하는 것이 정상적인 사고다.

약속 장소인 학원 앞에 도착했을 때는 어스름이 내려앉아 있었다. 학원 앞 상가는 환히 불을 밝히고 있었다. 시골이라 대단한 번화가는 아니지만 그래도 상가들 덕분에 시내가 활기를 띠고 있었다. 학원 앞에서 교복을 입은 한 남학생이 어슬렁거리고 있어 다가갔다. 강치수가 다가가자 남학생이 몸을 돌렸다. 교복 가슴팍에 달린 주머니 위에 "서영선"이라고 쓰인 명찰이 붙어 있었다.

"내가 전화한 강치수 형사야."

"진짜 형사예요?"

의심을 한다기보다는 형사를 실제로 보는 것이 신기한 것 같았다. 강치수는 주머니에서 경찰공무원증을 꺼내 보여주었다. 서영선이 입술을 동그랗게 모으며 작은 탄성을 질렀다.

강치수는 곧장 본론을 꺼냈다. 사기 사건이 벌어진 뒤 두 아이의 관계에 대한 질문이었다. 서영선은 채다현의 사망 사실을 알고 있는 것 같았다. 뉴스에서 이름이 보도된 적은 없지만 아이들의 정보력은 빨랐다.

"그날은 뭐에 훅 가서 때리긴 했지만 그 이후에는 때리는 건 못 봤어요. 다현이가 매달리는 걸 은성이가 매몰차게 뿌리친 적은 있지만요."

"매달린다?"

"차라리 날 죽여달라, 용서해달라 그런 거죠. 용서해달라 그랬는지 용서하지 말라 그랬는지 기억은 안 나지만. 뭐, 그게 그거 아니겠어요?"

어쨌거나 정은성의 지독한 원망이 폭행 같은 형태로 채다현에게 쏟아부어진 것 같지는 않았다. 게다가 오래 지나지 않아 채다현이 결석하기 시작했기 때문에 둘이 별로 마주치지도 않았다고 했다. 수업 일수는 채웠기 때문에 다행히 졸업은 했을 거라고 말한 걸로 보아 서영선 역시 사건 이후로 채다현과 멀어진 것 같았다. 서영선이 알고 있는 것은 그 정도가 전부였다. 서영선이 2층의 학원으로 올라가는 것을 본 뒤 강치수는 차를 향해 몸을 돌렸다. 휴대폰 벨이 울린 것은 운전석에 올라앉았을 때였다. 박인재였다.

"김준후 선생 인적 사항은 알아보고 있는 중이긴 한데요."

힘이 있는 목소리로 보아 즉시 전달해야 할 중요한 사항을 알아낸 것이 분명했다.

"오늘 아침에 드렸던 기지국 접속자 조회 결과 목록을 다시 들여다보다 선배님이 아시면 흥미로워하실 만한 번호 두 개를 찾았어요."

"뭔데?"

자기도 모르게 휴대폰을 쥔 손에 힘이 들어갔다.

"하나는 010-1308-××××. 사건 당일만이 아니라 평소에도 꽤 많이 사용한 번호예요."

기억에 남아 있는 번호가 아닌 걸로 봐서 채다현의 것은 아니다. 많이 사용했다면 동네 주민 중 한 사람의 것일 가능성이 있었다. 그것이 왜 흥미로워할 만한 번호라고 하는 건지 강치수는 얼른 이해되지는 않았지만 박인재의 다음 말을 묵묵히 기다렸다.

"문제는 그 번호 소유주예요."

"누군데?"

"김준후 선생이요."

순간 강치수는 아랫입술을 꾹 깨물었다. 명확한 것은 아니더라도 사건의 실마리를 잡은 듯했다. 그가 알고 있는 한 그 번호는 학교에서 넘겨받은 교사 명부의 전화번호는 아니었다. 그렇다면 세컨드 폰을 가지고 있다는 말이 된다. 그 핸드폰이 왜 숱하게 채다현의 동네에서 사용되었는지를 생각할 새도 없이 박인재가 말을 이었다.

"또 다른 하나는 010-6666-○○○○. 이건 사건 당일 딱 한 번 기지국에 잡힌 번호여서 처음부터 관심 대상에서 제외됐었는데, 소유자가 예사 인물이 아니네요."

그것이 누구라고 해도 강치수는 조금 전 들었던 이름보다 놀라지는 않을 거라고 생각했다. 하지만 자신도 모르게 숨을 멈췄다. 본능이었다.

"말해."

"김준후 선생의 와이프예요."

13

삼은호수는 그의 기억과는 많이 달라져 있었다. 삼은호수에 다녀갔던 것이 불과 며칠 전이었다는 게 믿어지지 않았다. 엉망으로 자랐던 풀은 증거를 찾기 위해 대거 투입된 수색대의 발에 밟혀 거의 누워 있었다. 여기저기 파헤쳐진 흙이 보였고 호수의 주변은 경찰통제선으로 둘러쳐져 있었다. 그럼에도 여전히 다현의 몸을 삼킨 검은 호수의 물이 그를 무겁게 했다. 두 번 다시 여기에 올 일은 없을 거라고 생각했다. 오고 싶지도 않았다. 하지만 오지 않을 수 없었다. 알지 못하는 사이 누군가 그의 목에 쇠사슬을 얽어매고 있었다.

'정말 경비 아저씨일까?'

준후는 황권중의 얼굴을 떠올려보았다. 다현의 시신을 발견한 날 이후에도 그와는 몇 번쯤 마주쳤다. 그가 자신을 보던 시선과 표정을 떠올려보려 했다. 생각나지 않는 건 아니었지만, 그의 표정은 평소와 다름없었던 것 같기도 하고 뭔가 의미심장하게 느껴지기도 했다. 준후는 아랫입술을 질끈 깨물며 불안한 기분을 억누르려 애썼다.

탁.

갑자기 들린 소리에 그의 온몸이 날카롭게 긴장했다. 그는 숨을 멈춘 채로 주변을 둘러보았다. 아무도 없었다. 인상을 찌푸리며 불안한 눈으로 사방을 황황히 훑었다. 나무 뒤에 누군가 숨어 있는 건 아닐까. 그렇게 생각하며 발을 뗀 순간 같은 소리가 들렸다. 그는 자신의 발아래를 내려다보았다. 마른 나뭇가지가 발밑에서 부러져 있었다. 소리는 거기서 난 것 같았다. 대단한 소리도 아니었을 텐데 그렇게 크게 들리다니. 어지간히 긴장한 모양이다.

'예민해지지 말자. 경찰에 신고하지 않은 걸 보면 상대도 원하는 게 있는 거야. 얘기를 들어보고 거기부터 해결해나가면 돼.'

준후는 눈을 감고 천천히 호흡했다. 핸드폰을 켜 시간을 확인했다. 약속된 11시에서 오 분이 지났다. 혹시 질 나쁜 장난에 걸려든 건 아닐까? 하지만 그렇다고 하기에는 자신의 비밀을 너무나 제대로 알고 있다.

자신이 알고 있는 한, 그날 교내에 있었던 것은 자신과 황권중뿐이었다. 아니, 다현까지 세 명뿐이었다. CCTV가 없는 구역의 담을 타고 누군가 외부에서 들어왔을 가능성을 배제할 수는 없지만 확실하게 교내에 있었던 사람은 세 명뿐이었다. 그중 다현은 사망했다. 자신은 다현의 시신을 유기했다. 그렇다면 한 명이 남는다. 가장 가능성이 높은 것은 그 한 명이다.

준후는 다현의 시신을 완강기를 통해 밖으로 빼돌렸다. 그때 마침 황권중이 올라와 그를 데리고 건물 밖으로 나갔다. 시신을 차에 싣고 교문 밖을 빠져나갈 때 황권중은 경비실에 있었다. 하지만 자신의 이상한 반응을 눈치채고 다시 교실로 돌아갔을 가능성은 없을까?

자신을 협박하려 한다면 증거 없이는 가능한 일이 아닐 것이다. 증거가 뭘까? 마음에 걸리는 것이 없지는 않다.

준후는 천장에 매달린 채다현을 발견했을 때 거의 제정신이 아니었다. 주변에 있던 칼로 다현의 목에 묶인 줄을 끊었다. 흐트러진 책상을 바로잡고 채다현의 시신을 바깥으로 빼돌렸다. 줄을 끊을 때 사용한 칼 역시 제대로 챙겨 나왔다. 마음에 걸리는 것은 천장에 연결되어 있던 끈이다. 중간을 끊었기 때문에 천장에 걸린 줄이 남았을 것이다. 예상치 못한 상황이라 정신이 없었다. 칼을 챙기고 책상을 정리해둔 것만으로도 대단한 일이었다. 황권중 때문에 더 조급했던 것도 있었다. 끈이 교실에 아직 남아 있다는 것을 깨달은 것은 다현을 싣고 한참이나 달린 후의 일이었다.

하지만 학교로 돌아갈 수는 없었다. 학교에 남아 있던 자신은 어쩔 수 없이 용의선상에 오를 것이다. 그렇다면 차를 타고 나온 뒤의 행적을 조사할 것은 분명했다. 다현의 죽음에서 완전히 배제될 수 있도록 자신이 고안한 방법이 깨질 수도 있었다. 어쩔 수 없이 학교로 돌아가지 못했다. 대신 다음 날 새벽, 누구보다 일찍 학교로 향했다. 남아 있는 끈을 회수할 생각이었다. 어차피 많은 업무가 그의 앞에 쌓여 있었다. 일찍 출근한 것이 그리 이상한 일은 아니었다.

하지만 교실로 들어간 순간 망연자실했다. 천장에 남아 있어야 할 끈이 없었다. 교실을 청소하는 미화원 아주머니가 다녀갔을 시간도 아니었다. 혹시나 하는 마음에 교실을 샅샅이 살피고 쓰레기통을 뒤졌지만 보이지 않았다. 혹시 끈이 풀렸던 건가 하고 생각했다. 끈을 끊으려고 했던 기억은 있지만 다현의 몸이 떨어지는 순간 풀렸던 건지도 모른다. 그 부분까지는 정확히 확인하지도 못했고 기억도 나지 않았다. 며칠 동안 아무 문제가 없었기에 아마도 끈이 풀렸던 거라고, 그것이 전부였다고 생각해 완전히 잊고 있었다.

증거가 있다면 그것뿐이지 않을까? 누군가 어떤 식으로든 준후가 다현을 죽였다고 생각했고, 그 끈을 손에 넣었다. 끈에 준후의 지문이나 흔적이 남아 있을 테니 그걸로 협박할 생각인 것이다.

역시 황권중뿐이다.

다현의 시신을 옮기는 것을 직접 봤다면 영상으로 남길 수도 있었다. 그러지 않고 이런 협박을 한다는 것은 정확히 보지는 못했다는 뜻이다. 지문이 남아 있을지 없을지도 모르는 끈으로 떠볼 생각인 것이다. 그날 자신이 당황하는 것이 황권중의 눈에 보였다면, 우연히 발견해 갖고 있던 끈을 손에 넣은 황권중은 다현의 사망 사실이 알려진 즉시 모든 정황을 눈치챘을 것이다.

준후는 다시 시간을 확인했다. 약속 시간에서 십 분이나 지났다. 일부러 약속 시간에 늦게 와 초조하게 만들려는 생각이다. 일하는 것만으로도 감사하다며 겸손한 척 허허 웃는 얼굴로 속내에는 검고 더러운 것을 숨기고 있었던 것이다. 인간은 기회 앞에서 영악한 얼굴을 드러낸다. 준후는 이제 협박 편지의 주인이 황권중이라고 확신했다.

그로부터 십 분을 더 기다렸다. 편지를 보낸 자의 의도대로 초조해하지 않으려고 노력해보았으나 불안한 마음이 일렁이는 것을 억누르지는 못했다. 시간이 지날수록 많은 생각들이 개입했다. 그중에 그를 가장 불안하게 한 것은 이것이 함정은 아닌가 하는 것이었다. 애초에 증거 같은 것은 없고 그저 함정을 만든 것에 불과할지도 모른다. 다현의 죽음에 관련이 없는 사람이 같은 편지를 받았다면 어땠을까? 곧장 경찰에 신고했을 것이다.

그 편지를 숨기고 지정된 장소에 나온다는 것은 몸소 범인이라고 증명하는 꼴이었다.

'함정이다!'

그렇게 생각한 순간 이곳을 벗어나야 한다고 결정했다.

그는 재빨리 등을 돌렸다. 허겁지겁 둑을 올랐다. 누군가 갑자기 나타나 자신의 어깨를 잡아챌 것 같은 공포에 휩싸였지만 그런 일은 벌어지지 않았다. 차에 올라탄 준후는 시동을 걸고 라이트를 켰다. 눈에 띄면 안 됐지만 넓지 않은 길이다. 자칫하다가 둑 아래로 떨어질 수도 있었다. 게다가 이쪽으로 올라오는 주민이나 차량을 만나면 라이트를 켜지 않은 차는 오히려 의심을 살 수 있다.

라이트를 켠 상태에서 차를 돌렸다. 환한 빛이 어두워진 공간을 길게 할퀴었다. 도로로 내려가는 길을 향해 차머리가 돌아간 순간 그는 거칠게 브레이크를 밟았다.

라이트가 비친 곳에 다른 차 한 대가 멈춰 서 있었다. 낡은 검은색 중형차였다. 차에는 시동도 걸려 있지 않았다. 분명 그가 이곳에 도착했을 때는 없었던 차였다. 심장이 빠르게 박동했다. 준후는 눈을 가늘게 뜨고 그곳을 응시했다. 핸들 위에 올려져 있던 검은 덩어리는 그늘이 아니었다. 사람의 머리였다. 누군가 핸들에 머리를 박고 있었다.

부들거리는 손으로 간신히 사이드브레이크를 채웠다. 준후는 차에서 내려 천천히 그쪽을 향해 다가갔다. 함정이라든가 그냥 지나쳐야 한다든가 하는 생각은 그 순간 그의 머릿속에 떠오르지 않았다. 머리가 하얗게 빈 상태였다. 그냥 거기에 가야 할 것만 같은 느낌, 아무 생각도 없이 뭔가에 홀린 채 그는 움직이고 있었다.

운전석 바로 옆까지 다가갔다. 운전석 쪽 창문은 닫힌 채였다. 준후는 무릎을 굽힌 채 안을 자세히 들여다보았다. 머리는 흐트러져 있었지만 짧은 머리라 남자의 얼굴을 가리지는 않았다. 그가 볼 수 있는 것은 옆모습뿐이었다. 항상 사람 좋은 미소를 짓던 입가가 가라앉아 있었지만 준후는 알아볼 수 있었다.

황권중이었다.

그는 황급히 차 문을 열었다. 손을 그의 어깨에 얹은 순간 팔이 툭 하고 떨어져 내렸다. 준후는 눈을 크게 떴다. 온몸의 피가 싸늘하게 식는 기분이었다. 황권중을 깨워보려 하거나, 죽은 것은 아닐지 확인하려는 생각은 허락되지 않았다.

자극적인 냄새가 그를 습격했다. 코에 찌르는 듯한 통증이 느껴졌고 눈이 몹시 따가웠다. 줄줄 흘러내린 눈물이 턱을 타고 뚝뚝 떨어졌다. 그는 거의 반사적으로 팔을 들어 코와 얼굴을 가렸다. 갑자기 숨이 쉬어지지 않았다. 꺽꺽 거친 호흡이라도 해보려 애를 쓰면서 차에서 떨어졌다. 그는 황급히 주머니에서 휴대폰을 꺼냈다. 하지만 그뿐이었다. 그는 차 속에 여전히 남아 있는 황권중을 응시했다. 입고 있는 셔츠의 목깃을 당겨 올려 코와 입을 덮었다. 최대한 팔을 뻗은 채로 황권중에게 다가갔다. 손가락 끝을 황권중의 목덜미에 대었다. 김준후의 눈꺼풀이 파르르 떨렸다.

아직 살아 있다.

그는 휴대폰과 황권중을 번갈아 보았다. 입가가 일그러졌다. 그는 차에서 떨어지며 운전석 문을 거칠게 밀어 닫았다. 그러고는 옷깃으로 차 문손잡이를 닦았다. 흔적이 남아서는 안 되었다. 그는 구르듯 달려가 자신의 차에 올라탔다. 시동을 걸고 차를 몰았다. 황권중의 차 옆을 지날 때는 그쪽을 보지 않도록 애썼다. 그는 도망치듯 그곳에서 멀어졌다.

집에 도착했을 때는 거의 제정신이 아니었다. 온몸은 땀에 젖어 있었고 눈물은 멈추지 않았다. 눈이 터져나갈 것 같았다. 구역질이 쉴 새 없이 밀려 올라왔다. 목이 잔뜩 부은 것처럼 숨이 잘 통하지 않았다. 숨이 잘 쉬어지지 않아서 기침을 했고, 기침을 너무 해서 숨이 쉬어지지 않았다. 구역질이 밀려 올라와서 숨이 안 쉬어지는 것인지, 기침 때문에 숨이 쉬어지지 않는 건지, 호흡기에 무슨 문제가 생긴 것인지, 알 수 있는 것은 아무것도 없었다. 집에 도착하는 동안 몇 번이나 차선을 넘어 사고가 날 뻔했다. 차량이 거의 없는 심야가 아니었다면 사고가 났어도 이상할 상황이 아니었다.

준후는 정신없이 시동을 끄고는 운전석에 앉은 채로 머리를 젖혔다. 꺽꺽거리며 계속 심호흡을 시도했다. 움켜쥔 주먹 때문에 손바닥이 깊이 팼다. 벌벌 떨리는 손으로 간신히 차 문을 열었다. 거의 쏟아지듯 상체가 바닥으로 떨어졌다. 간신히 차 옆을 짚은 채로 구토를 시도했다. 수도를 틀어놓은 것처럼 쏟아진 침이 바닥을 적셨다. 컥컥. 그는 다시 힘주어 호흡을 내뱉었다.

"여보?"

익숙한 목소리다. 영주였다. 준후는 고개를 들어 올려다보려 했지만 곧장 올라오는 구역질 때문에 도로 허리를 숙였다. 재빨리 달려온 영주가 준후의 팔을 잡았다.

"당신 왜 이래요? 무슨 일이에요?"

적잖이 놀라고 당황한 목소리였다. 설명할 새도, 정신도 없었다. 숨이 쉬어지지 않고 구역질을 하는 정신없는 상황에서도 곁눈으로 영주가 황급히 주머니에 손을 넣는 것이 보였다. 신고를 하려는 것이다. 신고는 안 돼, 말이 나오기도 전에 손으로 영주의 휴대폰을 낚아챘다. 그는 신경질적으로 휴대폰을 바닥에 내팽개쳤다. 헐떡이면서도 온 힘을 다해 영주를 노려보았다. 놀란 눈이 파르르 떨렸다. 준후는 비틀거리며 간신히 동 현관문으로 향했다. 복도로 들어서기 무섭게 벽을 짚은 채로 집까지 다다랐다. 발이 질질 끌리는 소리가 복도를 울렸다. 영주가 휴대폰을 주워 들고 황급히 따라와 다시 그를 붙잡았다. 밀치려 했지만 힘이 없었다. 영주에게 원치 않은 부축을 받은 채 집 안으로 들어갔다. 영주는 더이상 신고를 하려는 것 같지 않았다. 그의 강력한 거부 의사가 심상치 않다고 판단했기 때문일 것이다.

거실에 올라서기 무섭게 열려 있던 화장실 안으로 뛰어 들어갔다. 영주가 따라 들어오려 했지만 문을 거칠게 밀어 닫고 잠금 단추를 눌렀다.

"여보, 문 좀 열어봐요, 괜찮은 거예요?"

대답할 겨를은 없었다. 한달음에 샤워기에 달려들어 물을 틀었다. 머리 위에서 쏟아지는 물은 입은 옷을 적시고 흘러 내렸다. 그대로 한참이나 서 있었다. 따가운 통증이 조금 시원해지는 것도 같았다. 대체 무엇 때문일까. 그 냄새의 정체는 무엇이었나. 비슷한 기분을 느낀 적은 있었다. 이십 대 초중반의 나이, 군대에서였다. 화생방 훈련은 CS 가스를 견뎌내는 훈련으로 방독면을 착용해도 그것을 뚫고 냄새가 날 정도다. 정화통을 분리하거나 방독면을 벗어야 하는 순간은 지옥 같았다. 사전 교육에서 눈과 기도의 점막을 자극하는 것이라 피부에는 문제가 없다고 들었지만 자신의 몸에 그렇게 많은 점막이 있다는 것을 태어나서 처음으로 체득했다. 그때와 느낌은 비슷했지만 같지는 않았다. 정체 모를 이 가스는 육체에 주는 고통의 힘이 더 강력했다.

혹시 모를 상황에 대비해 손으로 얼굴을 문지르지 않았다. 여전히 숨은 가빴다. 가슴이 터질 듯 뻐근했다. 몇 번이나 입안을 헹군 뒤 다급히 수납장을 열어 검은색 비닐봉투를 꺼냈다. 화장실 휴지통에 씌우는 용도로 사다 둔 것이었는데 빳빳한 비닐봉투 귀가 줄에 묶여 있었다. 한 장을 빼자마자 봉지 입구에 입을 대었다. 새어 나가는 부분이 없도록 양손으로 틀어막고 호흡을 했다. 깊이 내뱉었다가 깊이 들이쉬었다. 교육청 주관 연수에서 배운 응급조치 중의 하나였는데, 그때의 가상 상황은 기저질환으로 인한 것이었다. 자신에게도 통할지는 알 수 없었으나 다행히 시간이 지날수록 호흡이 가벼워졌다.

얼마나 지났을까. 온몸을 잠식했던 고통이 사라지고 한여름인데도 추위가 느껴지기 시작했다. 샤워기에서 여전히 물이 뿜어져 나왔다. 물줄기 소리가 들리다니 이제 살았다고, 안도했다. 준후는 샤워기를 껐다.

"괜찮아요?"

걱정스럽고 조심스러운 목소리가 들려왔다. 내내 화장실 앞을 지키고 있었던 것 같다. 물소리가 끊어지자 말을 걸어온 것이다. 별다른 소란은 없는 것을 보니 역시 신고를 한 것 같지는 않다. 대답할 힘도 없이 기진했지만 언제까지고 불통 상태가 이어진다면 이내 신고를 할 것 같았다.

"괜찮아. 상관하지 마."

영주는 더이상 말을 걸지 않았다. '신경 쓰지 마'라고 했어야 하는 말이 '상관하지 마'가 되어 나왔다. 아무리 남보다 못한 사이라고는 해도 걱정을 해준 사람에 대한 예의가 아니다. 새벽에 자신이 외출을 했다는 것을 알고 걱정되어 바깥까지 나와봤으리라. 실수했다고 생각했지만 사과할 기분은 아니었다. 잔뜩 젖은 검은 봉지를 휴지통에 쑤셔 넣고는 세면대로 돌아왔다. 비누로 손을 꼼꼼하게 씻었다. 얼굴도 몇 번이나 세안했다. 샤워기를 약하게 틀어 눈 가까이에 대고 씻어 내렸다. 젖은 옷을 벗고 샤워를 할 때 다시 한번 온몸 구석구석을 신경 써서 닦았다. 몇 년 전부터 생긴 비염 때문에 구입한 코 세척기까지 사용했다. 눈과 피부 그 어디에서도 날카로운 통증이 느껴지지 않은 뒤에야 안심할 수 있었다.

흠뻑 젖은 옷을 화장실 구석에 처박아둔 채 허리에 수건만 두르고 화장실 문을 열었다. 갑자기 열린 탓에 문 앞에 서 있던 영주가 어깨를 흠칫 떨었다. 죄라도 지은 것처럼 시선을 떨구는 영주를 보며 준후는 인상을 썼다.

저렇게 굴면 자신이 가해자가 되어버린다. 준후는 고개를 가로저으며 말없이 영주 옆을 지나쳐 옷방으로 향했다.

"다친 덴 없어요?"

준후는 걸음을 멈추고 뒤를 돌아다보았다. 자신을 향해 선 영주의 간절한 눈빛이 마음에 들지 않았다. 만약 저 눈빛을 오래 전부터 보아왔다면 지금 둘의 상황은 좀 달라졌을까. 벌어지지 않은 일을 상상하기는 싫어 그는 생각을 끊어내는 칼처럼 차갑게 말했다.

"언제 올라가?"

영주의 눈빛이 흔들렸다. 시선이 바닥으로 가라앉았다. 준후는 뒤돌아 안방 문을 열고 들어갔다. 대답을 원한 것은 아니었다. 자신이 뱉은 말은 생채기를 내는 것, 그 목적을 완수했다.

옷장을 열고 트레이닝복을 꺼냈다. 평소에 잠옷 대신 입던 것이다. 차가워졌던 몸에 온기가 돌았지만 마음은 편안하지 않았다. 무너지듯 바닥에 주저앉아 깊은 한숨을 내쉬며 손바닥에 이마를 묻었다.

아무리 생각해도 냄새의 정체를 알 수가 없었다. 어떤 가스 같은 것, 이라고 유추할 뿐이었다. 운전석 문을 연 것은 길어도 십오 초를 넘기지 않았다. 냄새에 노출된 것은 그 정도로 짧았다. 그런데도 파급력은 엄청났다. 황권중의 생명을 위협한 것은 분명 그 가스였을 것이다.

'죽었을까?'

준후는 고개를 들고 자신의 손을 내려다보았다. 황권중의 목 근처를 짚었던 손가락에 아직 감촉이 남아 있는 듯했다. 미약하게 떨리던 박동과 그 순간의 선택이 그를 괴롭게 했다. 준후는 휴대폰으로 인터넷 포털 사이트를 열고 삼은호수를 검색했다. 만약 시신이 발견됐다면 뉴스에 떴을 수도 있다. 하지만 인터넷 어디에서도 남성 시신이 발견됐다거나 가스에 대한 내용은 없었다. 검색되는 것은 다현과 관련된 기사뿐이었다. 워낙 인적이 드문 곳이니 아침까지 발견이 되지 않을 수도 있다. 황권중의 사망은 확정이나 다름없다.

정말 쪽지를 남긴 것은 황권중이었을까? 그렇다면 황권중이 그 시간 그곳에 있었던 것이 설명되기는 한다. 하지만 왜 그 상태였을까? 자살일까? 그럴 리는 없다. 황권중이 협박한 것이라면 욕망하는 바가 있다는 것인데, 그것을 이루기 전에 자살할 어떤 이유도 없다. 게다가 삼은호수에 와서 자살할 이유 또한 없다. 살해 쪽으로 심증이 굳어진다. 미리 죽여서 옮겼을 것 같지는 않았다. 차에 냄새가 가득했다. 그렇다면 적어도 누가 운전을 했든 삼은호수 근처까지 같이 온 셈이다. 황권중이 차에 타고 있는 동안 눈치채지 못하도록 유독 물질을 퍼뜨리고 유유히 떠났을지도 모른다. 협박을 하러 오는데 다른 사람을 태울 강심장은 없다. 그렇다면 공범이라는 가설이 생긴다. 같이 협박을 할 셈이었는데 뭔가 의견이 맞지 않아 한쪽이 황권중을 죽였다, 라는 것이다. 그럼 왜 자신을 만나지도 않고 갔을까?

준후는 바닥의 한 지점을 응시하면서 고집스럽게 엄지손톱을 물어뜯었다. 답은 하나다.

'범행을 뒤집어씌우기 위해서.'

그렇다면 말이 된다. 어떤 사정인지 몰라도 황권중을 죽일 계획을 세웠다. 꼬리가 길면 밟힌다고 했다. 협박을 통해 얻을 이익을 포기하고 살해 혐의를 준후에게 뒤집어씌울 생각인 것이다.

삼은호수 입구에는 CCTV가 설치되어 있었다. 준후는 그곳을 피할 방법도 없었지만 피할 생각도 하지 않았다. CCTV를 피해 숨어드는 것은 범행을 계획하고 있는 사람이다. 자신은 여기 협박의 피해자로 왔다. CCTV를 신경 쓸 이유가 없었다.

하지만 지금은 다르다. 분명 자신이 타고 온 차가 CCTV에 찍혔을 것이고, 그 뒤로 도착한 황권중의 차량 역시 찍혔을 것이다. 황권중이 진입한 뒤 돌아 나가는 차량의 모습은 자신의 차, 한 대뿐일 것이다. 그리고 황권중이 사망한 채 발견된다. 용의자는 한 명이다.

준후는 초조했다. 정신을 차리기 위해 머리를 뒤흔들었다. 이러고 있을 때가 아니었다. 어떻게든 빠져나갈 구멍을 찾아야 했다. 다현의 죽음에서 발목을 잡히지 않기 위해 삼은호수 입구의 CCTV를 이용했는데 엉뚱하게도 거기에 발목이 잡혀버렸다.

준후는 한참이나 생각에서 헤어 나오지 못했다. 커튼 사이로 새벽의 여명이 비집고 들어올 때까지 그 자리에서 꼼짝도 하지 않았다. 그리고 아침 7시 33분, 초인종이 울렸다. 준후는 가만히 일어나 거실로 나갔다. 영주가 먼저 인터폰을 들고 있었다.

"누구세요?"

경찰이었다.

14

차가 발견된 것은 새벽 5시경이었다. 발견자는 양지마을의 주민으로 육십 대 여성인 김태련이었다. 고면리에 위치해 있는 요양원 주방에 근무하는 그녀는 첫차인 5시 20분 버스를 타기 위해 발걸음을 서둘렀다. 버스 정류장이 있는 큰 도로까지 가려면 이십 분 정도 걸어야 했는데 육십 줄에 들어서면서 조금 버거운 느낌이 들었다. 그나마 주방보조로 근무하니 이 시간에 나갈 수 있는 것이지 조리사들은 훨씬 더 이른 새벽 4시 반까지는 출근해야 한다. 차가 없는 김태련으로서는 어려운 일이다.

'이놈의 동네, 언제나 벗어나려나.'

종종 그런 생각을 했다. 살고 있는 집은 너무나 낡아 성한 곳이 없었다. 돈을 주고 수리하기엔 언제 개발이 될지 알 수가 없다. 그러다 보니 정착해 산다는 느낌보다는 임시로 살고 있다는 느낌이 강했다. 재개발만 되면 재산이 몇 배나 뻥튀기되는 거라고, 팔고 이사를 가는 건 바보 같은 일이라는 아들의 말만 아니었어도 벌써 이 동네를 떠났을 일이었다. 점점 황폐해져갈수록 재개발이 가까워지는 거라고 했지만 최근 삼은호수에서 시체가 발견된 일 때문에 재개발이 다시 멀어질 것 같았다. 근처를 걷는 것만으로도 기분이 영 좋지 않다. 원래도 을씨년스럽기는 했지만 사람이 죽었다니 모골이 송연해진다. 뉴스에서는 자살이 아니라고 떠들던데 살인자가 이 동네에 왔었다는 것만으로도 공포에 가까운 감정이 들었다. 그런 생각에 발걸음이 점점 빨라지던 순간이었다.

검은 차가 길 중간에 떡하니 서 있었다. 오싹한 기분이 들었다. 살인자는 현장에 다시 오는 법이라고 떠들던 동네 여자의 말이 떠올랐다. 이 시간에 어중간하게 차를 세워놓을 사람은 없을 것 같았다. 무엇보다 인가에서 멀리 떨어진 곳이다. 누군가 심장을 움켜쥔 듯 온몸이 수축되는 기분이었다. 지푸라기라도 잡는 심정으로 그녀는 아들이 사준 효도폰을 꾹 움켜쥔 채 빨리 걸음을 옮겼다. 그러던 그녀의 움직임이 멈춘 것은 운전석 유리창 너머로 사람의 머리가 보였기 때문이다. 앉아 있는 사람은 머리를 핸들에 박고 있었다. 무서운 생각이 들었다. 그녀는 거의 도망치듯 길을 내려갔다.

정류장에 도착했을 때 버스의 앞머리가 보였다. 조금만 늦었어도 차를 타지 못할 뻔했다. 버스에 올라타 거친 호흡을 가라앉히면서 그녀는 잠시 고민을 하다 핸드폰을 꺼냈다. 그녀가 전화한 곳은 112였다. 아무 일도 아닐지 모르지만 혹시 몰라 전화를 해보는 거라고, 확인만 해보라고, 몇 번이나 변명처럼 얘기하고는 자신이 발견한 차에 대해 이야기했다.

그녀가 신고를 한 것은 결과적으로 잘한 일이었다. 센터에서 신고 접수를 전달받은 지구대원 신 경위가 구급대원과 함께 현장에 출동했을 때 차는 신고 내용처럼 어중간하게 주차되어 있었다. 운전자가 핸들에 머리를 박고 있다고 하기에 음주 상태가 아닐까 생각했다. 차로 다가간 신 경위는 운전석의 문을 몇 차례 두드렸지만 반응이 없었다. 차 문의 손잡이를 잡아당겼다. 잠겨 있지 않았다. 문이 열린 순간 운전석 남자의 상태를 확인하기도 전에 괴상한 냄새가 그의 코를 찔렀다. 순간적으로 눈과 코가 엄청나게 따가웠다. 가까이 있던 구급대원이 냄새를 눈치채지 못하고 운전석 남자의 어깨를 흔들었다. 맥없이 흔들린 남자의 몸이 무너지듯이 바닥으로 떨어졌다. 누가 봐도 죽은 상태였다.

그러나 그들은 어떤 조치도 시도할 수 없었다. 온몸에서 느껴지는 따가운 통증과 호흡 곤란 때문이었다. 그들은 황급히 차에서 떨어져 둔덕으로 뛰어 내려갔다. 거의 쓰러지듯이 땅을 구르면서도 신 경위는 필사적으로 본부에 전화를 걸었다.

추가 투입된 경찰 인력이 인근 지역을 통제했고 경찰특공대 화학물 처리반이 방독면과 보호복을 착용한 채로 현장 조사를 했다. 유독성 물질로 추정되는 것을 차 안에서 수거하는 한편 사망자의 신원 파악에 주력했다. 신분증을 통해 신원을 확인하고, 유족과의 통화에서 그가 은파고등학교에서 경비원으로 근무했다는 것을 확인해 강치수에게 연락이 오기까지 대략 두 시간쯤이 소요되었다. 이 사건과 강치수가 담당하고 있는 삼은호수 사망 사건 사이에 은파고등학교, 삼은호수라는 두 가지 공통점이 있다는 사실은 우연이 아니었다. 두 사건은 서로 관련이 있었다.

황권중의 차에서는 블랙박스가 발견되지 않았다. 차량의 A필러 안쪽으로 배선된 전선이 룸미러 쪽에서 덜렁거리고 있었다. 블랙박스 본체를 뜯어 간 것으로 추정되었다. 후방 카메라 역시 부착했던 양면테이프만 남아 있었다.

그리고 지금, 강치수는 눈앞에 앉아 있는 젊은 교사를 날카롭게 응시하고 있었다. 김준후는 상대적으로 차분한 표정이었다. 갑작스레 찾아온 경찰들에게 임의동행되어 조사실에 앉은 사람의 당혹감은 거의 보이지 않았다. 이른 아침 집으로 찾아와 초인종을 누른 불청객들의 방문을 예상하고 있었다는 표정이었다.

"어젯밤 10시 50분경, 삼은호수 쪽으로 왜 가셨죠?"

강치수는 앞에 둔 노트북을 돌려 김준후가 보도록 했다. 화면 속 영상은 김준후의 차량이 찍힌 CCTV였다. 확인을 하고 말하는 것이니 거짓말할 생각은 하지 말라는 뜻이었다. 시선만 내려 확인한 김준후의 표정은 흔들림이 없었다. 그는 얼굴만큼이나 차분한 어조로 대답했다.

"다현이 집에 갔었습니다."

강치수의 미간이 좁혀졌다.

"왜죠?"

"아시다시피 다현이는 친족이 없습니다. 주민센터에서 상속인 수색을 해보고 없으면 집이랑 재산이 국고로 귀속된다고 얘기를 들었는데……. 적어도 다현이가 사용했던 작은 물건 하나쯤은 다현이 화장할 때 같이 보내주고 싶어서."

강치수는 기가 차다는 듯 웃음을 터뜨렸다.

"선생님이요?"

"제가 담임이었습니다. 뭐, 안 믿으실지도 모르겠지만 학생을 아끼는 마음은 저에게도 있습니다."

"그걸 지금 믿으라는 말입니까?"

조사 때 잘 사용하지 않는 어휘였지만 너무나 어이가 없어 생각하기도 전에 말이 먼저 튀어나왔다. 차라리 채다현의 집에서 재산이 될 법한 물건을 찾아보려 했다는 말이 훨씬 더 인간적일 것 같았다. 심지어 지금은 거의 비슷한 시각, 같은 곳에서 근무하는 경비원이 사망한 채 발견된 상황이었다. 단순한 우연이라는 말은 일고의 가치도 없다.

"믿지 않아도 어쩔 수 없습니다."

"같은 학교에 경비원으로 근무하셨던 황권중 씨가 사망한 건 알고 계시죠?"

"오면서 들었습니다."

"어떻게 생각하십니까?"

강치수의 물음에 김준후는 곧은 시선을 보내왔다. 금방 답을 하지는 않았다. 무슨 뜻이냐고 묻는 것 같았다.

"마침 같은 시각에 황권중 씨가 거기서 사망하신 것 말입니다. 황권중 씨가 그 동네에 사시는 분도 아닌데 느닷없이 왜 거기를 갔던 걸까요? 물론 가족들도 그 지역에 황권중 씨가 갈 만한 일은 없다고 합니다."

"가족도 모르는 것을 제가 어떻게 압니까? 무슨 생각을 하시는지는 알겠는데요, 저도 기가 막히고 황당합니다. 일이 이렇게 될 줄 알았다면 거기에 가지도 않았을 거예요."

그저 우연이라는 건가. 강치수는 그의 답변을 조사서에 입력하면서 생각했다. 믿음이 가는 답변은 아니다.

"좋습니다. 그럼 다시 차를 돌려 나간 시간은 몇 시입니까?"

김준후는 잠시 시선을 사선 방향으로 옮겼다. 기억을 반추해보는 듯했다. 잠시 후 김준후의 눈이 다시 강치수에게로 향했다.

“아마 11시 20분 정도……였을 겁니다.”

정확히는 11시 24분이다. 돌아 나가는 김준후의 차량이 찍힌 CCTV와 틀리지 않는다.

“나가면서 황권중 씨 차량을 보지 못했습니까?”

“검은 차를 보기는 했습니다만 그게 황권중 씨 차라고는 생각지 못했습니다.”

“어떻게 하셨습니까?”

“비켜 지나갔습니다.”

“운전석에 사람이 쓰러져 있는 건 보지 못하셨나요? 바로 옆을 지났으니 흘깃이라도 안을 들여다봤을 법도 한데요.”

“못 봤습니다. 안을 들여다볼 생각도 못 했고요.”

김준후의 눈썹 끝이 씰룩였다. 불쾌한 내색을 드러내고 있었다.

“민가도 없는 그런 곳에 차가 주차되어 있는 게 이상하지 않으셨습니까?”

“이상하긴 했지만 깊이 생각하지는 않았습니다.”

“황권중 씨 차가 발견됐을 당시, 마을로 올라가는 방향을 향해 세워져 있었습니다.”

“제가 지나갈 때도 그랬던 것 같습니다.”

순간 강치수의 눈이 반짝였다. 입가에 의미심장한 미소가 걸렸다. 표정을 눈치챘는지 김준후가 불안한 기색을 보였지만, 자신의 말을 되짚어보려 해도 늦은 터였다.

"김준후 선생님은 내려오고 있었을 테니 마주 보는 상태였겠죠. 밤이었습니다. 라이트를 켰을 테고. 당연히 맞은편 차량 운전석을 환히 비췄을 텐데, 못 보셨다고요?"

김준후는 반박해보려는 듯 입을 벙긋거리다가 다물었다. 완전히 당황한 것이다. 공자가 말했다. 사람은 궁해지면 거짓말을 한다고. 뭐라고 답변을 할 것인가. 도망치지 못하게 멱살을 잡고 놓지 않는 듯 강치수는 김준후의 얼굴에 박은 시선을 돌리지 않았다. 김준후의 눈 깜박임이 빨라졌다. 불안해지는 것이다. 눈에 띄지 않을 정도로 슬쩍 아랫입술을 깨무는 것을 놓치지 않고 보았다.

"못 봤습니다. 차를 발견하고 비켜서 가야 하니까 우측으로 고개를 돌렸던 것 같습니다. 부딪치지 않게 길 간격을 확인하면서 가야 했으니까요."

"그렇군요."

강치수는 부드럽게 웃었다. 테이블 위에 올린 김준후의 손이 슬쩍 주먹 쥐는 것이 보였다.

"과학실 열쇠를 갖고 계십니까?"

"과학실이요?"

갑자기 무슨 소리냐는 듯 김준후가 미간을 찌푸렸다.

"학교 과학실 말입니다. 부관리자로 지정되어 있던데."

"명목상이긴 합니다만……. 그렇죠. 제가 부관리자가 맞긴 한데 열쇠는 조미란 선생님이 가지고 계실 겁니다. 그건 왜요?"

정말로 모르는 듯한 표정이다.

강치수는 곧장 질문하지 않고 잠시 틈을 두었다. 그는 부러 책상 위에 올려두었던 서류를 뒤적거렸다. 서류가 팔락거리는 소리가 귀를 자극할 만큼 크게 들렸다. 정적이 그를 압박하고 있을 터였다. 점점 김준후의 눈이 불안하게 여기저기를 훑는 것만 봐도 그랬다. 팽팽하게 당겨진 시위를 화살이 벗어나는 순간처럼, 돌연 강치수가 질문을 던졌다.

"그래서 채다현 학생의 집에서는 뭘 갖고 나오셨습니까?"

"네?"

그의 반문에 강치수는 상체를 앞으로 기울였다.

"채다현 학생에게 소중한 물건을 찾으러 가셨다고 했잖습니까?"

김준후가 눈을 깜박였다. 그는 시선을 내려 책상을 본 채로 고개를 저었다.

"아무것도."

"거기까지 가셔서 아무것도요?"

"생각보다 이거다 싶은 게 없어서. 뭘 소중하게 생각했는지 잘 모르겠기도 하고, 찾을 수도 없어서."

김준후의 말은 이전보다 훨씬 불명확하고 어눌했다. 경찰서까지 오면서 채다현의 집에 간 이유와 거기서 아무것도 들고 나오지 않은 이유 정도는 준비했을 것은 확실했다. 하지만 점점 절벽에 밀리다 보니 확신이 깨지기 시작했다. 조금 전 차량에 대한 진술처럼 자신의 말 한마디가 이치에 맞지 않을까 봐 걱정되기 시작한 것이다.

"그 늦은 시간에 댁에서 채다현 학생의 집까지 굳이 가셔서 그냥 나오셨다는 말입니까? 그 마을을 향해 진입하신 게 10시 50분경, 나오신 게 11시 20분경. 고작 삼십 분 만에, 아니, 주차를 하고 들어가고 다시 나오신 시간을 빼면 실제적으로 학생 집에 머무르신 건 이십 분 정도밖에 안 될 텐데 그렇게 금방 포기하고 나오셨다고요?"

"이해는 안 되시겠지만 그랬습니다. 마음이 안 좋아서 갑자기 결정해 가기는 했지만 정작 안에 들어가보니 물건도 다 그냥 그렇고……. 무엇보다 경찰이 수사를 아직 하는 상황이기도 해서."

강치수는 느긋하게 고개를 끄덕거렸다.

"그렇군요."

의미심장한 미소와 반복된 말은 불신을 받고 있다는 인식으로 받아들여질 것이다. 김준후는 처음보다 훨씬 더 경직된 표정이었다. 역시, 이 사람에겐 뭔가가 있다. 강치수는 확신했다.

"그 부분은 채다현 학생 집 지문 감식을 해보면 확인되니까."

혼잣말처럼 중얼거린 후 눈치채지 못하도록 김준후의 표정을 살폈다. 예상과는 달리 김준후의 표정에는 변화가 없었다. 채다현의 집에서 자신의 지문이 나오지 않을 리 없다고 생각하는 건지도 모른다. 채다현 사망 사건 때 그는 채다현의 집에 간 적이 있었다. 채다현의 시신이 발견되기 이전이었다. 계속 결석을 한 채다현 때문에 가정방문을 했다고 했다. 그때 찍힌 지문이 있을 거라고 믿는지도 몰랐다. 그때가 아니라면 정말로 어젯밤 채다현의 집에 갔다는 것인가.

그때 노크 소리와 함께 문이 열렸다. 들어온 것은 수사과의 조용석 형사였다. 조사실로 들어서자마자 흘깃, 김준후를 본 조용석이 옆으로 바싹 다가왔다. 그는 들고 들어온 서류 한 장을 뒤집어 흰 면이 보이도록 강치수의 앞에 놓은 뒤 입 모양마저 들켜서는 안 되는 비밀이라는 듯 손바닥을 뻗어 옆얼굴에 대고 가린 채로 강치수에게 귓속말을 했다.

강치수의 눈에 또다시 빛이 스쳤다.

귓속말이 끝나자 강치수는 조용석에게 고개를 끄덕거려 보였다. 조용석이 묵례를 한 뒤 조사실 문을 열고 밖으로 나갔다. 조용석이 나간 것을 확인하고는 다시 고개를 돌렸을 때 김준후는 닫힌 문을 응시하고 있었다. 그렇게 하면 조금 전 두 사람이 무슨 애기를 했는지 알 수 있기라도 한 것처럼.

"혹시 황권중 씨의 차를 타본 적이 있으십니까? 근래가 아니라, 언제라도 한 번쯤 타본 일이 있으신지."

김준후는 고개를 저었다.

"그런 적은 없습니다. 근무시간이 다르니까요. 경비 아저씨 차를 탈 일 같은 건……."

강치수는 뒤집어져 있던 서류를 바로 하고는 김준후 쪽으로 내밀었다. 김준후가 고개를 돌려 서류를 확인하고는 곧장 강치수를 보았다.

디엔에이 감식시료 채취동의서(수사용)

놀란 얼굴이다. 강치수는 담담히 말했다.

"유전자 감식 동의서입니다. 사망하신 황권중 씨의 차량 내부를 감식하던 중 발견된 머리카락과 유전자 대조를 하기 위함입니다. 참고인으로서 시료 채취를 할 것이고 동의하신다면 유전자 검사를 하게 됩니다."

그 말은, 당신을 의심하고 있다는 말과 다르지 않다.

김준후는 대답하지 않은 채 강치수가 내민 채취동의서를 노려보았다.

"동의하지 않으면 어떻게 됩니까?"

"동의하지 않으셔도 됩니다. 다만 현재까지 수사하는 과정에서 가장 유력한 관련자이시기 때문에 영장 청구를 해서 발부되면 동의를 받지 않고도 강제 시료 채취가 가능해집니다. 물론 영장 청구할 계획이고요."

김준후는 시간을 오래 끌지 않고 말없이 동의서에 사인했다. 그는 알고 있을 것이다. 사인을 하지 않으면 그럴 만한 이유가 있다고 말하는 꼴이다. 사인을 마친 김준후가 볼펜을 내려놓자 강치수가 서류를 가지고 가 내용을 확인했다. 그는 만족스러운 미소를 지으며 서류를 다이어리 사이에 끼워 넣었다.

"이제 가도 되죠? 2교시부터는 수업이 있거든요."

강치수는 싱글거리며 고개를 끄덕거렸다. 김준후가 일어나 문으로 향했다. 강치수는 그를 돌아보지 않은 채로 던지듯 말했다.

"권영주 씨 말입니다, 아내 되시는."

김준후의 걸음이 멈췄다. 여기서 왜 그 이름이 나오는지 이해가 가지 않는다는 얼굴로 강치수를 보았다.

"채다현 학생과는 어떤 사이입니까?"

"……무슨 말이죠?"

강치수는 다이어리와 조사서를 작성한 노트북을 챙겨 들고 자리에서 일어났다. 그리고 김준후를 마주 보았다.

"확인해보니 채다현 학생은 실종 당일 집에 놓고 간 휴대폰 이외에 서브폰이 있더군요, 그것도 선생님 명의의."

김준후의 입이 살짝 벌어졌다. 입술 끝이 파르르 떨렸다. 살짝 커진 동공이 허공을 훑었다. 간신히, 말했다.

"핸드폰이 없다고 해서, 빚쟁이들이 주소를 알까 봐 걱정된다고 해서 제 명의로 만들어준 겁니다."

분명 서브폰이라고 말했다. 본인 명의의 휴대폰이 있는데 선생님에게 굳이 명의를 빌려 만들 이유 따위는 없다. 지금 제 말이 앞뒤가 맞지 않는다는 것도 김준후는 생각할 여유가 없는 것 같았다.

"그럼 왜 말씀을 안 하셨죠?"

"좀…… 이상하다고 생각하실 것 같아서……."

강치수는 노골적으로 조소했다.

"어쨌든, 선생님 명의의 핸드폰인 채다현 학생의 통화 기록을 조사하는 과정에서 최근 들어 아내분과 자주 통화한 내역을 발견했습니다. 학생을 아끼신다더니, 부모 없는 아이를 아내분도 자주 돌봐준 건가요?"

정말로 그렇게 생각해서 하는 말은 아니었다. 훌륭한 선생님과 가족이 불우 학생을 개인적으로 돕는 미담은, 찬 바람이 불 때면 지면을 장식하고는 한다. 흔한 일은 아니지만 아예 없는 일도 아니다. 그러나 두 사람은 김준후가 발령받은 직후부터 떨어져서 살고 있다. 사는 곳은 차로 두 시간 이상 걸린다. 조사해보니 왕래도 잦지 않았다. 남편의 학생을 도울 만큼 사이좋은 부부로 보이지는 않는다. 게다가 권영주와 채다현이 통화하기 시작한 것은 오래되지 않은 일로 보인다. 그는 미소로 일관하며 김준후의 표정을 읽었다. 반응으로 봐서는 몰랐던 일 같았다.

이곳에서 나가면 김준후는 어디로 갈까? 학교? 아니면 아내에게?

"채다현 학생의 주변 인물을 조사하던 중이라서요. 아무래도 채다현 학생과 통화가 잦으셨으니까 아내분께 확인이 필요해서, 출석 요청을 드려야 할 수도 있을 것 같네요. 알아보니까 최근에는 선생님 댁에 내려와 계신 것 같던데요."

"뭐…… 제가 다현이에 대해 말한 적이 있는 것 같기는 하지만."

김준후의 목소리는 가볍게 떨렸다. 강치수는 웃으며 말했다.

"그렇습니까?"

15

교차로의 신호등이 빨간색으로 바뀐 것을 인지하지 못해 사고가 날 뻔했다. 다행히 급브레이크를 밟아 사고는 면했지만 보행 신호에 맞춰 횡단보도를 건너던 노인이 급브레이크를 밟는 날카로운 소리에 화들짝 놀라며 뒷걸음질을 쳤다. 노인은 곧장 운전석에 앉은 준후를 노려보았다. 지나던 행인 몇 명도 불쾌한 시선을 노골적으로 보내왔다. 핸들을 양손으로 움켜쥐고 몸이 앞으로 한껏 쏠린 채로 김준후는 엉거주춤 고개를 숙였다. 그후에도 그를 노려보던 노인은 보행 신호가 끝나가는 알림 벨을 듣고 나서야 걸음을 떼기 시작했다. 심장 박동을 가라앉히기 위해 준후는 깊이 숨을 내쉬었다.

경찰서에서 나온 직후부터 이 상태였다. 혼란스러운 머리는 운전에 집중할 수 없게 만들었다. 준후는 고개를 저었다. 도무지 생각을 정리할 수가 없었다. 이번에는 주행 신호가 바뀌는 것을 보지 못해 뒤 차량이 경적을 울리고 나서야 허겁지겁 출발했다.

형사는 영주가 몇 차례나 다현과 통화했다고 했다. 내역으로 확인했을 터이니 사실이 분명하다. 하지만 영주가 다현을 어떻게 아는지, 전화번호는 어떻게 알았는지 알 수가 없었다. 형사에게는 영주에게 다현에 대해 말한 적이 있다고 했지만 사실이 아니다. 어떤 미친놈이 외도 상대에 대해 아내에게 말을 할까. 물론 외도 사실을 숨긴 채로 아내에게 소개를 한다거나 하는 식으로 즐기는 쓰레기도 있다고 하지만 그런 걸 스릴이라고 생각할 정도로 뻔뻔하지는 않다.

혹시 두 사람이 개인적으로 아는 사이일까? 다현은 진평에서 나고 자랐다. 영주도 다르지 않다. 영인에서 태어나 영인에서 생활 기반을 잡고 자랐다. 자신이 아는 한 두 사람 사이에 그 어떤 접점도 없다. 자신 말고는.

영주가 전혀 몰랐을 거라고 생각하고 있지만 외도를 들킨 걸 수도 있다. 어차피 진평에 내려올 때부터 이혼을 염두에 두고 있었다. 즉, 이혼에 이르게 된 것은 다현과는 상관이 없다. 그러니 다현과의 사이를 알게 되었다고 해도 그 자체는 크게 상관하지 않는다. 이혼을 하든 당하든 큰 차이가 없다. 어차피 결혼 생활 동안 모은 재산은 이혼만 해준다면 영주에게 줄 생각이었다.

준후의 머릿속이 이렇게 복잡한 것은 다른 생각 때문이었다.

다현의 사망과 아내는 아무런 상관이 없을까? 다현의 시신이 발견된 후 아내가 진평에 내려왔다. 예상한 일이 아니었다. 아무런 연락도 없었다. 그리고 협박 편지를 받았다.

이상하리만치 한 번도 의심해보지 않은 가능성이 있다는 것을 깨달았다. 그동안 준후는 다현을 살해한 범인과 준후에게 협박 편지를 보낸 사람이 따로 있다고 생각했다. 살해는 다른 사람이 한 것이고 거기에 '우연히' 말려든 준후를 누군가 '우연히' 발견해 협박에 이른 것이라고 여겨왔다. 하지만 범인이 한 사람이라면? 타깃이 애초에 다현과 준후였다면? 그런 것이 가능한 사람은 영주 말고는 생각할 수 없다.

생각이 거기에 이른 준후는 액셀러레이터를 밟았다. 차가 속력을 높이면서 타인의 평온한 일상들이 빠르게 뒤로 물러났다.

성문아파트 주차장에 준후의 차가 멈춰 섰을 때 휴대폰 벨이 울렸다. 학교 교무실의 전화번호였다. 곧 2교시가 시작될 시간이다. 준후는 아차 싶은 마음이 들었으나 전화를 받지 않았다. 어떤 변명을 대야 할지 생각하지 못했다. 당황해 떨리는 목소리를 들려주고 싶지 않았다. 준후가 연락이 되지 않는다면 급한 대로 수업은 다른 선생이 들어가거나 자습으로 대체될 것이다. 해명은 나중에 어떻게든 하면 된다.

준후는 동 현관의 계단을 뛰듯 올라서다가 뒤를 돌아보았다. 조금 멀리 떨어진 곳에 영주의 차가 주차되어 있었다. 집에 있는 것 같았다. 빠른 걸음으로 동 안으로 들어가 도어록의 비밀번호를 눌렀다. 문을 열었을 때 눈을 휘둥그렇게 뜬 영주의 얼굴이 보였다. 집에 올 시간도 아닌데 들어와 놀란 모양이다. 깔끔한 면바지에 스웨터를 입고 있다. 색조 화장까지는 아니지만 메이크업도 한 모양이다. 누군가 보면 외출을 한다고 생각하겠지만 그렇지 않다. 영주는 잠옷과 집에서 입는 실내복이 명확히 분리되어 있다. 함께 생활할 때도 준후는 영주의 흐트러진 모습을 본 적이 거의 없다. 유일하게 기억에 남는 것은 영주가 독감에 걸려 40도에 육박하는 고열로 제정신이 아닐 때뿐이었다. 그런 영주에게 진력이 난 것도 사실이다.

"뭐 놓고 갔어요? 무슨 일 있어요?"

준후의 얼굴을 영주의 눈이 빠르게 훑고 지나갔다. 걱정하는 마음이라기보다는 자신이 무엇이라도 알아낸 것은 아닐까 살피는 눈인 것 같았다. 준후는 영주의 얼굴을 빤히 들여다보다가 신발을 벗고 거실에 들어섰다.

"오늘 외출할 일 있어?"

눈을 마주치지 않은 채 무심하게 말했다. 평소의 태도다.

"부동산 좀 다녀오려고요."

영주는 잠깐 멈칫하고는 이내 입을 열었다.

날카롭게 돌아보는 준후의 시선을 영주가 똑바로 응시하고 있었다. 명백히 의도된 말이었다. 영주가 진평에서 부동산을 다녀올 이유는 하나밖에 없다. 영주는 이곳에 내려오려는 것이다. 혼자 살 집이 아니라 함께 거주할 집을 찾는 것이다. 준후의 생각 따위는 뭐라도 상관이 없다는 태도다. 그녀는 지금 아예 준후가 뭐 하러 부동산을 가느냐고 따져 물어주길 바라는 듯했다. 그래서 일부러 부동산에 대해서 아무것도 묻지 않았다. 그녀가 원하는 대로 되는 것은 하나도 없을 것이다.

"그래? 차 좀 빌려 쓸까 했는데."

"차요?"

영주가 고개를 갸웃했다.

"내 차가 고장 나서. 오후에 교육청에 들어가야 하거든. 교육 받고 팸플릿을 배부받아 싣고 와야 하는 게 있어서."

너무 부연이 길었다. 과한 설명은 오히려 거짓의 냄새를 풍긴다. 그 점이 마음에 걸렸지만 영주는 별다른 의심을 하는 것 같지 않았다. 도교육청은 진평에서 차로 한 시간 거리에 있는 무실면에 위치해 있다. 짐까지 실어 와야 하는 상황이니 대중교통보다는 사이가 좋지 않은 아내에게 말을 걸어서라도 차를 빌리는 것이 당연한 상황이라고 받아들일 법했다. 다행히 예상은 적중했다.

"그래요? 그럼 내가 택시 타고 다녀오면 되죠, 뭐. 차 키 갖다 줄게요."

영주는 한껏 웃음을 짓고 있었다. 이런 것으로 시작한 대화가 물꼬가 될 거라고 여기는 듯했다. 그 모습에 소름이 돋았다. 자신이 선뜻 배려하면 상대가 좋아할 거라고 생각하는 것이다. 그 얕은수가 싫었다.

잠시 기다리고 있자니 영주가 자동차의 리모컨 키를 들고 나왔다. 검지 두 마디 정도 길이의 폭을 가진 검은색 키는 왼쪽 상단의 은색 버튼을 누르면 자동차 키가 튀어 나오는 폴딩형이었다. 리모컨에는 차의 문을 자동으로 여는 것과 닫는 것, 두 개의 버튼이 있다. 일반적으로 오래된 리모컨 키에는 이 버튼이 많이 닳거나 손때가 묻어 있는 것이 자연스럽다. 그런데 영주는 차를 십 년도 넘게 탔는데도 그런 흔적이 전혀 없다. 중간에 몇 번씩이나 키를 새로 구입했기 때문이다. 깨끗하지 않은 것은 싫다고 언젠가 말한 기억이 있다.

"여기요."

고맙다는 말도 하지 않고 차 키를 받아 곧장 집을 나왔다. 중간에 학교에서 다시 전화가 오지는 않을까 생각했지만 그런 일은 없었다. 학교에 어떻게 설명해야 할지 고민됐다. 가벼운 접촉사고가 났었다고 말할 수도 있지만 사유서를 제출하라고 할 경우 응급실 진료 기록이나 보험사 접수 증명서 같은 관련 증빙서류를 내야 한다. 어떻게든 사유서를 제출하지 않고 그동안 쓰지 못한 휴가로 대체하도록 양해를 구해야 했다. 하지만 지금은 이쪽이 더 중요하다.

준후는 곧장 영주의 차로 향했다. 차 문을 열고 올라탔다. 역시나 차에는 먼지 한 톨 없다. 대시보드에 붙이는 흔한 장식품 하나도 달려 있지 않았다. 영주는 항상 신발을 털고 나서야 차에 올라탔다. 자신이 남긴 바닥의 흙먼지에 기겁하는 영주의 모습이 눈에 보이는 듯했다.

준후는 그대로 차를 몰아 성문아파트에서 십 분 정도 거리에 있는 공설 운동장 주차장에 차를 세웠다. 주차장 옆쪽으로 나 있는 산책로를 따라 운동복을 입은 여성 두 명이 선 캡을 쓰고 걷고 있었다. 흰머리를 멋지게 흩날리며 윗몸일으키기를 하는 육십 대 후반의 노인도 보였다.

영주의 차에는 블랙박스가 있었다. 준후는 곧장 블랙박스로 손을 뻗었다. 형사들은 분명 다현을 찾아온 중년 여성이 있다고 했다. 혹시 아내가 아닐까. 확인하고 싶었다.

블랙박스의 저장 기간은 얼마나 될까. 블랙박스의 설정은 시동이 꺼진 상태에서 모션이 감지되면 녹화되는 모드였다. 메모리의 용량은 32GB. 출퇴근을 하는 사람들과는 다르게 영주가 운전을 하는 경우는 많지 않으니 적어도 그녀가 진평에 내려온 날인 8월 1일부터의 영상은 있을 것 같았다. 준후는 재생 모드로 전환하고 녹화 목록을 확인했다. 영상은 저장명에 날짜가 기록되어 있어서 확인하기 쉬웠다. 그의 예상대로 운행 기록이 많지 않아 7월 20일부터의 영상이 녹화되어 있었다.

준후는 영상 목록에서 영주가 내려온 날인 8월 1일을 찾았다. 세 건의 영상이 있었다. 첫 번째 영상은 오전 9시 48분 영인의 아파트에서 출발하는 영상. 영상의 길이는 총 53분으로 휴게소의 주차장이 마지막 장면이었다. 다시 휴게소에서 시작된 영상은 주유소에 진입하는 것을 마지막으로 끝났다. 세 번째 영상은 진평에서 끝났다. 준후의 아파트 주차장이었다. 준후는 혼란스러웠다. 그녀의 말대로 영주는 8월 1일에 출발해 내려왔다. 그렇다면 다현의 죽음과는 무관한 걸까. 잠시 고민하던 준후는 다른 날짜의 영상들을 확인했다. 다현이 죽은 7월 25일에도 영상은 있었지만 저장명에 표시된 시간을 확인하니 오전 10시였다. 다현이 죽은 것은 밤이다. 큰 기대 없이 준후는 25일 오전 10시의 영상을 틀었다. 예상치 못했던 화면에 온몸의 소름이 돋았다.

영상은 총 두 시간이 조금 넘는 길이. 영인시 아파트에서 출발한 영주의 차는 시동을 끄는 일 한번 없이 계속해서 어딘가로 달렸다. 한 시간 오십 분쯤 지났을 무렵부터 나온 장소는 준후도 잘 아는 곳이었다.

삼은호수 입구. 그곳을 지나친 차는 다현의 집 앞에 이르러서야 멈췄다.

주차를 하려는지 차의 머리가 돌면서 영상이 휘돌아 지나갔다. 얼핏 사람의 형상이 보였다. 우연히 찍힌 행인이 아니라 차를 기다리고 있었다는 듯 이쪽을 보며 서 있었다. 얼핏 보인 모습이 다현 같았다. 차가 멈춰 선 뒤 확실히 찍힌 영상 속에서 다현의 모습은 준후의 생각이 맞았다는 것을 증명했다. 탁, 소리와 함께 영상에 영주의 모습이 보였다. 블랙박스는 차의 시동이 꺼진 뒤 십 초까지 녹화를 지속하는 기종이다. 영주가 내리자 다현이 한 발짝 앞으로 다가섰다.

영주의 손이 그대로 다현의 뺨을 내리쳤다.

그것이 마지막 장면이었다.

준후는 자신의 아파트로 돌아갔다. 아무렇게나 차를 세우고 집 안으로 뛰어 들어갔다. 비질을 하고 있던 경비원이 그를 향해 뭔가 외쳤지만 돌아볼 여유는 전혀 없었다.

영주는 분명 자신의 외도를 눈치챘다. 어떤 경로를 통해 알았는지는 몰라도 다현에 대해 알고 있었다. 두 사람의 통화 내역이 있다고 형사가 말했으니, 아마도 영주가 다현에게 전화를 해 뭔가 협박했을 것이다. 그 일로 다현이 준후에게 얘기한 적은 없지만 다현이라면 가능한 일이었다. 평생 참는 것이 익숙한 다현이라면.

짚이는 구석이 없지는 않았다. 그와 다현이 크게 싸운 것은 다현이 죽기 불과 하루 전의 일이었다.

—이혼해요, 선생님. 그리고 나랑 살자.

다현답지 않은 말이었다. 전에는 준후의 결혼 생활에 대해서도, 아내인 영주에 대해서도 언급하지 않았다. 물론 이혼은 할 계획이었다. 하지만 그것은 다현에게 가기 위한 것은 아니었다. 아내인 영주나 그동안 모아온 알량한 재산은 언제라도 포기할 수 있었지만 교사라는 자리나 자신의 명예, 혹은 인생과는 별개의 것이었다. 다현과의 미래를 꿈꿔보지 않은 것은 아니지만 다현이 학생인 지금은 아니었다.

이혼을 하더라도 다현과는 관계가 없다고 분명히 선을 그었다. 다현과 함께할 수도 없다고 했다. 적어도 지금은, 이라고 말했지만 다현이 제대로 그의 사정을 이해한 것 같지는 않았다. 다현은 불같이 화를 냈다. 자신을 갖고 논 것이냐고 물었다. 다른 어른들처럼 비겁하다고 그를 비난했다. 예전과는 다르게 다현은 분노를 멈추지 않았다.

그리고 다현은 다음 날 결석했다. 화가 났기 때문이라고 생각했지만 그날 밤, 학교로 준후를 만나러 왔다. 그제야 예전의 모습이라고 생각했다. 그리고 그날 다현은 죽었다.

영주가 다현의 존재에 대해서 안 뒤 연락을 하거나 협박을 일삼았다면, 다현은 무서운 한편으로 준후의 감정에 대해 확인하려 했을 것이다. 자신을 한낱 재밋거리로 여기지는 않을까 평소에도 걱정하는 말을 한 적도 있다. 그러니 일이 커지기 전에 준후가 이 사실을 알아야 한다, 그전에 자신에 대한 감정을 확인하고 싶다고 생각했던 것이다.

영주의 입장은 어땠을까. 외도를 안 뒤 협박했지만 상황은 나아지지 않았다. 준후에게 비밀로 하고 다현을 찾아갔다. 손찌검까지 했지만 뒤를 밟아보니 다음 날 밤 학교로 숨어 들어가 준후와 몸을 섞었다. 분노가 온몸을 태웠을 것이다. 그래서 다현을 살해했다. 남편도 용서되지 않았다. 그래서 협박 편지를 보내 불안하게 만들겠다고 생각했을지도 모른다. 왜 황권중이 죽음까지 이르렀는지는 알 수 없지만 준후에게 살인자의 누명을 씌우려 했다. 실제로 오늘 형사들에게 조사까지 받았다. 형사들이 그를 용의자로 보고 있음은 자명했다.

그렇게까지 생각하니 영주가 벌인 일이라는 확신이 들었다.

영주는 집에 없었다. 부동산에 간다더니 거짓말은 아니었던 모양이다. 곧장 컴퓨터가 있는 안방으로 들어가 전원을 켰다. 부팅되는 동안 왠지 초조해서 안방을 서성거렸다.

협박 편지는 컴퓨터로 인쇄된 것이었다. 그런 내용을 어딘가에 가서 부탁해 인쇄를 하지는 않았을 것 같았다. 집에 있는 컴퓨터에서 출력했다면 분명 사용 흔적이 나올 것이다.

준후는 증거를 찾고 싶었다. 자신을 수렁에 처박고 싶어 하는 악의가 영주의 것이라는 확실한 증거. 그것을 발견한 뒤의 일은 아무것도 결정하지 못했다. 거기까지 생각할 겨를은 없다.

예상과는 달리 컴퓨터에서 사용 흔적을 발견하지 못했다. 지운 것일지도 모른다. 영주가 컴퓨터 전문가는 아니지만 똑같이 컴퓨터 전문가가 아닌 자신의 눈을 속일 만한 지식쯤은 갖고 있을 법했다.

준후는 아랫입술을 깨물다가 한곳에서 시선을 멈췄다. 영주가 내려올 때 들고 온 캐리어였다. 그녀는 아직 짐을 풀어놓지 않았다. 준후가 그녀의 짐이 들어갈 자리를 내어주지 않았다. 영주 역시 그녀의 짐이 풀릴 곳은 이곳이 아니라고 생각하는지도 모른다. 그 짐을 풀어놓을 자리를 찾으러 그녀는 오늘 부동산에 갔다.

준후는 달려들듯 캐리어를 잡고 바닥에 눕혔다. 한쪽 면에 붙은 두 개의 검은 버튼을 양손으로 누르자 덜컥 소리와 함께 잠금이 풀렸다. 비밀번호는 걸려 있지 않았다. 캐리어를 열고 깔끔하게 개켜진 옷가지들을 성마르게 헤쳤다. 뭘 찾으려는 뚜렷한 목적은 없었지만 자신이 들여다보려 생각한 적 없던 영주를 제대로 확인해야 한다는 생각이었다.

바스락.

캐리어를 가득 메운 옷가지를 바닥에 꺼내놓을 때 들린 소리는 준후의 귀를 자극하기에 충분했다. 준후는 조금 전 자신이 내려놓은 옷을 내려다보았다. 얄팍한 여름용 바람막이에서 들려온 소리 같았다. 점퍼를 들자 접혀 있던 옷이 툭 하고 떨어지며 길게 펼쳐졌다. 거기서 손바닥만 한 종이 한 장이 팔락, 유영하듯 바닥으로 떨어졌다.

준후의 얼굴이 구겨졌다. 종이를 향해 뻗는 손끝이 파르르 떨렸다.

홍학이다.

—아루바라는 섬이 있어요. 네덜란드에 있는 곳인데, 거기에 가면 홍학을 볼 수 있대요. 다른 곳에서도 볼 수는 있는데, 거기서는 홍학한테 직접 먹이를 줄 수도 있고 만질 수도 있대요.

—가보고 싶어요. 같이.

다현의 홍학이었다.

캐리어를 정리한 준후는 황급히 집을 빠져나왔다. 언제 영주가 돌아올지 모르기 때문이다. 영주를 만나면 뭘 확인할지 아직 정리하지 못했다. 영주의 짓이라는 확신이 들었지만 명확한 증거는 아니다. 그 증거를 손에 넣었다 해도 경찰에 신고할 수 있을 리 없다. 다현을 삼은호수 바닥에 가라앉힌 것은 자신이다.

준후는 일단 학교로 돌아갔다. 다시 한번 학교에서 전화가 걸려 오기도 했지만, 이대로 결근을 해버리는 게 자신에게 좋을 것 같지 않았다. 경찰에서 조사를 받은 날 곧장 모습을 감춘다면 누구라도 의심할 수밖에 없다.

교무실로 들어가자 교무부장 조미란과 눈이 마주쳤다. 준후는 고개를 숙인 채로 곧장 조미란의 자리로 다가갔다. 증거를 대야 하는 변명을 대어서는 안 된다. 경찰서에서 참고인 조사를 받왔다는 것은 학교 측도 알고 있다. 아침에 경찰과 대동할 때 학교에 늦은 출근을 알렸다. 조사를 받은 뒤 나오다가 갑자기 복통이 왔다고 하면 될 것 같았다. 그만큼 스트레스 받을 만한 일이다. 병원을 갈 정도는 아니어서 잠깐 쉰다는 게 그만 잠이 들었다고 설명할 생각이었다. 규정된 수업 시간은 반드시 채울 것이고, 휴가로 처리한대도 동의한다고 할 것이다. 준후는 다시 한 번 고개를 숙이며 입을 열었다.

"교무부장님, 사실은 제가……."

말을 맺기도 전에 교무실의 문이 열렸다. 조미란의 시선이 문 쪽으로 향해서 준후도 무심결에 돌아보았다. 그런 준후의 얼굴이 일그러졌다.

들어온 것은 강치수 형사와 박인재였다. 준후의 머릿속에 아침에 사인했던 디엔에이 감식시료 채취동의서가 떠올랐다. 벌써 검사 결과가 나온 건지도 모른다. 차에서 나온 용의자의 머리카락과 동일하다는 결과가 나왔을 것이다. 차에 불이라도 질렀어야 했다. 그렇게 생각한 순간 준후는 화들짝 놀랐다. 황권중의 차를 발견했을 때, 차 안에 가득한 유독가스 냄새를 맡고 도망쳤을 때, 황권중은 아직 살아 있었다. 그것을 알고 있었으면서 지금 무의식중에 불을 질러도 된다고 생각했다. 다현 역시 자신이 물에 던지기 직전까지 미약한 숨이 남아 있었다. 적어도 그때는 죄책감이 있었는데, 어느새 사람의 목숨 따위는 중요하지 않게 되어버린 건가.

눈앞까지 다가온 강치수와 박인재를 준후는 자포자기하는 심정으로 쳐다보았다.

강치수가 경찰공무원증을 보이며 말했다.

"은파경찰서 수사과 강치수 경위입니다. 당신을 황권중 씨 살해 혐의로 긴급체포합니다."

강치수 형사가 한쪽 손목을 잡고 수갑을 채웠다. 서늘한 수갑의 소리가 공간을 얼어붙게 했다.

준후는 숨을 멈춘 채 꼼짝도 하지 못했다. 모두의 시선이 한곳으로 향했다.

조미란은 담담히 다른 손을 내밀었다.

수갑이 채워진 것은 조미란 교무부장이었다.

16

황권중의 휴대폰 기록에서는 이렇다 할 만한 혐의점이 보이지 않았다. 가족과의 면담 결과, 다소 유별난 성격의 황권중은 주변과 트러블을 일으킨 적이 아예 없다고는 말할 수 없지만 흔히 있는 일 이상은 아니라고 했다. 사람을 잘 챙기는 편이라 원한이나 억하심정을 살 만한 일은, 적어도 가족들이 아는 한에는 없다는 증언이었다. 황권중이 사망했을 것으로 추정되는 사건 당일은 근무를 하는 날이라며 집에서 4시경 출발했다고 한다. 출근 시간이 오후 4시 30분임을 감안하면 중간에 누군가를 만났을 가능성은 없다. 그날이 근무일임은 학교를 통해서도 확인했다.

황권중의 차는 밤 11시경 삼은호수 입구 CCTV에 찍혔다. 특이할 만한 점은 달려오던 황권중의 차가 입구에서 잠시 멈췄다는 것이다. 우회전을 하기 위해 속도를 줄인 것이 아니라 확실히 정차했다. 화질이 좋지 않은 영상에서도 브레이크 등에 불이 들어오는 것을 확인할 수 있었다. 정차한 시간은 대략 오십 초가량. 누군가와 통화를 한 것은 아닐까 하는 의심이 들었지만 통화 내역에 해당 시간은 존재하지 않았다. 그렇다면 뭔가를 확인했을까. 지도를 확인하거나, 약속 시간이나 장소를 적은 메모일 수도 있었다. 그렇게 생각한 까닭은 정차한 직후 황권중이 얼굴을 옆으로 돌렸기 때문이다.

도로에 누군가 서 있었던 것이 아니냐고 박인재가 중얼거렸지만, 정작 누군가 있었던 곳은 그곳이 아니라는 것이 곧장 CCTV 분석관을 통해 증명되었다.

"조수석에 누가 있어요."

화질을 밝게 하는 작업이 실시됐다. 어두운 부분에서 사람의 윤곽이 드러났다. 안타깝게도 성별이나 얼굴은 확인할 수 없었다. 하지만 황권중이 혼자가 아니었다는 사실은 중요했다. 시신으로 발견된 것은 황권중 한 명이다. 적어도 조수석에 앉아 있던 인물이 살인자이거나, 살인에 관련된 자일 것은 분명했다.

황권중이 이 인물을 어디에서 태웠을까. 그것을 확인하려면 학교의 CCTV에서부터 출발해야 했다. 어쨌거나 황권중은 근무중 학교를 벗어났다. 예정된 일이 아니었다면 학교 내 CCTV에 뭔가 찍혀 있을 가능성이 있다. 혼자 출발한 것이 명확하다면 그의 이동 경로를 따라 CCTV를 모조리 확인할 수밖에 없다. 확인하는 데만도 일주일 이상이 걸리는 일이다.

박인재와 강치수는 곧장 학교로 향했다. 출근한 선생들도 있었지만 황권중의 사망을 알고 있는 사람은 없었다. CCTV 관리 대장에 관리자로 명시된 교사 심훈에게 연락해 확인을 요청했지만 정작 그는 CCTV 영상 확인법을 모르고 있었다. 다른 경비원에게 연락해 그가 올 때까지 기다릴 수밖에 없었다.

CCTV 영상을 확인하는 도중 경찰청 과학수사반의 전화를 받았다. 황권중을 죽음에 이르게 한 독극물은 포르말린으로 확인된다고 했다. 포르말린은 소독제, 살균제, 방부제에도 쓰이는 약품이지만 독성이 강해 희석하지 않으면 사용할 수 없다. 최소 30배에서 50배로 희석해 정작 들어가는 포르말린은 1%에 지나지 않는다. 과학실에서 흔히 표본을 만드는 데 쓴다고 알고 있지만 거기에도 다른 물질과 혼합하여 사용되고, 그렇게 만들어진 표본은 관리에 상당한 주의를 요한다. 일례로 폐기를 앞둔 표본을 옮기던 과학 교사가 실수로 병을 깨뜨려 학생 850명이 대피하고 과학실에 있던 교사와 학생이 병원으로 옮겨지는 일도 있었다. 포르말린은 1급 발암물질로 분류되어 있을 만큼 독성도 강하다. 그렇게 위험한 물질이기에 아무나 살 수 있는 것은 아니라는 전언이었다.

"이 학교에도 포르말린이 있습니까?"

학생의 죽음, 학교에 근무하던 경비원의 죽음, 의심스러운 선생. 모든 단어들이 '학교'라는 단어 안에 숨어 있었다. 포르말린 역시 이 학교와 무관하지 않을 것 같다는 것은 무리한 상상이 아니었다.

"네?"

CCTV 영상을 조회해보는 내내 뒤에서 서성거리던 심훈이 눈을 동그랗게 떴다. 강치수는 설명을 길게 할 수 없다는 듯 그를 똑바로 응시했다. 심훈이 우물쭈물하며 말했다.

"있……겠죠? 저희 학교에도 과학실은 있으니까."

"약품 관리는 누가 합니까?"

"과학 선생님이…… 하겠죠?"

강치수는 인상을 구겼다. 제대로 된 대답이 아니었다. 학년별로 한 명씩만 있다 해도 과학 선생님은 최소 세 명은 될 것이다. 박인재에게 CCTV 확인을 마치고 연락하라고 지시한 후 곧장 본관 건물로 뛰었다. 심훈이 우물쭈물 뒤를 따랐다.

그나마 심훈은 과학실의 위치는 정확히 알고 있었다. 강치수는 심훈의 안내를 받아 과학실로 향했다. 과학실은 1층 복도 제일 안쪽에 있었다. 문은 열려 있었다. 안으로 들어가니 긴 직사각형 모양의 나무 테이블이 네 개 놓여 있고 위에는 현미경 같은 실험 도구들이 잘 정리되어 있었다. 벽에는 유리 장식장이 붙어 있었는데, 대부분 이름을 알 수 없는 실험 도구들이었다.

하단에 표본 몇 개가 있긴 했지만 그 간격으로 보아 사라진 것은 없는 것으로 보였다. 유리 장식장은 아기 손바닥만 한 자물쇠로 잠겨 있었다. 고개를 들어 실험실을 돌아보는 강치수의 눈에 방화문 하나가 보였다. "관계자 외 출입 금지"라는 경고문이 빨간색 글씨로 붙어 있었다.

"거기가 약품 보관하는 데라고 알고 있습니다."

자신 없는 목소리로 심훈이 말했다.

문을 당겨보았다. 잠겨 있었다. 문이나 실린더가 망가져 있지 않은 걸로 봐서는 여기서 포르말린이 사라졌다면 열쇠를 가진 자의 소행이라는 뜻이다.

누가 이곳 열쇠를 관리하느냐 물으려다가 명확한 답이 나오지 않을 것이 뻔해서 그만두었다. 대신 문에 붙어 있는 관리자 이름을 확인했다. 두 줄의 칸이 그어진 종이에 관리자 이름이 프린트되어 있었다. 손가락 두 개 정도 너비의 작은 종이는 투명테이프로 붙어 있었다.

관리자 정 : 조미란

관리자 부 : 김준후

강치수의 눈이 번뜩였다. 두 명 모두 강치수의 뇌리에 걸려 있는 이름이다. 어쨌거나 이곳의 열쇠를 둘 중 한 명, 혹은 두 사람 모두 가지고 있을 것이다. 여기서 포르말린이 사라졌다면 두 사람 중 한 명이거나, 그 한 명에게 열쇠를 받은 사람이다. 즉, 두 사람 중 한 명은 포르말린에 대해 뭔가 알고 있다는 얘기다.

"조미란 선생님 출근하셨습니까?"

심훈은 애매한 얼굴로 턱을 긁었다.

"아까 제가 교무실에 있을 때까지만 해도 안 계셨는데……. 원래는 더 일찍 나오기도 하시는데 아직 출근 시간은 아니라 늦으시는 건 아니고……."

강치수는 곧장 박인재에게 전화를 걸었다.

"그러잖아도 전화드리려고 했습니다."

박인재의 목소리는 격앙되어 있었다.

"삼은호수 CCTV 분석하고 있는 분석관에게 전화가 왔는데요. 황권중이 진입하기 십 분쯤 전에 들어간 차량 번호판이 확보되었는데요."

"소유주가 누구지?"

심상치 않은 목소리에 심훈이 눈을 빛내며 강치수를 응시했다. 강치수는 저도 모르게 등을 돌렸다.

"김준후입니다. 이 학교 교사요."

강치수는 뒤돌아 실험용 약품들이 들어 있다는 방화문을 노려보았다. 정확히는 거기에 붙어 있는 이름이었다.

"그걸 지금 믿으라는 말입니까?"

학생을 사랑하는 마음에 아끼는 물건을 장례식 제단에 올려주고 싶었다는 얼토당토않은 변명을 들으며 강치수는 저도 모르게 감정을 드러냈다. 그 이후 하는 김준후의 말 역시 하나도 믿을 만한 구석이 없었다. 상관없다. 황권중의 차 안에서 불상의 머리카락이 발견되었다. 강치수는 김준후에게 받은 디엔에이 감식시료 채취동의서를 보며 회심의 미소를 지었다. 동일인의 것으로 판명된다면 움직일 수 없는 증거가 된다. 김준후는 황권중의 차에 타본 적이 없다고 했기 때문이다.

김준후를 돌려보내며 강치수는 일부러 그의 아내 권영주에 대해 말해보았다. 김준후의 반응을 확인해보기 위해서였다. 강치수의 예상대로 김준후는 대단히 당황하는 모습이었다. 그와 권영주 사이에 어떤 대화가 오갈지 궁금했다.

이 사건에 권영주가 무관하지는 않을 것 같았다. 김준후와 채다현, 권영주 사이에 분명 뭔가 일이 있었다.

"왜요?"

수사과 막내 형사가 조사실에서 나오는 강치수의 심상찮은 표정을 보고 말을 걸어왔다. 하지만 강치수는 대답도 하지 못하고 아랫입술을 질근거리며 자리로 돌아갔다. 그는 허공을 쏘아보았다. 날카로운 눈빛은 허공을 향하고 있는 것이 아니었다. 깊은 상념 속에 있었다. 강치수가 걱정되는 듯 막내 형사가 자리에서 일어나려는 것을, 옆자리에 앉아 있던 형사가 말렸다. 돌아보는 막내 형사를 향해 그는 고개를 저었다. 그에게는 익숙한 일이다.

강치수는 김준후의 대답들을 되짚어 상기했다. 물론 김준후의 대답은 의심을 벗지 못했다. 우연히 그곳에 갔고 황권중과는 관련 없다는 것은 누가 들어도 거짓말이다.

그럼 황권중의 옆자리에 탔던 인물은 누구일까.

생각에 잠겼던 강치수는 번뜩 정신을 차린 사람처럼 몸을 곧추세우고 휴대폰을 쥐었다. 그는 박인재에게 전화를 걸었다. 박인재는 학교에 남아 CCTV를 확인중이다.

"학교 CCTV에는 이상한 점 없어?"

"그게 10시 20분경 누군가 경비실로 다가와 황권중과 이야기를 나누는 모습을 찾았습니다. 누군지는 잘 안 보이고요. 모자를 쓴데다 어두운 색 옷을 입고 있습니다. 근데 키가 작아요."

키가 작다. 강치수는 되뇌어보았다.

김준후는 포르말린에 대해서는 전혀 모르는 기색이었다. 경찰서에 오는 동안 황권중의 차에서 검출된 성분이 포르말린이라는 것을 듣지 못한 것이다. 문제는 그것이 교활한 연기인가 아닌가다. 하지만 연기가 아니라면, 정말로 열쇠를 김준후가 갖고 있지 않았다면……. 박인재가 말을 이었다.

"육안으로는 여자이지 않을까 싶긴 한데, 법보행 분석가에 맡

겨야 할지도 모르겠어요. 아니면 이 사람이 찍힌 CCTV를 다 뒤지든가요."

"조미란 선생 출근했어?"

"네?"

긴 설명을 할 시간은 없었다.

"조미란 선생 출근했나 확인해. 없으면 당장 집 주소 확인해서 출동하고."

그는 황급히 전화를 끊었다. 일 분도 지나지 않아 박인재에게서 문자가 도착했다. 조미란 선생은 아직 출근하지 않았고 연락도 되지 않는다고 했다. 곧장 조미란 선생의 자택으로 가겠다는 답신이 있었다.

하지만 박인재가 조미란의 집에 도착한 것보다 강치수가 조미란의 행적을 찾아낸 것이 훨씬 빨랐다. 조미란은 오전 9시, 김준후가 경찰서에서 조사를 받던 시각 병원 응급실을 찾아 치료를 받았다. 그리고 조금 전 병원을 떠났다고 했다.

그런 사항을 확인했을 때 박인재가 조미란의 전화를 받았다. 부재중 전화를 확인하고 전화를 걸어왔다. 박인재의 판단은 빨랐다. 그는 차분히 통화를 했다. 황권중이 사망한 채로 발견되었기 때문에 학교 직원 전체를 대상으로 조사를 진행하고 있다고 설명했다. 조미란은 곧 학교에 도착한다고 알렸다.

그사이 강치수는 조미란이 치료받았다는 은파대학병원 응급실을 찾아갔다. 그가 조미란의 치료 사실을 빨리 알 수 있었던 데에는 진평군에 응급실이 운영되는 병원이 단 두 군데뿐인 덕이 컸다. 그중 은파대학병원에 먼저 전화를 걸었다가 금세 그녀의 진료 사실을 알아냈다.

생각해보면 단순한 논리였다. 육안을 통한 1차 검시에서는 황권중의 시신에서 몸싸움의 흔적이 발견되지 않았다. 그러나 황권중의 차에서는 블랙박스가 통째로 사라졌다. 그렇다는 건 범인이 블랙박스를 떼어낼 때 황권중은 저항할 수 있는 상태가 아니었다는 뜻이다. 황권중을 찾아와 같이 차를 타고 출발한 것은 체구가 작은 인물, 만약 여자라면 황권중을 의식이 없는 상태로 만든 뒤 블랙박스를 떼어냈을 것이다. 그렇다면 블랙박스를 떼어내는 동안 당사자도 포르말린에 노출되지 않았을까. 그런 계산에서 병원으로 전화를 했다가 조미란을 찾은 것이다.

은파대학병원으로 간 강치수는 곧장 응급실 스테이션으로 향했다. 강치수는 경찰공무원증을 확인시켰다.

"전화드렸던 강치수 형사입니다. 여기서 오늘 아침 치료받은 조미란 씨 관련해서 왔는데요."

잠시만 기다리라며 간호사는 어딘가로 전화를 걸어 강치수의 방문을 알렸다. 담당 의사가 의국에 있는 모양이었다. 오 분도 되지 않아 크록스를 신은 남자 의사가 응급실로 걸어왔다. 가운 주머니에 양손을 꽂은 채로 그는 강치수와 묵례를 했다. 삼십 대 초반 정도밖에 되어 보이지 않는 얼굴이었다.

"네, 조미란 씨 제가 치료해드렸습니다. 119에 실려 왔죠. 호흡기 증상이 있고 극심한 두통을 호소했습니다."

119에 실려 온 시각은 아침 9시경. 황권중이 삼은호수 쪽으로 진입한 시각을 따져보면 열한 시간의 차이가 있다. 황권중을 살해하려다 본인도 포르말린에 노출됐지만 금방 치료를 받을 수는 없었을 것이다. 그녀가 발견된 곳은 용금리의 슈퍼마켓 앞. 조미란의 집에서 가까운 위치였고, 삼은호수에서 조미란의 집까지 걸어간다면 반드시 통과해야 하는 지점이다. 걸어서 한 시간 반이면 가능하기도 하지만 쓰러질 만큼 호흡기 증상이 있었던 사람이라면 어떨까.

"왜 그런 증상이 있었죠?"

"글쎄요. 본인은 집에서 락스를 풀어 청소했는데 그게 문제가 있었을지도 모르겠다고 하더라고요."

"락스요? 그런 일로 그렇게 쓰러지는 게 가능한가요?"

"얼마나 긴 시간 동안 얼마만큼의 용량이었는지 알 수 없어서 뭐라 말씀드리긴 어려운데, 제가 흔히 본 락스 중독은 아니긴 했습니다. 어쨌든 산소포화도가 낮고 심한 두통을 호소해서 산소 치료와 통증 억제 처방을 했습니다."

강치수는 고개를 끄덕이고는 날카롭게 물었다.

"만약 포르말린에 노출된 거라면 어떤가요?"

"포르말린이요?"

의사의 눈이 휘둥그레졌다. 그는 잠시 생각에 잠긴 뒤 납득된다는 듯 고개를 끄덕였다.

"포르말린이라면 그럴 수도 있겠네요. 근데 포르말린이 그렇게 쉽게 구할 수 있는 건 아니라서요."

강치수는 고개를 숙여 인사한 뒤 돌아섰다. 의사가 고개를 갸웃하다가 생각이 났다는 듯 말했다.

"아! 얼핏 이상한 냄새가 나긴 했습니다. 뭐라 말하기 힘든…… 플라스틱을 태우는 것 같은 냄새? 포르말린이라고 하시니까 그런 것 같긴 하네요."

박인재는 센스 있는 형사였다. 조미란과 통화를 마친 후 강치수가 지시하지 않아도 곧장 조미란의 아파트 CCTV 영상을 찾았다. 거기에서 검은 점퍼에 모자를 쓰고 외출하는 조미란의 모습을 찾아냈다. 학교 CCTV에서 봤던 황권중을 찾아온 사람과 비슷한 복장이다.

비슷한 복장으로 외출, CCTV 영상, 포르말린과 그 관리자, 포르말린 중독과 비슷한 증상으로 쓰러져 이송된 응급실의 치료 기록.

부족하지 않다. 강치수는 곧장 조미란의 긴급체포를 결정했다. 긴급체포 후 조사를 병행하면서 압수수색영장을 청구할 예정이었다. 영장 승인에는 무리가 없는 조건이다. 영장만 발부되면 즉시 조미란이 입은 의복을 조사할 것이다. 거기서 포르말린 성분이 검출된다면 그보다 더한 증거는 없으리라.

학교 교무실에 진입했을 때 조미란은 굳은 얼굴이었다. 김준후가 눈에 보였지만 그를 지나쳐 곧장 조미란에게로 갔다.

"당신을 황권중 씨 살해 혐의로 긴급체포합니다."

체포에 응하는 조미란은 시종일관 담담한 태도였다.

"맞습니다. 제가 죽였어요, 황권중 씨."

가라앉은 표정만큼이나 나직하게 인정하는 목소리에 강치수는 노트북에서 시선을 떼고 그녀를 보았다.

"왜 죽였죠?"

조미란은 입술을 꾹 다문 채 바닥을 한없이 응시했다. 그녀는 가볍게 눈을 감고 숨을 깊이 들이쉬었다. 목덜미가 움직였다. 눈썹 끝이 움찔했다. 천천히 눈을 떴다. 뭔가 결심한 표정이다.

"협박을 받았어요."

"협박이요?"

"네. 책상 위에 누가 보냈는지 모를 협박 편지가 와 있었어요. 그게 황권중 씨라는 걸 알았습니다."

"무엇에 대한 협박이죠?"

조미란은 아랫입술을 살짝 깨물었다. 그러나 대답을 피할 마음은 없어 보였다.

"제가 채다현을 죽였거든요. 그걸 알고 있다고 편지를 보냈어요. 요구 내용은 없었지만 협박할 셈이었을 거예요."

"협박 편지라는 건 어디 있죠?"

조미란은 눈을 몇 번 깜박였다.

"없앴어요. 찢어서 학교 화장실 변기에 버렸습니다."

강치수는 조미란의 말을 그대로 조서에 입력하면서 고개를 끄덕거렸다. 조미란의 눈이 다시 가라앉을 무렵, 강치수가 웃었다. 그는 손가락을 멈추고 날카로운 눈빛을 보냈다.

"거짓말을 하고 계시네요."

조미란의 떨리는 눈빛을 보면서 강치수는 한쪽 손을 얼굴 높이까지 들어 올렸다. 조사실 내부의 상황을 매직미러 반대편에서 박인재가 보고 있을 터였다. 이쪽에서는 보이지 않는다.

그의 신호에 따라 이윽고 문이 열렸다. 강치수는 돌아보지 않았다. 열린 문으로 들어오는 누군가를 향해 고개를 들던 조미란이 놀란 눈으로 벌떡 일어섰다. 그 바람에 그녀가 앉아 있던 철제 의자가 뒤로 넘어지며 굉음을 냈다.

믿을 수 없다는 눈으로 고개를 젓는 조미란을 향해 고개를 들었다.

"적어도 당신은 채다현을 죽이진 않았어요. 당신이 채다현 사망 사건의 범인일 수 없는 이유가 있죠."

강치수는 조금 전 들어온 사람을 향해 일어섰다. 그리고 앉으라는 듯 조미란의 옆자리를 가리켰다. 조미란은 계속해서 고개를 저었다. 떨리는 입술이 간신히 목소리를 냈다.

"안 돼……."

"앉아요, 정은성 학생."

정은성은 조미란의 옆자리로 다가갔다. 눈을 마주치지 못하겠다는 듯 고개를 숙인 채였다. 조미란은 자신의 아들이 숙인 고개만큼이나 더 깊이 침몰하는 얼굴이었다.

17

그날 퇴근까지 시종일관 어수선한 분위기가 계속되었다. 교감은 학생들이 동요하지 않도록 조미란 선생의 체포에 관해 언급 금지령을 내렸고, 조미란의 담당 수업에 대신 들어간 교사들이 건강상의 이유로 불가피하게 수업에 들어오지 못했다고 알렸지만, 그 노력이 무색하게도 저녁때쯤 아이들 사이에는 소문이 돌았다. 채다현을 죽인 것이 조미란이라는 얘기였다. 황권중의 죽음에 대해서는 몰랐기 때문에 그 이름이 소문에 오르지는 않았다. 어차피 학생들에게 황권중은 관심의 대상이 아니었다. 그가 황권중이라는 이름을 가졌는지 아는 학생은 한 명도 없을 터였다.

경솔한 언행을 자제하라는 지시를 받았음에도 교사들 역시 교감의 눈을 피해 모일 때마다 목소리를 낮춰 뭔가를 수군댔다.

시간이 날 때마다 새로운 소식은 없는지 뉴스를 검색해보는 선생들도 눈에 띄었다.

“어쨌거나 김 선생은 득 봤네.”

체육을 담당하는 양대삼 선생이 짓궂은 농담을 던져 왔다. 연락도 없이 늦게 출근한 추궁을 피한 것에 대해 이야기하는 것이다. 준후는 어색한 웃음을 지을 뿐 대답을 하지 못했다.

무슨 정신으로 수업을 마쳤는지 알 수가 없었다. 퇴근 시간 무렵 교감이 책상 파티션 아래로 몸을 숙이고 누군가와 심각하게 통화하는 모습이 보였다. 경찰과 통화하는 것은 아닐까 하는 궁금증이 들었지만 아무것도 전달해주지 않아 알 수 없었다. 경찰에서 어떤 조사를 하는지 몹시 궁금했다.

퇴근 시간이 되자 지체 없이 가방을 들고 일어났다. 저녁을 함께 먹자는 다른 선생들의 제안이 있었다. 입에 넣은 음식 사이에 오늘 있었던 사건을 부풀려 넣어 함께 씹어 삼킬 모양이었다. 거절하고 나와 혼자 차에 올라탄 순간 복잡한 생각들이 머릿속을 어지럽혔다.

학교까지 들어와 교무실에서 조미란의 손목에 수갑을 채울 때는 명백한 증거가 있다는 것이다. 적어도 황권중의 죽음에 그녀가 관여한 것이 분명했다. 듣기로는 형사가 화학약품을 모아두는 창고에 관심을 가졌다는데 그것과 관련 있는 것 같았다. 그 지독한 냄새……. 준후는 자기도 모르게 몸을 떨었다.

선생들 사이에서는 다현까지 조미란이 죽였을 거라는 소문이 돌았다. 그 근거로 다현 엄마의 사기 사건이 제시됐다. 다현의 엄마가 조미란의 집에 사기를 쳤고 그 일로 조미란의 남편이 자살했기 때문에 원한이 있었다는 말이다. 준후는 그런 사실을 알게 된 지 얼마 되지 않았지만, 몇몇 선생은 이미 알고 있는 얘기인 듯했다. 사립학교이니만큼 선생의 이동이 적어 조미란과 함께 오래 근무한 교사들은 그 사실을 알고 있었던 모양이다. 긴 시간의 원망이 폭발하게 된 이유로는 조미란의 아들 은성의 폭행 사건을 들었다. 다현이 은성을 화나게 할 만한 어떤 말을 했고, 그 말은 심성이 착한 은성도 못 참을 만한 것이었으며, 그 일로 폭행 사건이 일어났고, 사실을 알게 된 조미란의 오랜 원망이 폭발하여 결국 살해했다는 것이다.

아직 황권중을 왜 죽였는지까지 연관성을 찾아낸 선생은 없었다. 체포를 위해 왔던 형사가 "황권중 씨 살해 혐의로 체포한다"고 밝혔으니 황권중을 죽인 것 역시 조미란일 테지만 어떤 이유인지 제대로 가늠하지는 못했다.

하지만 준후는 알고 있는 게 있다. 황권중은 협박 편지에서 증거가 있다고 했다. 그런 편지를 자신의 책상 위에 올려놓았다. 만약 우연히 조미란이 그 편지를 봤다면? 준후로 오해를 하는 것은 다행이지만 그 증거가 뭔지 마음에 걸렸을 것이다. 잘못된 협박을 하다 경찰에 신고가 들어가면 증거가 형사에게 넘어간다.

하지만 그 증거에 목매달아 괜히 어설프게 협상을 시도하다가는 진범을 알려주는 꼴이 되고 만다. 어차피 경찰은 황권중이 가진 증거에 대해 전혀 모르고 있다. 차라리 황권중을 처리하자, 그런 생각이 아니었을까. 황권중이 왜 엉뚱한 사람을 의심하고 있는지까지는 모르지만, 준후를 불러냈으니 황권중을 죽인 것도 그에게 덮어씌울 수 있다. 그런 계산이었을 것이다.

준후는 아랫입술을 질근거리며 핸들을 꾹 부여잡았다. 무뚝뚝하고 엄격한 얼굴로 속으로는 그런 엄청난 생각을 했다는 사실에 치가 떨렸다. 그 편지를 받은 후 당황하고, 놀라고, 안달복달하는 자신을 보면서 회심의 미소를 지었을 것을 생각하니 용서가 안 됐다. 그런 인간이니 자신이 군림하던 교무실에서 수갑을 차는 꼴을 당할 만하다고 생각하게 됐다.

아파트 주차장에 차를 세웠을 때는 해가 기울고 있었다. 시동을 껐지만 운전석에 한참이나 그대로 앉아 있었다. 준후는 핸들을 잡은 채 검지 끝을 톡톡 두드렸다. 불안한 기운이 스멀스멀 올라왔다.

체포된 조미란에게는 선택지가 없다. 그녀는 아마도 자신의 죄를 실토할 것이다. 그렇다면 준후의 이름이 나오지 않을 리 없다. 황권중을 죽인 이유를 설명하다 보면 잘못된 협박 편지에 대해 이야기할 수밖에 없다. 다현의 시신을 옮긴 것도 자신이 아니라고 얘기하면 자연히 의심의 눈초리가 이쪽으로 향한다. 다현의 사인은 익사로 판명되지 않았는가. 살해 의도는 없었더라도 어쨌거나 책임을 지지 않을 수 없을 것이다. 사체유기죄는 당연하다. 디엔에이 시료를 제출한 것도 마음에 걸린다. 이 상황에서 황권중의 차에서 발견된 머리카락이 자신의 것이라고 판명되면 문제는 더 심각해진다. 부검을 통해 사망 추정 시각도 확인할 수 있다던데 자신이 발견했을 때 황권중이 죽지 않았던 사실이 발각되지는 않을까. 그를 두고 도망칠 때 자신은 명백히 그가 죽기를 바랐다…….

차라리 선수를 치는 것이 낫지 않을까. 경찰에 가서 그런 편지를 받긴 했지만 자신이 왜 그런 의심을 받았는지는 알 수가 없다고 말한다면? 그 편지를 받고 삼은호수에 나가긴 했지만 황권중이 살해당했다는 것을 알고 괜한 의심을 받을까 봐 채다현의 집에 갔었다고 거짓말을 했을 뿐 자신은 두 사망 사건과 아무 관련이 없다고 말하는 거다.

거기까지 생각했을 때 누군가 창문을 두드렸다. 준후는 놀라 고개를 돌렸다. 운전석 차창 밖에서 아파트 경비원이 허리를 숙인 채 들여다보고 있었다. 준후는 운전석 문을 열고 차에서 내렸다. 한 발 비켜선 경비원이 그의 얼굴을 들여다보았다.

"어디 아프신가 해서요."

"아뇨, 괜찮습니다."

준후는 고개를 숙여 인사한 후 빠르게 그 자리에서 벗어났다. 경비원이 고개를 갸웃하며 의아한 얼굴을 했지만 그는 곧장 아파트 안으로 들어갔다.

현관 도어록을 풀고 안으로 들어갔을 때 거실엔 불이 켜져 있지 않았다. 별생각 없이 실내용 슬리퍼에 발을 넣었다가 거실 소파에 앉아 있는 영주를 발견했다. 베란다 창을 통해 들어오는 황혼 속에서 영주는 등을 꼿꼿이 세운 채 앉아 있었다. 도어록이 풀리고 문을 여닫는 소리가 났을 텐데도 뒤돌아보지 않았다. 뭔가 단단히 결심한 듯한 분위기다. 그러나 준후는 그런 것에 관심 가질 여유가 없었다. 무심히 그녀를 지나치던 준후의 걸음이 멎었다. 준후는 옆으로 고개를 돌렸다. 그의 시선 끝에 영주의 캐리어가 걸렸다.

영주는 거실 테이블에 올려둔 캐리어를 응시하고 있었다. 캐리어는 활짝 열려진 채였다. 그 안에 옷들이 잘 개켜져 있었다. 그제야 준후는 자신이 영주의 캐리어를 뒤진 일을 떠올렸다. 물론 영주의 옷을 제대로 개켜 다시 캐리어에 넣었다. 군대에서 익힌 빨래 개키는 방법은 혼자 살면서도 제대로 써먹고 있었다. 그러니 영주가 알게 될 거라고 생각하지 않았다.

하지만 영주는 자신이 정리한 물건의 순서를 기가 막히게 알았다. 텔레비전과 에어컨의 리모컨이 놓인 순서, 냉장고 홈바에 넣어둔 음료수 캔의 순서, 싱크대에 놓인 소스병의 순서 같은 것들. 서재 책상의 트레이 위에는 반드시 검은색, 파란색, 빨간색 순서로 볼펜이 놓였다. 준후가 흐트러뜨려도 몇 시간 지나지 않아 기가 막히게 제자리로 돌아왔다. 준후에게 정리 좀 하라고 잔소리를 하지는 않았지만 오히려 그 조용한 압박감에 질렸다. 그러니 캐리어에 들어 있는 자신의 옷 순서가 달라졌다는 것을 알 법도 하다.

외도 사실을 알게 된 영주가 자신에게 복수하기 위해 일을 꾸민 것은 아닐까 하는 생각을 했지만 지금은 아니라는 것을 알았다. 그 순간 영주에 대한 관심은 예전처럼 흔적도 없이 사라졌다. 캐리어를 뒤졌다는 걸 알게 됐든 외도를 알게 됐든 관심 없다.

"받은 거예요, 그 사진."

준후가 그녀를 돌아보았다. 준후 쪽으로 영주의 얼굴이 천천히 돌아왔다.

"그 아이한테 직접."

무슨 얘기냐고 말해봐야 통하지 않을 것이어서 그녀를 응시하기만 했다.

"부동산에 가려고, 택시를 타야지 하고 나가는데 당신 차가 있더라고요."

준후는 차가 고장 났으니 영주에게 차를 빌려달라고 말했다. 집 밖으로 나간 영주는 떡하니 주차되어 있는 준후의 차를 발견했다. 고장이 났다더니 아직 수리 센터로 보내지 않은 건가 하고 처음에는 가볍게 넘겼다. 그 상태로 도로변까지 나가 멀리 오는 택시를 향해 손을 흔들었을 때 뭔가 찜찜했다. 택시에 올라타고서도 이상하다는 생각을 멈출 수 없었다. 그동안 준후는 자신과 전혀 말을 섞지 않았다. 그런 준후가 아무리 물건을 가지러 교육청에 가야 한대도 자신에게 굳이 말을 걸 것 같지는 않았다.

택시를 돌려 집으로 돌아왔을 때 준후는 없었다. 대신 자신의 캐리어가 처음 놓았던 위치와 달라져 있다는 걸 발견했다.

"찜찜했다면, 당신도 그럴 만한 일을 저질렀다는 거겠지."

영주는 준후의 시선을 피하지 않았다. 한참이나 그녀를 응시하던 준후는 걸음을 옮겨 소파에 앉았다. 맞은편에 앉은 영주를 똑바로 바라보았다. 물론 영주가 어떻게 다현에 대해 알게 되었는지, 다현이 소중히 가지고 있던 홍학의 사진이 어떻게 영주 손에 있는지 궁금하기도 했다. 하지만 그것을 물어보기보다는 들어야 한다고 생각했다. 영주의 이야기를 들어준다, 그리고 이혼한다.

말하라고 재촉하는 듯한 준후의 시선에 영주의 눈이 가라앉았다.

"이모님이, 웬 학생이 자꾸 기웃거린다고 말했어요."

이모님이란 아기를 돌봐주는 베이비시터다. 하루 다섯 시간, 영주가 베이비시터에게 준영이를 맡기는 것은 알고 있었다. 그 시간 동안 영주는 외출해서 차를 마시거나 책을 읽는다. 영화를 보기도 한다. 사치라고 생각은 했지만 입 밖으로 말하지는 않았다. 어차피 우울증 핑계를 댈 것이 뻔했다.

"처음엔 그냥 이상한 애인가 싶어 조심하시라고만 말했죠. 그냥 흘려들었어요. 그런데……"

어느 날 베이비시터가 퇴근한 후 초인종이 울렸다. 잠든 준영이가 깰까 봐 택배가 와도 초인종을 누르지 말고 노크해달라고 부탁한 메모를 문에 붙여놓았기 때문에 조금 짜증이 난 채로 밖으로 나갔다. 택배 기사가 메모를 읽지 않고 부주의하게 초인종을 누른 것이라고 단순히 생각했다. 찾아온 것은 다현이었다.

준후가 영인 집 주소를 다현에게 알려준 적은 없다. 언젠가, 어떤 아파트에 사느냐고 물어서 아파트 이름만 알려줬을 뿐이다. 근처를 기웃거리다가 집을 알아낸 건지도 모른다. 우편함에 와 있는 우편물로 동호수를 알아내는 건 그리 어렵지 않다. 처음 찾아온 날이 언제쯤인지 물으니 넉 달 전이라는 대답이 돌아왔다. 그즈음 다현은 자주 학교를 결석했다.

"그때 알았어요. 당신과 그 학생이 그런……"

말끝을 흐리던 영주는 입술을 고집스럽게 다물었다. 힘이 들어간 볼이 살짝 떨렸다. 부서진 자존심을 내보이고 싶지 않은 모양이었다.

굳이 외도를 알린 이유는 어렵지 않게 짐작할 수 있었다. "선생님을 온전히 이해할 수 있는 사람은 오직 나뿐"이라고 늘 말해왔다. 함께 홍학을 보러 가자고도 말했다. 그냥 사랑의 밀어라고 생각했다. 하지만 다현은 자신의 자리를 확인받고 싶었던 것이다. 자신의 품 안에서 다현이 상상한 것은 미래였다.

준후의 생각은 달랐다. 다현과의 관계를 단순한 '엔조이'로 생각한 것은 아니지만 자신이 계획한 미래에 다현은 없었다. 그는 현재의 행복이 중요했다. 그리고 그 현재를 벗어날 생각은 없었다. 다현 때문에 모든 걸 버릴 마음은 애초에 없었다.

준후가 이혼하면 그 자리가 자신의 것이 될 거라고 생각했던 걸까. 다현은 영주에게 외도를 직접 알렸다. 하지만 다현의 계산과는 달랐다. 모든 걸 알았으면서도 이혼 소식은 들려오지 않았다. 다현은 몇 번 더 찾아갔다. 자세한 얘기는 하지 않았지만 다현과 만날 때마다 영주는 몇 번이고 절망의 구렁텅이에 처박혔다고 했다.

"혹시 다현이를 만나러 내려온 적이 있나?"

다현의 집에 왔다는 중년 여성의 얘기가 순간 떠올랐다. 뺨을 때리던 그날이 처음은 아니었을 것이다. 영주는 잠시 눈을 깜박이다 고개를 끄덕였다. 설득해보기도 하고 윽박질러보기도 했다고, 나직한 목소리로 중얼거렸다.

근래 들어 부쩍 이혼 얘기를 하던 다현이 떠올랐다. 그 문제로 크게 다투기도 했다. 다현이 학교로 그를 찾아왔던 전날 밤이다.

그날 오후, 영주는 우편물 하나를 받았다. 그것이 홍학 사진이었다. 홍학은 다현이 꿈꾸던 미래다. 그 얘기를 영주에게 하지 않았을 리 없다. 모욕을 당한 것과 다르지 않다고, 영주는 말했다.

"우편물을 받고 정신을 차려보니 짐을 싸고 있었어요. 다음 날 내려와서 그 애를 찾아갔죠."

보자마자 손을 휘둘렀다. 블랙박스에 고스란히 남아 있는 그 장면을 준후가 봤다고, 영주는 상상하지 못하는 듯했다.

"그 애가 그렇게 죽을 줄은 몰랐어요."

영주가 두 손에 얼굴을 묻었다. 놀란 마음은 알 수 있다. 자신이 죽인 것은 아니더라도 일말의 죄책감 정도는 있을 것이다. 하지만, 정말로 죄책감뿐일까. 죽어서 다행이라고 생각하지는 않았을까? 경멸스러운 기분으로 준후는 영주를 차갑게 응시했다.

"말하지 그랬어?"

영주가 두 손에서 얼굴을 떼었다.

"말했으면요?"

이혼 얘기를 꺼냈을 것이다. 알량한 죄책감 때문에 말하지 못했을 뿐이지, 어차피 알려졌다면 훨씬 편한 마음으로 이혼을 요구했을 터였다.

"내 인생에 이혼은 없어요."

"난 당신의 완벽한 인생을 위해 존재하는 사람이 아냐."

"난 당신 사랑해요."

"나도 사랑했어."

준후는 영주를 똑바로 응시했다. 상처를 주고 싶었다.

"지금은 아니지만."

영주의 얼굴이 일그러졌다. 눈시울이 붉어졌다. 울려는 거다. 준후는 자리에서 일어났다. 그런 것에 흔들릴 일은 없지만 우는 여자를 보는 건 귀찮다, 고 생각했다.

"다현이가 아니었어도 이혼할 거였어."

"난 당신을 잘 알아요."

영주가 준후를 따라 벌떡 일어섰다. 준후는 말끄러미 그녀를 보았다. 다현도 그랬다. 선생님을 이 세상에서 가장 잘 안다고 말했다. 왜 '안다는 것'에 그렇게들 집착하는 걸까. 자신을 가장 잘 안다던 다현은 알까? 다현의 죽음에 자신이 그렇게 슬프지 않다는 것을.

아무 반응도 보이지 않자 거친 숨을 내뱉으며 영주가 말했다.

"당신은 선생으로서의 명예가 중요한 사람이죠. 내가 여기까지 내려온 이상 조용히 이혼당하지 않을 거라는 건 알죠? 그렇게 이혼해서 당신이 다른 사람 만날 수 있을 것 같아!"

신경질적인 목소리가 허공을 갈랐다. 물끄러미 응시하자 영주는 미끄러지듯 그의 옆으로 다가왔다. 영주는 가느다란 손을 그의 어깨 위에 올렸다. 뒤에서 안은 자세로 영주는 그의 귓가에 입술을 가져다 대었다. 나직하고 부드러운 목소리로 속삭였다.

"당신이 여기 있고 싶다면 그렇게 해요. 내가 불편하다면 다시 영인으로 올라갈게요. 만나고 싶은 사람이 있으면…… 그래요, 그것도 그렇게 해요. 우리 그냥 이렇게 살아요. 당신이 언제든 돌아오고 싶을 때 돌아오면 돼요."

준후는 피식 웃었다. 그는 영주의 손가락 끝을 잡고 자신의 어깨에서 떼어냈다. 영주의 눈이 둥그레졌다.

"아까부터 내 걱정은 고맙지만, 난 결혼 따윈 두 번 다시 안 해. 덕분에 여자라면 아주 신물이 나거든."

더러운 것을 놓듯 엄지와 검지로 잡았던 영주의 손을 떨쳐냈다.

"선생에 대한 평판? 물론 중요하지. 그건 전근 가면 그만이야. 그런 걸로 붙잡을 생각 하지 마. 나는 당신이 제자리에 되돌려놓을 수 있는 리모컨이 아니야."

충격을 받은 듯 멍한 얼굴로 서 있는 영주를 그대로 두고 안방으로 들어왔다. 밖에서는 아무런 소리도 들려오지 않았다. 울음을 터뜨리지도 않았고 문을 두드리지도 않았다.

그런 얄팍한 협박을.

준후는 헛웃음이 났다. 선생으로서의 명예를 해치겠다는 협박으로 붙잡아보려는 속셈은 금방 파악했다. 아주 질리는 여자다. 덕분에 이혼 결심은 더 확고해졌고 정은 깨끗하게 떨어졌다. 그건 감사했다.

그는 침대에 걸터앉아 휴대폰을 꺼냈다. 부재중 전화나 문자는 없었다. 아직 조미란이 자신의 이름을 말하지 않은 걸까?

포털사이트 앱을 열어 '진평군'을 검색했다. 진평군이 오늘 오전 발표한 도시재생개발사업 계획에 대한 뉴스가 있었고 좀더 내려가보니 삼은호수 인근에서 발견된 시신에 대한 기사가 있었다. 유력한 용의자가 체포되었다든가 대상이 현직 교사라는 기사 같은 것은 떠 있지 않았다. 작은 시골 동네이긴 하지만 연예인이 올리는 시시콜콜한 SNS 게시물도 그대로 기사로 보도되는 시대다. 현직 교사가 살인을 했다는 자극적인 기사를 놓칠 리 없다. 아직 조사가 끝나지 않아 경찰 측에서 엠바고를 요청한 것인지도 모른다.

준후는 문득 창밖으로 고개를 돌렸다. 그 바깥으로 형사들이 우르르 자신을 찾아올 것 같은 착각에 시달렸다. 그는 휴대폰을 끄고 침대에 드러누웠다.

'홍학 사진을 준 것이 다현이었다고?'

기껏해야 하루뿐이지만 영주를 의심했다. 다현을 죽이는 데에 영주만 한 이유를 가진 사람은 없을 것이다. 황권중을 죽인 것도 준후를 곤경에 빠뜨리기 위해서라면 가능한 일이었다. 조미란이 죽였을 거라고는 생각지도 못했다. 조미란은 지금쯤 무엇을 하고 있을까. 밤샘 조사를 대비하고 있는지도 모른다. 당분간 그녀는 세상의 빛을 보지 못할 것이다. 준후는 쩝 입맛을 다셨다. 차라리 다현을 죽인 것이 영주였다면 좋았을 것을.

다현이 죽지 않았다면, 하고 생각한 적이 없다는 사실에 준후는 조금 놀랐다.

18

조사실로 정은성을 부르기는 했지만 아무 계획 없이 조미란의 입을 열기 위해서만 부른 것은 아니었다. 조미란의 긴급체포를 위해 교무실로 들어갔을 때는 어느 정도 조사가 진행되어 있었고, 그 결과가 뒷받침되어 내린 결정이었다. 조사 결과 조미란은 살인자가 될 수 없었다. 적어도 채다현의 사망 사건에서는.

강치수는 채다현의 생존이 마지막으로 CCTV에 찍혔던 25일 밤을 사망 일자로 추정하고 있다. 물론 국과수의 부검 결과도 반영된 추정이다. 하지만 그 시각 삼은호수 입구 CCTV에는 조미란이 찍히지 않았다. 찍혀 있던 모든 차량을 조사했지만 렌터카나 주민 명의가 아닌 차량도 없었다. 같은 이유로 김준후가 용의선상에서 제외되었다. 그 외의 용의자를 특정하기도 어려웠다. 도보 역시 불가능하다. 삼은호수까지 CCTV를 피해 도보로 갈 수는 있지만 시신을 옮기는 일이라면 이야기가 달라진다. 보통의 여자에게는 거의 불가능하다. 사력을 다해 끌고 간다면 가능할 수도 있겠지만 채다현의 시신에서는 바닥에 끌린 듯한 상흔은 발견되지 않았다. 공범의 가능성도 존재하지만 조미란이 범인이라고 자백한다면 공범의 존재 또한 밝혔어야 한다.

채다현 사망 사건의 진범이 조미란이 아니라고 결론 내린 데에는 그 이유만 있는 것은 아니었다.

"25일 밤, 뭘 했는지 기억하십니까?"

강치수의 질문에 조미란은 가까스로 아들의 얼굴에서 눈을 떼고 그를 보았다. 눈빛이 떨리고 있다. 정은성은 들어온 내내 슬픈 표정으로 고개를 숙인 채였다. 어깨를 옹송그리고 침묵을 지키고 있다. 조미란은 어떤 대답을 해야 하는지 알 수 없는 표정이었다.

이미 알고 있는 내용이지만 강치수는 책상에 올려져 있던 파일에 눈길을 주며 말했다.

"25일에서 26일로 넘어가는 밤 12시 30분경, 경비실에 층간 소음 신고가 있었습니다."

강치수는 들여다보던 파일을 조미란의 앞으로 돌려놓았다. 시선을 옮겨 서류를 확인한 조미란의 눈이 빠르게 깜박였다. 슬쩍 주먹을 쥐는 것을 강치수는 놓치지 않고 보았다. 별로 보고 싶지 않은지 정은성은 숙이고 있던 고개를 들지 않았다.

"신고자는 1308호. 맞습니다, 선생님 댁 바로 아랫집이죠. 계속 나는 음악 소리에 참다못해 경비실로 신고했고, 경비원은 밖으로 나가 확인해보았는데 마침 바로 위층인 1408호가, 선생님 댁이죠, 불이 켜져 있는 것을 보았습니다. 그래서 곧장 초인종을 눌렀는데……."

강치수는 힘 있게 눈을 치켜떴다.

"선생님이 나오셨죠."

잠옷 차림이었지만 자다가 나온 것 같지는 않았다고 경비원이 증언했다.

"층간 소음에 대해 말했을 때 선생님, 뭐라고 하셨죠?"

우리 집이 아니다. 자고 있던 것은 아니지만 아무것도 한 것이 없다. 아들이 지금 집에 없어서 음악 같은 것을 들을 사람도 없다. 실제로 조미란의 집에서는 음악 소리가 들려오지 않았고, 대화를 하는 와중에도 조금 떨어진 어딘가에서 음악 소리가 들려왔다. 그것이 경비원의 증언이었다.

그런 사실을 말하자 조미란의 얼굴이 단번에 핏기를 잃었다. 숨을 쉬는 것을 잊은 것 같았다.

"정은성 군, 그때 어디 있었죠?"

"집에 있었어요! 아들한테 뭐라고 할까 봐 그냥……."

"이미 확인했습니다."

정은성 대신 변명을 하려던 조미란의 말을 단호히 자르고 강치수가 말했다.

"그날 10시경 정은성 군은 집을 나섰어요. 그리고 돌아온 것은 새벽 2시. 아까 조사관에게 진술했지만 다시 한번 묻겠습니다. 그날 어디에 갔었지?"

긴장한 정은성이 침을 꿀꺽 삼켰다. 크게 움직이는 아들의 목울대를 보며 조미란은 간절한 얼굴로 고개를 저었다.

"다현이한테, 채다현 집에 갔습니다."

"아니야!"

벌떡 일어서며 조미란이 비명 같은 소리를 내질렀다. 강치수는 차분하게 노트북을 조작해 영상 하나를 재생시켰다. 그러고는 어느 지점에서 멈춘 뒤 노트북을 조미란 쪽으로 돌렸다. 영상을 본 조미란이 돌연 털썩 주저앉았다.

"삼은호수 입구 CCTV입니다. 이날 도보로 이동한 분들 역시 일부 조사했지만 화질이 좋지 않아 분간하기 어려운 사람들이 많았습니다. 법보행 분석이라고 아십니까? 쉽게 말하면 사람마다 다른 걸음걸이 특성을 분석해 영상 속 인물과 동일인인지를 분석하는 거죠. 저희는 정은성 군에게 주목하던 차에 비슷한 인물을 발견해 법보행 분석을 의뢰하려고 했습니다. 그전에 정은성 군이 인정을 해줘서 수고를 덜었지만."

강치수가 정은성을 보았다.

"우리가 왜 학생을 주목했는지는 알고 있지?"

잠깐 숨을 들이켠 뒤, 나직하지만 담담한 목소리로 정은성이 말했다.

"제가 다현이를 괴롭히고, 그날도…… 다현이한테 협박 문자를 보냈기 때문입니다. 밤에 다현이 집에 찾아갔고요."

아들을 보며 고개를 가로젓는 것밖에 할 수 없는 조미란의 볼 위로 눈물이 떨어져 내렸다. 그녀는 지금 당장 혼절을 해도 이상하지 않을 것 같았다.

다현과 은성은 어릴 때부터 친구였다. 다른 친구들이 질투할 정도로 각별했다. 그런 둘의 사이에 사기 사건이 터졌다. 그 일로 다현의 인생은 나락에 떨어졌지만 은성도 다르지 않았다. 아버지가 자살했고, 엄마는 돈 한 푼 없이 자신과 단둘이 세상에 팽개쳐졌다. 사람들의 손가락질을 받으며 어떻게든 살아나가기 위해 애썼다. 엄마가 그렇게 고생하는데, 신경 쓰이게 해서는 안 된다는 생각이 자연스럽게 들었다. 은성은 모범생의 이미지에 스스로를 가뒀다.

그 원망이 다현에게 향하지 않을 이유는 없었다. 마음으로만 저주했던 원망은 은파고등학교에서 다현을 다시 만난 뒤로 폭발했다. 용서를 비는 다현을 받아들일 수는 없었다. 집으로 다현이 몇 번 찾아온 적이 있었다. 입에도 담지 못할 악담을 쏟아부었다. 사람이 많은 시내 한복판에서 무릎을 꿇린 적도 있다. 다현은 순순했다. 그 모습을 보니 자신이 당연히 해도 되는 행동이라고 생각했다. 다현의 엄마가 벌인 사건이니 그 돈을 다현에게 갚으라고 했다. 돈을 뜯었다. 엄마에게는 말하지 않았다.

문제는 24일이었다. 학교에서 마주쳤다. 이전에도 학교에서 마주치는 일은 있었지만 서로 알은체를 하지 않았다. 그런데 그날따라 다현이 은성을 불러 세웠다.

"넌 아무 잘못 없어. 그러니까 너 스스로를 너무 무너뜨리지 마."

학교라는 것도 잊을 만큼 완전히 흥분했다. 눈이 뒤집혔다. 그대로 멱살을 잡고 벽에 밀어붙였다. 얻다 대고 충고냐고 생각했다. 주먹을 날렸다.

"내가 어떻게 하면 용서해줄래? 아니, 어떻게 하면 네 마음이 풀어질까?"

그렇게 말하던 목소리가 또렷이 떠오른다. 슬퍼하지도, 화를 내지도 않던 담담한 목소리. 그동안의 모든 욕설과 협박을 고스란히 받아내던, 마땅히 자신이 감내할 것이라고 여기던 얼굴과 그대로 일치하는 목소리였다.

집에 돌아오고 나서도 분이 삭지 않았다. 본때를 보여주겠다고 생각했다. 전화를 걸어 돈을 갖고 나오라고 지시했다. 평소보다 더 위압적인 어조였다. 다현은 대답 없이 전화를 끊었다.

25일, 다현은 약속 장소에 나오지 않았다. 다현의 집으로 찾아갔던 것이 그날 밤이다.

정은성이 이야기하는 동안 조미란은 숨을 몰아쉬며 두 손에 얼굴을 파묻고 있었다. 모든 것이 끝났음을 예감하는 듯 보였다. 강치수는 그녀를 응시하던 시선을 거두고 정은성에게 물었다.

"오늘 조미란 씨가, 학생 어머님이 체포되었다는 걸 알고 학생이 직접 경찰서로 찾아왔지. 나한테 제일 먼저 한 말이 뭐지?"

조미란에게 들려주라는 듯 강치수가 말했다. 정은성은 엄마를 물끄러미 응시한 채로 말했다.

"채다현을 내가 죽였다고, 엄마가 오해한 것 같아요."

그 순간 조미란이 고개를 퍼뜩 들었다. 휘둥그렇게 뜬 눈을 정은성에게 박았다. 찢어질 듯 커다래진 눈이 뭔가를 읽어내려는 듯 아들의 얼굴을 훑었다. 정은성은 슬픈 표정이었다.

"엄마가 물었지? 채다현을 죽였느냐고. 아니라고 했는데도…… 믿지 않았던 거지?"

"그럼 왜 그날……."

정은성은 눈을 힘껏 감았다. 눈꺼풀이 파르르 떨렸다. 숨을 들이쉬고 눈을 떴다. 온 힘을 다해 천천히 입을 열었다. 내가 어떻게 하면 용서해줄래? 그렇게 묻던 다현의 담담한 목소리와 비슷하다고, 자신의 목소리를 들으며 정은성은 생각했다.

—내가 어떻게 하면 용서해줄래? 아니, 어떻게 하면 네 마음이 풀어질까.

주먹질에 나가떨어진 다현이 했던 말이다.

—죽어.

그것이 그의 대답이었다. 전기라도 통한 것처럼 고개를 치켜드는 다현의 앞에 던진 것은 칼이었다.

—죽어.

다시 한번 증오를 가득 담아 말했다.

그 칼이 채다현의 시신과 함께 발견됐을 때는 정말이지 놀랐다.

강치수가 조미란의 앞에 내밀었던 서류 한 장을 넘겼다. "증3호"라는 종이 팻말을 달고 찍혀 있는 것은 요란한 무늬의 칼이었다.

"알았지? 아빠 물건인 거."

남편은 좋은 사람이었다.

음식물 쓰레기를 버리는 문제로 가끔 투덜거리기는 했지만 전반적으로 좋은 사람이었다. 구시렁거리면서도 한겨울에 반바지 위에 점퍼를 입는 이상한 차림으로 음식물 쓰레기를 버려주러 나갔던 사람이었다. 아들이라면 끔찍했다. 친구들과의 술자리보다 가족과의 여행이 좋다고, 입에 발린 말이라도 그렇게 말하는 사람이었다. 맘에 들지 않는 것은 취미였다. 그는 밀리터리 마니아였다. 군대와 관련된 물품이라면 뭐든지 사 모았다. 이해가 가지 않았다. 군대를 다시 가라는 악몽까지 꾼다면서도 왜 그런 걸 좋아하는지 알 수 없었다. 실물에 가깝다며 자랑하던 탱크 모형에 군대 반합까지 사들여 장식장을 채웠다. 나중엔 카키색이라면 신물이 날 지경이었다. 그중에서도 제일 싫은 것은 칼이었다. 흉기 같은 것까지 왜 사들이느냐고 했지만 남편은 과거 터키군 가문에 대대로 내려온 물건이라고 했다. 직접적으로 말하지는 않았지만 분명 살상용이다. 조미란으로서는 소름이 돋을 수밖에 없었다. 다정한 남편이 그런 걸 모으는 게 싫었다. 남편이 죽고 나서 전부 버렸다. 그중 하나를 은성이 챙겼다는 사실은 몰랐다.

강치수는 조미란의 혼란스러운 얼굴을 보며 확신했다. 조미란은 뉴스를 통해 저 칼을 보았던 것이다. 그래서 정은성이 채다현을 죽였다고 생각했다. 이유는 충분히 있었다.

"그럼 왜 그날 밤에……?"

정은성은 고개를 숙였다.

"그날, 채다현이 약속 장소에 안 나와서 집으로 돌아왔어. 근데 생각해보니까 불안한 거야."

"뭐가?"

"죽었을까 봐."

다현이 연락도 받지 않은 채 나오지 않은 일은 없었다. 칼을 던지며 죽으라고 했다. 그러고 보니 그날 한 말이 이상하게 여겨졌다. 스스로를 무너뜨리지 말라니. 그때는 어디서 훈장질이냐며 난리를 피웠는데 지금 생각해보니 유언처럼 들리기도 했다. 더럭 겁이 났다.

그래서 집을 찾아갔다. 다현은 집에 없었다. 안심은 잠시였다. 자살을 한다면 꼭 집이 아닐 수도 있었다. 전화를 걸어보았지만 여전히 받지 않았다. 쉽게 발을 뗄 수가 없었다. 새벽이 되어서야 포기하고 집으로 돌아왔다. 그뿐이었다.

"왜 말하지 않았어?"

다현의 집에 간 것을 말하려면 자신이 왜 자살을 우려했는지를 말해야 한다. 그러면 칼에 대해서 얘기해야 했고, 그간 이어진 폭행과 협박, 금전 갈취에 대해서도 숨길 수 없다.

이해가 되지 않는다는 듯 일그러진 조미란의 얼굴을 보며, 정은성은 조미란이 이해하지 못하는 것 자체가 슬프다는 얼굴을 했다.

"내가 어떻게 엄마를 실망시켜."

허, 하고 조미란이 바람 빠지는 소리를 냈다. 그녀는 목적지를 코앞에서 잃은 사람 같은 얼굴을 했다. 잠깐의 침묵이 있었다. 그녀는 아들의 얼굴을 보고, 수갑이 채워진 자신의 손목을 보았다. 그러고는 목을 꺾어 천장을 응시했다. 하, 깊은 숨을 내쉬고는 하하, 메마른 웃음소리를 냈다.

그러다 돌연, 울기 시작했다. 울음은 점점 격해졌다. 입을 벌리고 신음 같은 소리를 토해내더니 끝내 악성을 질러대기 시작했다.

"엄마, 미안해. 미안해. 내가 잘못했어."

정은성이 자신을 끌어안고 정신없이 말하는 소리가 들리지 않는지 그녀는 울음을 멈추지 않았다. 모든 현실을 부정하고 싶은 듯 몸부림을 쳤다. 태풍 속의 파도처럼 울음이 몰아쳤고, 바위에 막힌 것처럼 그녀는 부서져 내렸다.

"조사를 재개하겠습니다."

두 사람에게 시간을 주기 위해 자리를 비워주었다. 삼십 분이 지나 그가 다시 돌아왔을 때 조미란은 영혼이 빠져나간 사람 같은 얼굴로 앉아 있었다. 자포자기하는 것 같기도 했고, 현실을 겸허히 받아들이겠다는 얼굴처럼 보이기도 했다. 온몸을 채운 후회와 서글픔과 죄책감을 다 토해내 기진한 것 같았다. 하얗게 질린 얼굴은 그대로였다. 등은 힘이 빠져 굽어 있었다. 물론 혹시 모를 상황에 대비해 조사실 바깥에서 매직미러를 통해 안을 들여다보고 있었다.

강치수는 차분히 질문했다.

"황권중 씨를 살해하셨습니까?"

"……네."

"왜 죽였죠?"

"협박 편지를 봤습니다. 채다현을 죽인 증거를 갖고 있다고. 그걸 보낸 사람이 황권중 씨라는 걸 알았습니다."

여기까지는 이전의 답변과 크게 다르지 않다.

"채다현을 죽였습니까?"

"아니요."

"그럼 왜 황권중 씨를 죽였습니까?"

조미란은 숨을 들이켰다. 그런 그녀의 손을 정은성이 잡아주었다.

"은성이가, 아들이 채다현을 죽였다고 생각했습니다."

"황권중 씨가 가지고 있다는 증거를 확인했나요?"

조미란이 고개를 저었다.

"아뇨. 섣불리 물어볼 수는 없었습니다."

"그래서 어떻게 했나요?"

"죽여야 되겠다고…… 그렇게 결심을 했습니다."

칼로 찌르거나 목을 조르는 것은 상상도 못 할 만큼 무서웠다. 하지만 황권중의 입을 막지 못하면 더 무서운 상황이 온다. 포르말린 생각은 금방 떠올랐다. 어느 고등학교의 누출 사건 때문에 주의 공문을 전달받았기 때문이다. 포르말린 원액이 담긴 병을 가방에 넣었다.

"그날, 퇴근 후에 옷을 갈아입고 다시 학교로 갔습니다. 할 일이 있다는 핑계를 댔죠. 밤이 되었는데도 제가 퇴근하지 않자 황권중 씨가 교무실로 와서 알은체를 했습니다. 순찰 시간이 아니었죠. 아마도 외출해야 하는데 제가 퇴근하지 않으니 상황을 보러 온 걸 겁니다."

좀더 있어야 한다고 말하자 곤란스러워하던 황권중은 사실 외출을 해야 한다고 어렵사리 말했다. 미란은 어디에 가느냐고 물었다. 황권중은 대답을 망설였다. 차를 좀 태워줄 수 있겠느냐고 한 것은 미란이었다.

"저는 양지마을까지 가거든요."

삼은호수의 바로 윗동네다. 미란은 황권중이 삼은호수에서 약속이 있는 것을 알고 있었다. 곤란한 표정을 짓는 황권중에게 차가 망가졌다고, 중요한 일이 있다고 연거푸 부탁했다. 황권중은 결국 알겠다고 대답했다. 큰길가에서 내려주면 된다고 설득한 덕분이었다. 삼은호수에 가기 전에 내려주는 것뿐이라면 상관없다고 생각했을 것이다. 미란은 황권중을 따라나섰다. 들고 있던 가방 안에는 포르말린 원액이 담긴 통이 들어 있었다.

황권중은 미란을 내려주기 위해 길가에 차를 세웠다. 하지만 미란은 다시 부탁했다. 마을 안쪽까지 같이 가달라는 부탁이었다. 다현의 이름을 꺼냈다. 학생의 집 물건 처분 때문에 가야 해서 왔는데 이렇게 늦게 올 것은 예상 못 했다, 혼자 가기 무섭다는 이유였다. 황권중은 고민했지만 이번에도 부탁을 들어주었다. 삼은호수도 아니고, 그 윗동네에 내려주는 일이다. 다시 돌아오면 된다고 생각했는지도 모른다. 실제로 무슨 생각이었는지 알려줄 사람은 이제 없다.

차는 다시 출발했다. 멈춘 지 일 분도 되지 않는 시각이었다. 멈추었다 다시 출발하는 모습이 CCTV에 남았다.

오른쪽으로 삼은호수가 보였다. 미란은 잠시 차를 세워달라고 말했다. 황권중이 브레이크를 밟았다. 왜 그러냐고 묻는 순간 미란이 사이드브레이크를 채우고 기어를 P에 놓았다.

"왜요?"

그때까지만 해도 황권중은 어안이 벙벙한 얼굴이었다. 미란은 가방에서 포르말린 액을 꺼내 황권중에게 그대로 뿌렸다. 황권중은 몸부림을 치며 비명을 질렀다. 그는 눈도 뜨지 못한 채 손을 마구 내저었다. 그 손에 잡힐 것 같아서, 미란은 다급히 차에서 내렸다. 주변에 인적은 없었다.

뒷좌석과 트렁크를 뒤졌지만 증거 같은 것은 없었다. 가지고 오지 않았을 수도 있고 애초에 없었을 수도 있다. 어느 쪽이든 말할 사람만 사라져준다면 상관없다. 도망을 치려다가 블랙박스의 존재가 떠올랐다.

절대 잡히지 않을 거라고 생각하진 않았다. 포르말린은 아무나 구입할 수 있는 게 아니다. 그리고 자신이 황권중의 차에 같이 탔던 것은 어떻게든 알아낼 수 있을 것이다. 경찰은 허술하지 않다. 잡힌다면 아들 은성이 저지른 채다현 살인 건도 자신이 했다고 할 생각이었다. 아들을 살인자로 만드느니 살인자의 자식으로 만드는 편이 나았다.

하지만 한편으로는 만에 하나 범행이 밝혀지지 않을 수도 있다고 기대했는지도 몰랐다. 정신을 차리고 보니 블랙박스를 훔치고 있었다. 그때 다량의 포르말린에 노출되어 집 근처에서 쓰러졌던 것이다.

황권중이 발견된 정황과 그대로 맞아떨어지는 이야기다. 보도에도 나오지 않은 포르말린이나 블랙박스 건에 대해서 정확히 알고 있는 걸로 보아 조미란의 진술은 신빙성이 있었다. 그러나 도저히 이해되지 않는 부분도 있었다.

"황권중 씨가 왜 선생님을 차에 태웠다고 생각하십니까? 협박을 했다면 선생님이 차에 타겠다고 했을 때 경계를 했을 텐데요."

조미란이 고개를 들었다. 자신이 중요한 것을 말하지 않았다는 사실을 깨달은 듯했다.

"아뇨. 협박 편지를 받은 건 제가 아니에요."

"네?"

"편지를 받은 건 김 선생님이에요. 그걸 보고 쓰레기통에 버리던 김 선생님 표정이 너무 이상해서 몰래 봤던 것뿐이에요. 너무 충격이었죠. 저는 협박 편지를 교무실에 갖다 놓은 사람을 찾기 위해 CCTV를 돌려보다가 알았어요. 황권중 씨가 몰래 교무실로 들어가더군요. 그때까지만 해도 김 선생님이 진범이라고 오해한다고 생각했어요. 김 선생님이 경찰에 신고하기 전에 황권중 씨 입을 막자, 그렇게……."

"잠시만요."

강치수가 혼란스러운 얼굴로 조미란의 말을 막았다.

"김 선생님이요?"

조미란이 고개를 끄덕거렸다.

"네. 김준후 선생님이요."

19

준후는 창밖을 내다보고 있었다. 주차장을 사이에 두고 다른 동이 있어 경치가 좋은 것은 아니지만 1층임에도 햇빛은 잘 들어오는 곳이었다. 방이 두 개뿐인지라 아이가 있는 가정보다는 혼자 사는 노인이나 신혼부부, 원룸보다는 아파트가 안전하다고 생각해 들어온 여성 직장인이 많은 아파트다. 덕분에 놀이터는 유명무실하고, 단지 내에 설치된 정자에서 햇볕을 쬐는 노인들이 이따금 보일 뿐이었다. 복도식인데다 지은 지 삼십 년도 더 된 아파트라 소음에도 취약하다. 생활하는 데도, 투자 가치로도 그다지 좋은 아파트는 아니다.

"출근 안 했어요?"

화장실에서 나온 영주가 놀란 표정을 지었다. 머리를 깔끔하게 묶어 올린 그녀는 잠에서 깬 지 얼마 되지 않은 사람이라고 믿기에는 어려웠다. 아무리 준후가 출근을 했다고 생각했어도 흐트러진 모습으로 돌아다니는 것 자체가 용납되지 않는 모양이다. 천성이다.

"잠깐 이야기 좀 해."

"당신 출근은요?"

"휴가 냈어."

그 말을 들은 순간 영주의 얼굴에 노골적인 경계의 빛이 서렸다. 또다시 이혼 얘기를 꺼내려 한다고 생각하는 것이 분명했다. 무슨 얘기를 해도 흔들리지 않을 거라는 의지가 뿜어져 나왔다. 저렇게 티를 내지 않아도 알고 있다. 그녀의 고집이 쉽게 꺾이지 않을 거라는 사실도 충분히 알고 있다.

"차 내올게요."

소파에 가 앉는 준후를 보던 영주가 주방으로 몸을 돌렸다. 차 같은 것은 필요 없다고 말하려다가 그만두었다.

영주는 항상 그랬다. 깔끔한 모습으로 그를 대한다. 뭔가 대화를 하려 하면 차를 내오지 않으면 큰일 나는 사람처럼 굴었다. 그런 영주의 앞에서 준후는 항상 손님의 기분을 느꼈다. 모델하우스처럼 깨끗한 집에서 잘 차려입은 여자가 내오는 차를 마시면 자신 역시 그에 맞춰 격식을 차려야 할 것 같았다. 속엣말을 하는 것은 상상도 못 한다.

준후가 시간을 확인할 때 영주가 찻잔을 올린 쟁반을 들고 나왔다. 푸른 옥빛을 띠는 다기는 뚜껑까지 제대로 덮여 있었다. 실리콘 코스터를 놓고 거기에 찻잔을 내려놓았다. 자신의 집에 이런 게 있을 리 없다. 그러고 보니 그동안 써오던 머그잔들을 못 본 것 같았다. 전부 버리고 자신의 색을 채워 넣고 있었는지도 몰랐다. 영주는 물 흐르는 듯한 동작으로 쟁반을 가져다 놓으려 주방으로 돌아갔다. 기다리고 있자니, 손님을 대하는 주인 같은 웃음을 띠며 영주가 돌아왔다.

말해요, 라고 하듯 영주가 그를 응시했다. 두 손은 가볍게 무릎 위에 올려놓은 채다.

"부동산 간다더니 일은 잘 보고 왔어?"

그런 말을 먼저 물어볼 줄은 몰랐는지 영주가 눈을 동그랗게 떴다. 곧 그 눈이 가라앉으며 미소로 바뀌었다. 진지한 얘기를 꺼내기 전 가볍게 던지는 말 정도라고 생각하는 모양이다.

"봤어요. 계약까지 했어요."

영주의 눈빛은 다소 도전적이었다.

"당신과 나, 우리 준영이가 살 집이요."

준후의 눈썹 끝이 씰룩였다. 두 사람의 눈이 침묵 속에서 한참이나 얽혔다. 영주는 눈을 피하지 않았다. 결의가 그대로 전해져 왔다.

준후는 긴 한숨을 내쉬며 시선을 떨어뜨렸다. 두 손으로 찻잔을 쥐었다. 차는 뜨겁게 마시는 게 아니라고 영주가 말한 적이 있다. 차가 가장 맛있는 온도는 80도 정도라고 했다. 오늘 역시 그쯤에 맞춰져 있을 터다. 맛있는 것은 모르겠지만 찻잔은 기분 좋게 따뜻했다. 영주에게서 받을 수 있는 유일한 온기다.

"생각해봤어."

차를 한 모금 마시고는 찻잔을 내려놓았다. 영주는 입을 다문 채로 준후의 눈을 응시했다.

"나는 당신이 버거웠던 것 같아."

"난 최선을 다했어요."

"그 최선이, 숨 막혔어."

미안, 이라고 곧장 말했다.

모든 것이 완벽한 아내 옆에서 그는 완벽한 사람이 되어야 했다. 편히 쉴 수 있는 곳은 없었다. 외도를 했다. 외도의 모든 책임이 아내에게 있었던 것은 아니지만, 외도를 하게 된 계기가 되기는 했다. 마음을 달래기만 하면 된다고 생각했지만, 골이 깊어졌다. 아내와 떨어지자 숨을 쉴 수 있었다. 그러고 나니 이제 두 번 다시 그쪽으로 돌아가고 싶지 않았다. 그래서 이혼을 원했다.

준후의 고백을 영주는 끊지 않고 들었다. 분명 자존심이 상할 테고, 몇 번이고 말을 끊고 항변하고 싶었을 테지만 가만히 그의 말을 들었다. 이따금 두 손을 꽉 쥐었다가 풀 뿐이었다.

"고집이었어."

이혼을 얘기하자 당연한 듯 영주는 받아들이지 않았다. 그런 모습을 보니 고집이 났다. 반드시 해야 하는 임무처럼 받아들였다. 영주에게 상처를 주기 위해 일부러 모른 척하거나, 보는 앞에서 이불을 들고 밖으로 나갔다. 지금에 와서야 그것이 인간적으로 잘못된 행위라는 것을 깨달았다. 미안했다고, 준후는 사과했다.

숙였던 고개를 들었을 때 영주의 충혈된 눈이 보였다. 경계의 빛은 사라지고 없었다. 자신이 생각했던 것과 다른 이야기가 준후의 입에서 나올 거라고 예감하고 있는 듯했다. 준후는 생각했다. 분명 그건 그녀가 생각했던 것과 다른 이야기가 될 것이다.

"잊고 있었던 게 있어, 우리 준영이."

준후와 영주의 이름에서 한 글자씩 따서 지었다. 두 사람이 함께 만들고 함께 이름 지은 아이였다.

"준영이를 생각해서라도 한 번 더 노력해보고 싶어."

"여보……."

"그동안은 정말 내가 잘못했어. 평생 용서를 구하면서 살게."

"나도 잘한 것 없어요."

말끝에 목멘 소리가 나왔다. 영주는 손가락으로 눈가를 찍었다.

"같이 살자. 준영이도 데리고 내려와서."

영주가 고개를 힘 있게 끄덕였다. 울음을 참으려는 듯 입을 꾹 다문 채다. 준후는 집 안을 눈으로 휘 둘러보았다.

"처음엔 혼자 있는 게 좋기도 했는데 지금은 아니야. 사실 더 이상 흔들리고 싶지 않아. 빨리 다 잊고 싶어. 나 잡아줄 수 있지?"

"네."

"당신이 계약한 아파트로 최대한 빨리 이사 갈 거야."

"한번 안 봐도 되겠어요?"

"당신이 고른 건데 굳이 볼 필요 없어. 우리가 같이 살 수 있다는 게 중요하지. 이 아파트 처분해서 최대한 빨리 잔금 치르고 이사 갈 거야. 준영이랑 당신이랑 빨리 같이 있고 싶어."

"영인에 있는 아파트는 금방 팔릴 거예요. 준영이 어린이집도 바로 알아보면 되고요."

"고마워."

준후는 찻잔을 만지작거리며 숨을 들이쉬었다. 찻물 위에 자신의 얼굴이 고스란히 비쳤다. 그 얼굴을 물끄러미 들여다보다가 고개를 들었다.

"날 이해해주는 건 당신뿐이야."

"여보."

감격한 영주의 얼굴 위로 눈물이 주르륵 흘러내렸다. 영주는 미끄러지듯 준후의 옆에 와 앉았다. 열망이 가득한 눈으로 준후를 보다가 그의 목에 팔을 둘렀다. 준후의 시선이 영주의 입술 위에서 자연스레 눈으로 향하자 신호가 된 것처럼 둘은 입을 맞췄다. 입맞춤이 점차 열기를 띠며 깊어져갈 때 영주가 준후의 티셔츠 끝자락을 움켜쥐었다. 그녀의 욕망이 떨리는 손가락을 통해 전해져 왔다. 준후는 손을 영주의 상의 안으로 집어넣었다. 가슴을 움켜쥐자 영주가 뜨거운 숨을 뿜었다.

베란다를 통해 들어오는 한낮의 태양 아래서 두 사람은 서로의 몸을 파고들었다. 섹스는 뜨겁고 격렬했다. 영주는 한껏 소리를 질렀다. 쉴 새 없이 준후의 머리카락을 움켜쥐었다. 호응하듯 준후의 움직임은 훨씬 더 격렬해졌다. 두 사람의 뜨거운 땀이 진득하게 뒤섞였다. 준후도 오롯이 쾌락을 즐겼고 영주도 마음껏 음란해졌다.

"오늘 바로 영인으로 올라갈래요. 준영이도 마음에 걸리고. 최대한 빨리 내려올게요."

섹스가 끝나자마자 곧장 샤워를 한 영주는 아침보다 훨씬 더 공들여 치장한 모습으로 나와 한정식 같은 밥상을 차렸다. 준후가 얌전히 식사를 시작하자 영주는 자신의 결심을 말했다. 다시 준후가 흔들리기 전에 잡을 생각인 것이다. 준후도 원하는 바다. 고개를 끄덕거리니 영주가 만족스러운 웃음을 지었다.

"최대한 빨리 내려올 거예요. 집도 급매로 내놓고요."

"집은 천천히 팔아도 돼. 당신이 계약했다는 아파트 잔금은 이 집이랑 내가 갖고 있는 현금에 대출 조금 보태서 내면 되니까."

"대출은요, 무슨. 나도 모아놓은 돈 있어요."

"당신이 고생해서 모은 건데."

"무슨 소리예요. 당신이 번 거잖아요."

준후는 식탁 위로 팔을 뻗어 영주의 손을 감쌌다.

그날 오후 영주는 영인으로 떠났다. 이사 갈 아파트는 현재 비어 있기에 언제라도 잔금만 입금되면 입주가 가능하다고 부동산에 확인 절차를 거친 후였다. 영인으로 출발한 지 한 시간도 지나지 않아 돈을 입금했다고 영주가 문자를 보내왔다.

"127번 고객님."

청량한 여자의 목소리에 준후는 고개를 들었다. 자신이 들고 있는 번호표와 스크린에 떠 있는 번호가 같았다. 여자를 향해 걸어갔다. 여자가 기계적인 미소를 지으며 말했다.

"뭘 도와드릴까요?"

"대출을 받으려고요."

준후는 들고 있던 서류를 내밀었다. 아파트 등기권리증과 신분증, 그리고 재직증명서와 급여명세서 같은 것들이다. 여자는 서류를 눈으로 한번 훑더니 말했다.

"영인에 있는 본인 소유 아파트네요. 얼마나 대출받으실 예정이신가요?"

준후는 웃었다. 앞에 앉은 상담원 같은 기계적인 웃음이 아니라 진심에서 나오는 웃음이다.

"한도 끝까지요."

신분이 확실하고 수입이 안정적인데다 담보물에 대출이 없고 신용 등급도 좋은 편이었으므로, 대출 심사는 이틀이면 되고 심사가 끝나는 즉시 입금될 거라고 했다. 준후는 신청 서류에 계좌번호를 적었다. 미리 준비해둔 해외 계좌다.

그러고는 곧장 집으로 향했다. 숙소로 사용하고 있는 이 아파트를 전세로 내놓은 것은 불과 어제였다. 매매 시세의 90%에 달하는 가격으로 전세를 내놓았는데도 워낙 물량이 부족한 터라 집을 보고 싶다는 사람이 바로 나왔다.

"제가 발령이 나서 급하게 내놓은 거예요. 짐은 오늘내일 중으로 전부 뺄 거고요. 제가 이것 때문에 다시 진평에 올 수도 없고 해서, 만약 바로 잔금을 치르신다면 전세금을 10% 깎아드리죠."

부동산과 함께 찾아온 신혼부부는 서로 눈빛을 교환하다가 생각을 좀 해보겠다고 했다. 급하게 진행하려고 하니 혹시 하자라도 있을까 봐 걱정이 되는 모양이었다. 그러라고, 여유 있게 답해줬다. 예상대로 그날 저녁 계약하겠다는 의사를 전해왔다.

어차피 전세다. 하자가 있으면 고쳐달라고 하고, 안 되면 계약 종료 후 이사를 가면 된다. 시세보다 싸면 굳힌 돈으로 리모델링도 할 수 있다. 무엇보다 전세 물량이 전혀 없어 곧 누군가에게

빳길 것 같다는 부동산의 설득이 먹혔다.

준후로서는 다행이었다. 시간이 많지 않았다. 데드라인이 정해져 있지는 않지만 폭탄의 타이머는 돌아가기 시작했다.

'지금쯤…….'

조미란의 입에서 자신의 이름이 나왔을 것이다. 아직도 연락이 안 온 것은 경찰이 그만큼 신중을 기하고 있다는 뜻일 수도 있다. 강치수의 얼굴을 떠올렸다. 그자라면 그러고도 남을 것 같았다. 지금쯤 증거를 찾고 있을 것이다. 시시각각 목을 조일 준비를 하고 있는 것이다.

떠날 생각이었다. 그러자면 돈은 필수였다. 모아놓은 돈을 전부 해외 계좌로 옮겼다. 진평의 아파트를 전세로 내놓은 것은 돈을 최대한 빨리 받아내기 위해서였다. 매매는 시간이 많이 걸린다. 영인에 있는 아파트 대출이 제대로 될지는 미지수다. 어쩌면 경찰이 지급정지를 걸 수도 있다. 하지만 상관없다. 되면 좋고 안 돼도 나머지 돈으로 어떻게든 살아갈 수 있다. 운 좋게도 영주가 그동안 모은 돈을 보내왔다. 육천만 원이었다. 준후가 벌어 생활비로 준 돈을 모으기도 했지만 상당액이 결혼할 때 친정 부모님이 비상금으로 쓰라고 준 돈이라고 했다. 감사히 쓸 생각이다.

학교에는 일단 삼 일 휴가를 썼다. 중간에 토요일과 일요일이 있으니 최소한 오 일 동안은 자유롭다. 사직서를 쓰면 퇴직금을 받을 수 있지만 의심을 살 수 있기 때문에 포기하기로 했다. 어차피 이곳 숙소를 마련할 때 정산해서 받았고, 남은 것은 얼마 되지도 않을 것이다.

영주는 이혼을 거부하면서 교사로서의 명예를 협박으로 사용했다. 영주가 모르는 게 있다. 준후는 교사로서의 명예가 중요한 사람이 아니었다. 그저 본인의 명예가 중요했다. 아내와 자식을 두고 학생과 그런 짓을 한다는, 비난과 환멸의 시선을 받을 사람이 아니다. 그런 걸 견딜 바에야 버리는 편이 나았다.

—날 이해해주는 건 당신뿐이야.

그렇게 말했을 때 영주의 감격하는 표정이 떠올라 웃음이 터졌다. 자기도 모르게 고개를 절레절레 저었다. 타인의 평가에 왜 들 그렇게 목숨을 거는지 이해할 수 없는 일이다.

"어디 떠나시나 봐요."

다음 날 오전 10시, 집으로 찾아온 폐기물 수거업체 사람이 집 안을 둘러보며 말했다. 거실에 세워놓은 두 개의 캐리어 때문일 것이다. 준후가 갖고 떠날 것은 그것밖에 없다. 준후는 모든 것을 버릴 예정이었다.

"갑자기 전근을 가게 되어서요. 바로 다른 사람이 입주해야 하니까 남김없이 버려주세요."

준후는 폐기물 업자들이 부지런히 오가는 동안 소파에 앉아 휴대폰을 들었다. 아빠와 함께 살 거라니까 준영이가 너무 좋아

한다는 것과 전학은 내일이라도 갈 수 있을 것 같다는 문자가 연거푸 와 있었다. 준후는 웃으며 삭제 버튼을 눌렀다.

먼지를 일으키며 짐을 옮기는 인부들 속에서 준후는 섬처럼 앉아 기사를 검색했다. 별다른 기사는 아직 나오지 않고 있다. 조미란이 풀려난 것 같지도 않다. 어떻게 되고 있을까. 엄지손톱을 잘근 물었다.

"그 소파도 버리실 건가요?"

정신을 차리듯 고개를 들어보니 남자가 자신을 들여다보고 있었다. 집에 들어올 때 어디로 떠나는 거냐고 묻던 사람이다. 인부들이 반장이라고 부르는 것을 보니 책임자인 것 같다. 주변을 둘러보니 얼마 되지 않는 짐들이 깨끗이 빠져나가고 없었다. 고무장갑을 낀 여자가 들고 나가는 파란색 박스 위에서 어제 영주가 내밀었던 찻잔이 덜그럭거리며 흔들렸다.

준후는 소파에서 일어섰다. 어제 이 위에서 영주가 내지르던 교성이 떠올랐다. 두 번 다시 없을 쾌락의 시간, 마지막 선물이라고 생각해주면 좋겠다.

"네, 이것도 버려주세요."

소파가 나가는 것과 동시에 준후는 두 개의 캐리어를 차에 실었다. 부동산에 전화해 짐을 다 뺐다고 알리니 곧장 세입자에게 잔금을 넣도록 하겠다고 알려왔다. 계약이 종료될 즈음 집주인과 연락이 되지 않아 세입자들은 꽤나 당황할 것이다. 상관없는 일이다. 소송을 통해 집을 갖든 어쩌든 자신과는 상관없다.

준후는 시간을 확인했다. 공항까지는 두 시간 반가량 걸린다. 차가 조금 밀린다고 해도 넉넉잡아 세 시간이다. 준후가 예약한 비행기 출발 시각보다 세 시간쯤 일찍 도착할 것 같다. 잠깐 차 한 잔 마시며 탑승구 앞에서 서성일 생각이다.

당일 예매 가능한 표가 있어 다행이었다. 준후는 암스테르담행 비행기를 편도로 끊었다. 두 번 다시 돌아오지 않을 생각이다. 어차피 그리운 것도, 그리울 사람도 없다.

같이 네덜란드에 가서 살자던 다현의 말 때문에 암스테르담행을 결정한 것은 아니다. 어디로 갈까 하다가 마침 떠올라 정한 것뿐이다. 하지만 다현이 그렇게나 가고 싶어 하던 아루바 섬에 가볼 의향은 있다. 뭘 하고 살지는 아직 결정하지 않았다.

공항에 도착한 것은 4시 반이었다. 온종일 흡수한 열기 때문에 주차장 아스팔트는 뜨거웠다. 저녁이 되어도 시원해질 것 같지는 않다.

준후는 짐을 부친 후 여객 터미널에 입점해 있는 프랜차이즈 카페 안으로 들어갔다. 이른 저녁을 먹을 생각으로 샌드위치와 뜨거운 커피를 주문했다. 점원이 내주는 진동 벨을 들고 자리로 돌아와 휴대폰을 켰다. 검색을 시작했을 때 그림자가 드리운다는 느낌을 받았다. 옆쪽에 누군가 다가와 섰다. 점원인가 생각했지만 진동 벨을 받아 왔으니 그건 아닐 거라는 예감은 있었다.

그는 고개를 꺾어 옆에 선 사람을 보았다.

"은파경찰서 수사과 강치수 경위입니다."

그가 공무원증을 내밀었다. 몇 번이나 본 모습이다. 저 자신만만한 목소리와 몸짓이 마음에 들지 않는다고 준후는 문득 생각했다.

"김준후 씨, 당신을 채다현의 사체 손괴 및 유기 혐의로 체포합니다."

당당한 목소리에 주변에 있던 사람들의 시선이 이쪽으로 쏠렸다. 준후는 얼굴을 일그러뜨렸다. 그는 자신의 명예가 중요한 사람이었다.

그때 테이블 위에 있는 진동 벨이 울렸다.

20

선불리 임의동행할 수 없다. 강치수는 그렇게 결정 내렸다. 의심을 받고 있다고 생각하면 증거가 될 만한 것들을 인멸할 수 있다. 빠져나갈 수 없는 증거들을 확보해놓아야 한다.

조미란의 입에서 김준후의 이름이 나왔을 때 강치수는 당황했다. 조미란은 김준후에게 보낸 협박 편지를 읽었다. 그녀는 황권중이 무슨 증거를 갖고 있어서 김준후를 의심하고 있는지는 몰랐지만, 시신 발견 현장에서 나온 칼을 보고 아들이 범행을 저지른 증거라고 생각했다. 그래서 살인을 저지르고 자신이 죄를 덮어쓰려고 했다. 하지만 그녀의 생각은 틀렸다. 편지를 본 김준후는 약속 장소에 나왔다. 그렇다는 것은 그가 협박 편지를 받고 경찰에 신고를 하지 않았다는, 즉 경찰에 신고하지 못할 뭔가가 있었다는 것이다.

"압수수색영장 떨어졌습니다."

박인재가 일어서며 강치수를 향해 목소리를 높였다. 그는 곧장 영장을 출력했다. 그 모습을 보던 강치수가 말했다.

"직접 수색 지휘할 수 있지?"

황권중이 가지고 있었던 증거를 찾는 것이 급선무다. 차에서는 아무것도 발견되지 않았다. 조미란의 진술로는 황권중의 차에서 훔쳐 나온 것은 없다고 했다. 물론 현장에 김준후도 있었으므로 그의 손을 타지 않았으리라는 보장은 없지만 그 가능성은 희박했다. 조미란이 차에서 내린 시점에 내부는 포르말린이 장악하고 있었다. 그 문을 열고 물건을 찾아 훔쳐 나왔다면 김준후도 무사하지는 못했으리라.

강치수의 말에 박인재는 의아한 얼굴을 했다. 강치수는 일어서며 자동차 키를 챙겼다.

"잠깐 나갔다 올게."

시간이 없다. 그는 생각했다.

강치수가 차를 몰아 향한 곳은 성문아파트, 김준후가 숙소로 사용하고 있는 곳이었다. 수사의 성패는 황권중이 갖고 있다는 증거를 찾는 일에 달려 있다. 하지만 문제가 있었다. 사건 당일, 학교에서 나온 김준후는 바로 집으로 갔다. 삼은호수에 채다현을 빠뜨릴 새가 없었다. 아니, 현재 상황에서는 빠뜨릴 수 없었다는 말이 맞다. 그 부분을 해결하지 못하면 기소한다 해도 법정에서 빠져나갈 구멍이 생긴다.

김준후의 집 동호수는 머릿속에 새겨져 있다. 주차장에 선 채로 강치수는 104동을 올려다보았다. 그날, 퇴근한 김준후가 아파트로 곧장 돌아왔다는 것은 아파트 정문에 달린 CCTV로 확인했다. 1층에 살고 있는 만큼, 엘리베이터를 이용하지 않기 때문에 다시 나왔는지는 확인할 수 없지만 적어도 차를 이용하지 않았다는 것은 명백하다. CCTV가 없는 쪽문을 통해 밖으로 나간 뒤 차를 빌렸을 수도 있다. 하지만 그동안 시신은 어디에 두었는지가 해결되지 않는다. 물론 삼은호수로 향하는 차량 중 렌터카나 외부인의 차도 확인되지 않았다.

김준후가 범인임은 분명하나 불확실한 증거는 의심받을 수밖에 없다. 대체 어떤 방법을 썼단 말인가. 강치수는 이 아파트에서부터 생긴 의혹을 하나씩 규명해야 한다고 생각했다.

"잠시만요."

강치수는 퍼뜩 정신을 차렸다. 소리가 들려온 곳으로 시선을 옮기니 대나무 빗자루를 들고 있는 아파트 경비원이 보였다. 황권중과 비슷한 연배로 보였다. 강치수는 눈을 동그랗게 떴다가, 경비원이 불쾌한 기색으로 자신의 발 쪽을 보고 있다는 사실을 깨닫고는 얼른 발을 떼 한 걸음 물러났다. 절반쯤 밟고 있던 담배꽁초가 보였다. 경비원은 거칠게 담배꽁초를 쓸어 플라스틱 쓰레받기에 담았다. 자신이 버렸다고 오해하는 건 아닌가 생각하다 조심스럽게 말을 걸었다.

"말씀 좀 물을게요."

경비원이 허리를 들고 그를 보았다. 무뚝뚝한 표정 속에 불편함이 드러났다. 아무리 봐도 외부인이니 말조심을 해야 한다고 생각하는지도 모른다. 아파트는 전혀 모르는 타인들이 모여 사는 공간이다. 생각해보면 기이한 형태다. 그러므로 거기서 일하고 있는 경비원은 항상 입조심을 해야 한다고 관리 사무소로부터 교육을 받는다. 괜한 말을 전하다가 입주민 간에 싸움이 생기거나, 입주민을 곤란하게 해서 항의를 받는 일이 생길 수 있기 때문이다. 그동안 수사를 할 때도 익히 봐왔던 경계심이다.

강치수는 주머니에서 경찰공무원증을 꺼내 보였다. 공무원증을 확인한 경비원이 다시 강치수를 보았다. 당황한 눈빛이다.

"잠깐이면 됩니다."

경비원은 건물 지하로 강치수를 데리고 갔다. 계단 아래로 들어가 방화문을 열자 널찍한 공간이 드러났다. 경비원이 먼저 안으로 들어서며 스위치를 눌렀다. 몇 개의 백열등이 켜지며 내부가 희미하게 드러났다. 오래된 백열등은 안을 가득 채우고 있던 음습한 어둠을 말끔하게 내보내주지 못했다. 어둑한 구석에 녹이 슨 철제 침대가 있었고, 옆에는 누군가 버린 것이 분명한 작은 냉장고가 서 있었다. 경비원은 침대 발치에 놓여 있는 원형

테이블로 강치수를 안내했다. 테이블에 깔린 유리는 여기저기 금이 가 테이프로 발라져 있었다. 테이프 가장자리에 꺼먼 먼지가 껴 있었다.

다른 곳으로 가서 이야기를 나누자고 한 것은 강치수였다. 김준후의 눈에 띄면 좋지 않기 때문이다. 경비원 역시 아파트 한복판에서 형사와 대화를 나누는 모습을 보이고 싶지는 않았던 모양이다. 그는 곧장 자신의 휴게 공간으로 가자며 안내했다. 휴게 공간이라고 하기에는 전혀 휴식이 되지 않을 것 같은 공간이었다. 페인트칠도 되지 않은 시멘트 벽과 천장에 그대로 노출된 배관들은 흉물스러웠다. 바로 위에 안락한 가정들이 있다는 것이 기묘하게 느껴졌다. 이거야말로 호수 아래 백조의 발이 아닌가. 백조의 우아한 모습을 받치고 있는 것은 물아래에서 쉴 새 없이 움직이고 있는 발이다.

"김준후 씨 아시죠? 102호."

바로 본론으로 들어갔다. 허리춤까지 오는 냉장고를 열어 병에 담긴 음료수를 꺼내던 경비원이 생각도 하지 않고 곧장 고개를 끄덕였다.

"김 선생님? 알지."

경비원은 음료수를 강치수의 앞에 놓은 후 맞은편 의자에 앉았다. 강치수는 감사하다고 인사한 뒤 음료수 뚜껑을 땄다. 달큼하고 시원한 망고 주스가 목구멍을 타고 흘러들었다. 눈이 뜨이는 기분이었다.

"어떤 사람인가요?"

그 물음에 경비원은 고개를 갸웃했다.

"아시는 대로만 말씀해주시면 됩니다."

"뭐, 내가 그 사람이 어떤지 어떻게 아나. 나야 아파트서 소란 안 피우면 좋은 사람이고 나 못살게 굴면 나쁜 사람이지."

우문현답이다.

"특별히 문제 일으킨 적은 없었습니까?"

경비원이 눈을 동그랗게 뜨며 손을 가로저었다.

"그런 일은 없지. 얼마나 좁은 동넨데. 학교 선생씩이나 되는 사람이 소란 피우면 금방 소문이 돌지. 소란 피우고 살면 어떻게 선생질을 하겠어. 문제 일으킨 적은 없어."

그렇게 말하던 경비원은 문득 생각이 난 듯 아, 하며 검지를 까딱거렸다.

"지난번에 장애인 주차 구역 때문에 애 먹인 적은 있었지. 그거 딱 한 번이야."

"장애인 주차 구역이요?"

"어. 장애인 주차 구역에 차를 대놔서 거기에 맨날 대던 입주민이 막 항의를 했거든. 장애인 딱지도 안 붙인 차가 주차돼 있다고, 관리도 안 하느냐고 어찌나 난리를 피우던지. 확인해보니까 그 선생 차더라고. 전화도 안 받고, 결국 빼준 건 다음 날이었어. 어휴."

그날이 생각나는지 고개를 절레절레 저었다.

"가끔 있는 일인가요?"

"가끔 있긴 하지. 아랫동으로 가면 빈자리가 있어도 꼭 자기네 집 앞에 대려는 놈들 있어. 몇 걸음 더 걸으면 누가 와서 때려 죽이기라도 하는지, 원."

"아뇨, 김준후 씨 말입니다."

경비원이 벙긋, 입을 벌리며 웃었다.

"아까 말했잖아. 선생은 이 동네에서 문제를 일으킬 수가 없다니까. 그날이 처음이었어. 그러니까 어쩌다 한 번 실수했나 보다 하고 내가 항의한 사람한테 사정해줬지, 신고하지 말라고."

딱 그날 한 번뿐이었다. 강치수는 그 말을 되뇌어보았다.

"뭐?"

"혹시 그날이 며칠인지 아십니까?"

"일지 있으니까 찾아보면 알겠지."

"확인 부탁드립니다."

강치수의 말에 반사적으로 일어나던 경비원은 엉거주춤 선 채로 그를 돌아보았다.

"근데 김 선생이 무슨 사고라도 쳤어?"

강치수는 대답하지 않은 채 미소만 지었다. 경비원은 머쓱한 얼굴로 일어나 밖으로 나갔다.

일지를 통해 확인한 날짜는 7월 25일 밤이었다. 전화를 내내 받지 않던 그가 차를 빼준 것은 다음 날 새벽, 26일이었다. 채다현이 마지막으로 목격된 날도 25일이다. 우연일까.

강치수는 지하실에서 나와 104동 앞으로 돌아갔다. 동 입구를 마주 본 상태에서 오른편에 장애인 주차 구역이 있었다. 낮 시간이라 그런지 지금은 비어 있었다. 장애인 주차 구역 앞에 선 채로 고개를 들다가 깨달았다. 바로 정면에 102호, 김준후의 집이 있었다.

그는 한참이나 그 문을 노려보다가 앞으로 가까이 다가갔다. 주차장과 동 사이에서 경계석 역할을 하는 잔디밭이 작게 조성되어 있었다. 그 위로 올라서서 까치발을 했다.

아파트 복도에는 유리창이 없었다. 대신 허리춤까지 벽이 있었다. 두께 십 센티미터가량 되는 벽 위의 수상한 흔적에 강치수는 주목했다.

그대로 노출되어 있는 벽 위에는 먼지가 쌓여 있었다. 그런데 성인 보폭의 반쯤 되는 길이에는 먼지가 닦여 있었다. 바로 김준후의 집 앞이다. 이것은 무얼 말하는 걸까. 강치수는 그 자리에서 한참이나 주차장과 벽의 흔적을 번갈아 보았다. 그는 눈을 감은 채 그날을 상상했다. 완전히 어둠이 잠식한 밤, 인적 없는 시간대, 굳이 장애인 주차 구역에 주차를 한 차량. 거기에서 내린 남자. 벽 위에 남은 흔적. 차에서 내린 뭔가를 이곳으로 넘긴다…….

강치수가 눈을 번뜩 떴다. 돌연 그는 다급히 차로 향했다. 운전석에 앉아 곧장 시동을 켜면서 어딘가로 전화를 걸었다. 차가 출발해 빠르게 아파트를 벗어날 무렵 상대가 전화를 받았다. 가벼운 인사를 할 새도 없이 강치수가 말했다.

"강치수입니다! 채다현 사건, 피해자 사망일 추정 근거가 무엇이었습니까?"

통화 상대는 채다현의 부검을 담당했던 국립과학수사연구원 진평수사연구소 법의관 신철규였다. 잠시 대답이 돌아오지 않았다. 채다현 건을 떠올려보는 것이리라.

"당연히 사체 상태였죠. 피부가 부푼 정도, 장기의 부패에 따른 가스 발생 정도도 판단을 뒷받침했고요."

그런 근거로 적어도 사오 일 정도 물 안에 있었던 걸로 추정됐다. 채다현의 생존이 마지막으로 포착된 것이 25일, 발견된 것이 29일이다. 실종된 이후 곧장 물에 들어갔다고 봐야 한다는 소견이었다.

"폐에서 플랑크톤이 나왔다고 했죠?"

타자를 두드리는 소리가 들렸다. 자료를 확인한 뒤 신철규가 말했다.

"나왔어요. 코와 귀에 출혈이 있었고요. 물에 잠겨 있지 않았다면 부패가 더 많이 진행됐을 겁니다. 여름이니까요. 익사 맞아요."

그는 강치수가 익사 자체를 의심하고 있다고 생각하는 듯했다. 설명할 시간은 없었다.

"혹시 성분 검사 나왔습니까?"

전화기 너머에서 긴 한숨이 나왔다.

"최종 검사 결과 회보되려면 한 달은 걸리는 거 아시잖아요."

"긴급 띄우겠습니다."

통보를 마지막으로 강치수는 전화를 끊었다. 그러고는 가속 페달을 힘껏 밟았다. 낡은 차에서 터질 듯한 소리가 났다.

긴급 사건인 경우 긴급 감정 요청을 하면 24시간 내에도 결과서를 받을 수 있다.

"그거 아세요?"

재밌는 얘기라도 해주는 사람처럼 강치수가 눈을 빛내며 상체를 기울였다. 그의 맞은편에는 김준후가 앉아 있었다. 아무리 긴급 감정 요청을 해도 결과가 나오기까지는 시간이 걸릴 수밖에 없다. 하지만 이미 김준후는 결근 상태였다. 조미란이 실제로 협박을 받은 사람이 누구인지 말했으리라는 것은 충분히 예상할 수 있는 일이다. 도주할 가능성이 있었다. 김준후에게 미행을 붙였다.

이상 상황이 포착된 것은 조미란이 조사를 받은 다음 날이었다. 김준후의 집에 몇 명의 남자들이 들어가더니 이내 많은 짐들이 빠져나오기 시작했다. 짐을 싣고 출발하는 그들을 잡아 물어보니 해외로 전근을 가게 되어서 처분하는 것이라고 했다. 영인에서 내려왔다고 하는 권영주는 보이지 않았다.

곧 김준후가 암스테르담행 비행기 티켓을 끊은 사실이 확인됐다. 네 시간 후다. 검사 결과가 나오지 않은 상태였다. 아직 어떤 증거도 없어 출국 금지 조치를 할 수도, 공조 요청을 할 수도 없었다.

강치수는 곧장 인천공항으로 내달렸다. 성분 검사에서 자신이 생각하는 결과가 나온다면 공항에서 바로 체포할 수 있다는 판단에서였다. 김준후에게 따라붙은 형사가 실시간으로 그의 위치를 전송해주었다. 역시나 그는 혼자 공항으로 오고 있었다. 김준후가 공항에 도착하는 것과 동시에 검사 결과가 유선으로 통보되었다. 다행히 출국 수속이 시작되기 전, 카페테리아에 앉아 있던 김준후를 체포했다. 체포 영장은 없었지만 긴급체포 요건은 충분했다.

김준후는 강치수를 향해 얼굴을 들었다. 일그러진 얼굴은 불편한 기색을 감추지 못했다. 강치수는 여유로운 표정으로 말했다.

"사람이 물에 빠져 죽으면 말입니다, 폐에 물이 들어가요."

김준후의 미간이 더욱 좁혀졌다.

"그럼 폐에서 플랑크톤이 검출되죠. 근데 그거 아십니까? 입과 기도, 그러니까 열려 있는 구멍을 통해 폐까지는 죽은 채로도 플랑크톤이 들어갈 수 있어요. 반면 심장이 뛰는 상태로 흡입된 물은 혈류를 따라 실질 장기, 그러니까 외부와 단절된 간, 신장, 심장까지 도달하죠."

대답하지 않는 김준후를 향해 강치수는 서류 한 장을 내밀었다. 김준후는 움직이지 않은 채로 시선만 내려 그것을 확인했다. 부검 감정서였다. 그가 꼼짝도 하지 않자 강치수가 느긋하게 부검 감정서 위에 손가락을 얹고는 하나하나 짚으며 말했다.

"폐에서는 다양한 플랑크톤이 나왔죠."

Cyclotella, Nitzschia, Gomphonema, Navicula 등 아홉 가지가 적혀 있었다. 강치수는 발음 나는 대로 읽어보려다가 그만두었다. 국과수 수질분석관이 읽어주긴 했지만 기억이 나지 않았다. 강치수는 손가락을 옮겼다.

"그런데 신장, 심장, 간에서는 플랑크톤이 안 나왔어요."

김준후가 고개를 번뜩 들었다.

"그럼 익사가 아니라는 겁니까?"

강치수가 고개를 흔들었다.

"아뇨. 익사라니까요."

김준후가 다시 인상을 구겼다.

"익사. 물을 들이마셔서 죽은 건 맞는데 실질 장기에서는 플랑크톤이 안 나왔다? 이게 뭘 뜻할까요?"

김준후는 대답하지 않았다. 강치수는 씩 웃었다.

"수돗물."

수돗물은 박테리아와 미생물의 제균을 위해 염소를 사용한다. 익사, 플랑크톤 미검출. 이 조건을 채우는 것은 수돗물에서의 익사다. 폐에서 검출된 것은 익사 이후, 호수에 던져졌을 때 기도를 통해 들어간 것뿐이다.

강치수의 입에서 그 말이 나온 순간 김준후는 작동이 멈춘 로봇 같았다. 눈도, 살짝 벌어진 입도 모두 굳어버리고, 하물며 숨쉬기도 잊은 것 같았다. 움켜쥔 손가락의 손톱이 손바닥에 박혔다.

강치수는 친절하게 덧붙였다.

"김준후 씨께서 소유하신 카드 이용 내역을 확인해보니 26일부터 계속 인근의 사우나를 이용하셨더군요. 매일같이요. 화장실에서 씻지 못할 사유가 있었죠?"

"……아니야."

"채다현이 사라졌던 학교에는 선생님과 황권중 씨만 있었어요. 황권중 씨가 사망했으니 남은 건 한 사람뿐이죠."

"나, 난 아니라고."

"김준후 씨는 25일 밤, 채다현을 차에 싣고 나왔어요. 숨은 붙어 있긴 했지만 시신이라고 생각하셨겠죠. 그렇게 나와서 곧장 집으로 갔어요. 성문아파트 104동 102호에서 가장 가까운 자리는 장애인 주차장이었죠. 어쩔 수 없이 차를 거기에 대고 복도의 담 너머로 시신을 넘겼습니다. 그리고 동의 현관을 통해 복도로 들어가 시신을 집 안으로 옮겼죠. 그래서 동 현관 CCTV에는 평범하게 퇴근하는 듯한 모습만이 남아 있던 거예요. 그사이 장애인 주차장에 차를 대려 했던 사람의 항의 때문에 경비원이 수차례 전화했지만 받지 않았죠."

"아니야!"

"화장실의 욕조였죠?"

김준후는 입술을 깨물었다.

"김준후 씨는 욕조에 물을 가득 채우고 채다현을 익수시켰어요. 그리고 삼 일 후인 28일, 채다현이 학교에 오지 않아 찾으러 간다는 핑계로 삼은호수를 지나갔죠. 그러면서 거기에 채다현의 시신을 던졌어요. 채다현의 사망은 익사, 그것도 물에 불은 상태로 보아서 실종 직후 익수된 거라고 판단됐고, 당연히 25일일 거라고 생각됐죠. 삼은호수 입구에만 CCTV가 있었기 때문에 28일에 지나갔던 김준후 씨는 용의선상에서 벗어날 수 있었던 거죠."

"아니야!"

"지금 형사들이 김준후 씨 자택을 수색하고 있습니다. 형사들은 김준후 씨가 생각하는 것보다 훨씬 집요해요."

김준후가 집에 있는 화장실을 사용하지 않은 것은 채다현이 떠올랐기 때문이었을 것이다. 죄책감 때문에 사용하지 않은 화장실에서는 많은 증거들이 나올 것이다. 욕조를 들어내고 배관에 붙어 있는 증거까지 전부 수색해낼 것이다. 청소를 해도 증거는 희생자의 한처럼 그곳에 붙어 있다.

"아니야!"

김준후는 벌떡 일어섰다. 얼굴이 벌겋게 달아오르고 이마에 푸른 핏대가 툭 불거졌다. 눈에서는 이상한 빛이 희번덕거렸다. 그는 비명 같은 소리를 지르며, 참지 못하겠다는 듯 두 팔로 책상의 서류들을 밀어버렸다. 서류와 펜 같은 물건들이 소리를 내며 바닥에 떨어졌다.

"아니야, 아니라고!"

조사실의 문이 열리며 대기중이던 형사 두 명이 들어와 김준후의 양팔을 각각 잡았다. 김준후는 거세게 저항했다. 끌려 나가지 않으려 사력을 다해 드러눕는 바람에 형사들이 그를 일으키려 애썼다. 그 와중에도 김준후는 온몸을 비틀며 소리쳤다.

"난 아니야! 난 안 죽였어! 이거 놔! 내가 아니야. 내가 안 죽였다고!"

"알아요."

김준후의 아우성을 가르고 나직한 목소리가 끼어들었다. 안정제를 맞은 짐승처럼 김준후는 움직임을 멈추고 넋이 나간 듯 강치수를 보았다.

"그랬다면 심폐소생술도 하지 않았을 테니까."

강치수는 자리에서 일어섰다. 그는 김준후를 향해 돌아섰다.

"내내 이상했죠. 폭행 흔적이 없는 늑골 골절. 그건 심폐소생술을 할 때 생기는 거였어요. 칼로 찌르고 목을 매달기까지 한 잔혹한 범인이 심폐소생술을 할 리는 없잖아요. 그래서 생각했죠. 혹시 목을 매단 것과 심폐소생술을 한 사람이 다르지는 않을까."

입을 벌린 채 거의 숨도 쉬지 못하는 김준후를 보며 강치수는 인정한다는 듯 고개를 끄덕였다.

"채다현은 당신이 죽이지 않았어요."

어느새 그의 입가에는 미소가 전혀 보이지 않았다.

"누구도 채다현을 죽이지 않았죠."

21

준후는 자신이 들은 말을 믿을 수가 없어서 한참이나 강치수의 얼굴을 보았다. 그는 묵묵히 자신을 보고 있었다. 그 얼굴에서는 어떤 의도도 느껴지지 않았다. 적어도 자신을 얼러 자백을 유도하려는 것 같지는 않았고, 비웃거나 비난하는 기색도 없었다.

"무슨……."

복잡하게 휘도는 정신 속에서 가까스로 입을 열자, 강치수가 그를 잡고 있는 형사들을 향해 고갯짓을 했다. 준후의 팔이 구속에서 자유로워졌다. 형사들은 조용히 방을 빠져나갔다. 걸음 소리도 들리지 않았다. 그의 귀가 소리를 포착하지 못하는 것일 수도 있었다. 준후는 자신의 귀가 먹먹한 것인지 정신이 멍한 건지 알 수 없었다. 비틀거리는 걸음을 강치수를 향해 내디뎠다.

강치수는 그를 응시하다 낮은 한숨을 내쉬고는 자리에서 일어나 넘어진 의자를 바로 했다. 준후가 자리에 앉자 강치수는 자신의 자리로 돌아가 앉았다.

"그럼 누가……. 아무도……?"

묻고 싶은 것이 있었다. 알고 싶은 것이 있었다. 죄가 없진 않았으나 모든 죄를 뒤집어쓰는 건 싫었다. 누가 다현을 죽였는가보다 왜 자신을 이 꼴로 만들어놨는지 궁금했다. 모든 질문들이 뒤섞여 제대로 된 질문을 할 수 없었다. 준후는 자신에게 논리적인 대화가 불가능해지는 순간이 올지 상상해본 적이 없었다.

잠시 동안 가만히 준후를 응시하던 강치수가 자리에서 일어났다. 문을 열고는 누군가에게 나직한 목소리로 뭔가를 말했다. 문 밖에 아직도 형사들이 서 있었던 모양이었다. 문을 닫고 다시 돌아섰을 때 강치수의 손에는 비닐봉투가 들려 있었다. 적어도 자신을 답답하게 만들어 속풀이할 의도는 없는 모양이었다.

강치수는 들고 있던 봉투를 테이블에 올려놓고는 자리에 앉았다.

"뭔지 아시죠?"

답변을 하지 않아도 강치수는 준후의 대답을 들은 것이나 다름이 없었을 것이다. 그것을 본 순간 준후는 제어하지도 못할 만큼 눈빛이 흔들렸다. 입이 탔다. 자신도 모르게 침을 꿀꺽 삼켰다.

노끈이다.

준후의 기억에 분명히 자리하고 있었다. 씻기지 않는 곰팡이처럼 항상 신경줄을 찜찜하게 잡아당기던 것이었다.

다현의 목을 조이고 있던 노끈의 일부. 준후가 미처 회수하지 못한 끈이다.

"황권중 씨의 집에서 발견되었어요. 침대 밑에서 발견됐죠. 봉투에 소중히도 싸놨더군요."

준후의 예상이 맞았다. 황권중이 천장에 매달린 끈을 가져갔다. 거기에 준후를 범인으로 지목할 증거가 있을 거라고 생각했다. 하지만 거기에 압박받은 것은 진범이었다. 그래서 진범에게 살해를 당한 것이다. 조미란이나 그의 아들 정은성이 범인이지 않을까 생각했다. 준후는 그 부분을 물었지만 강치수는 제대로 된 답변을 하지 않았다. 수사상 기밀 사항인지도 모른다.

하지만 분명 아무도 다현을 죽이지 않았다고 했다. 그건 무슨 소리일까.

"채다현이 교실에서 사망했다는 건 알고 있었어요. 교실에서 혈흔이 발견됐고, 환풍구에 줄이 걸렸던 흔적이 있었죠. 목에도 줄이 걸려 있었으니 교실이라는 것은 어렵지 않게 알 수 있었어요. 황권중 씨의 집에서 나온 끈이 사체의 목에 걸려 있던 끈과 동일했고, 중간에 잘린 부분도 일치했어요."

그는 투명한 봉투를 들어 보였다. 안에 있던 노끈이 꺾인 자리가 보였다.

“환풍구의 흔적과 동일하다는 것도 판명됐습니다. 그리고 이 노끈에서 지문이 검출됐죠.”

강치수는 힘주어 말을 이었다.

“채다현 한 명 것만 나왔어요.”

범인이 장갑을 꼈다. 순간적으로 떠오른 준후의 생각을 읽기라도 한 듯 강치수가 말했다.

“장갑을 낀다면 장갑흔이 남죠. 아니면 장갑의 실 같은 미세 증거라도 나왔어야 해요.”

하지만 나오지 않았다고, 강치수가 덧붙였다.

“자살이었어요.”

“말도 안 돼!”

조금의 틈도 없이 준후가 외쳤다. 어이없는 웃음이 터져 나왔다. 욕설을 뱉고 싶은 것을 간신히 참았다. 황당했다. 경찰이 이 정도밖에 안 되나. 이 정도밖에 안 되는 경찰에게 잡힌 자신이 가엾게 느껴질 정도였다.

“당신들이 모르는 게 있어요. 다현이가 죽었을 때, 그래요, 죽은 줄 알았을 때 천장에는 다현이가 매달려 있었고, 책상은 저만치 밀려나 있었다고. 내가 똑바로 해놓은 거야. 다현이가 밟고 올라갈 만한 건 다리 밑에 아무것도 없었어요. 자살이라니, 무슨 말도 안 되는…….”

강치수는 침착했다. 예상했던 반응이라는 태도다.

"교실에서 발견된 혈흔은 바닥만이 아니라 책상 다리에도 조금 튀어 있었어요. 그런데 그 흔적이 끊겨 있었죠. 흔적을 맞춰본 결과 책상이 밀려 있었다는 것을 수사관도 파악했습니다."

"그럼……."

강치수는 서류 뭉치를 뒤적이다 어느 한 면에서 넘기는 것을 멈췄다. 그는 준후 앞으로 서류를 돌려 보이게 해주었다. 컬러로 프린트된 사진이었다. 녹색 깔개가 깔려 있는 책상 위에 줄 하나가 늘어져 있었다. 경찰이 찍은 증거품 사진이었다. 다현의 목을 조이던 부분이 동그랗게 모양을 유지하고 있었다. 그 모습이 떠올라 아주 잠시, 준후는 눈을 감았다.

"채다현의 목에 걸려 있던 노끈입니다. 총 길이 1미터 60센티미터. 만약 이것이 교실 천장에 매달려 있다고 한다면 어떨 것 같으세요?"

준후는 미간을 구긴 채로 눈을 깜박이며 강치수를 보았다. 뭐가 어떻냐는 물음인지 뭘 대답하라는 것인지 알 수가 없었다. 혼란스러운 눈이 아직 자신을 향해 펼쳐져 있는 사진으로 향했다.

천장에 걸려 있다면……. 저렇게 긴 끈이라면…….

교실의 높이를 정확히는 알 수 없지만 적어도 다현이가 선 자세에서 어깨까지 내려오지 않을까.

"저희가 확인한 교실의 층고는 3.6미터예요. 1.6미터짜리 끈은 중간이 끊겨진 상태죠. 거기에 이번에 황권중 씨 자택에서 찾은 끈을 더해봤습니다. 끈이 꺾여 있는 부분이 있으니 밑으로 늘어진 부분의 길이는 명확히 나오죠. 그랬더니 대략 2미터가량 나옵니다. 채다현 학생의 키는 1미터 70센티미터. 서 있다면 이마까지 내려온다고 볼 수 있죠."

그게 자살이라는 증거가 될 수 있을까? 에어컨 환풍구에 끈을 걸고 원처럼 만든 고리에 다현의 목을 건다. 그리고 반대편에서 당긴다. 그렇게 하려면 긴 끈이 필요한 것은 당연하다.

거기까지 생각한 준후는 곧장 자신의 생각이 틀렸음을 깨달았다. 그렇게 하면 끈의 끝부분이 고리 모양이어야 한다. 하지만 이 끈은 뭔가 이상하다. 고리 아래로 긴 줄이 늘어져 있다. 단순히 끈이 길어서 우연히 이런 모양이 만들어진 걸까? 준후는 눈을 감고 자신이 발견했을 때로 돌아가보려고 노력했다. 그 장소에 있는 것처럼 눈앞에 선연히 채다현의 시신이 보였다. 다현의 목이 줄에 걸려 있었고, 덜렁거렸고……. 그리고 턱 밑으로 긴 줄이 늘어져 있었다.

준후가 눈을 뜨자 강치수가 말했다.

"잘린 부분이 황권중 씨 집에서 발견된 노끈과 일치한다고 말씀드렸죠? 그렇다면 이 늘어진 부분이 아래쪽으로 내려왔다는 얘깁니다."

준후가 혼란스러워하는 기색을 보이자 강치수가 차분히 설명을 이었다.

"보여드릴 수는 없지만 사체에서는 많은 상흔이 발견되었습니다. 일단 가장 눈길을 끄는 것은 손이었습니다. 손바닥에 열상의 흔적이 있었습니다. 여름이라 고온의 날씨 탓에 만약 다른 곳에 버려졌다면 부패로 인해 알 수 없었을 상처였을지도 모릅니다. 그런데 김준후 씨 덕분에, 김준후 씨 때문에, 해가 들지 않은 욕실과 차가운 호수에 있었기 때문에 부패가 덜 진행되어서 발견됐습니다."

아이러니하다, 라는 말 말고는 뭐라 표현할 방법이 없다고 강치수가 한숨처럼 말했다.

"그리고 목과 배 부분에 난 깊고 작은 여러 개의 상처는 발견된 칼의 형태와 일치했습니다. 그리고 그것을 분석한 부검 결과, 칼이 신체에 파고든 순간 칼날이 뒤집혀 있었다는 것을 알 수 있었습니다."

무엇을 의미하는지 알 수 없어 하는 김준후를 향해 강치수는 옆에 있던 볼펜을 들었다. 그러고는 "볼펜의 한쪽을 칼날이라고 생각한다면……"이라고 말하며 누군가를 찌르듯 앞으로 쑥 내밀었다. 칼날 부분은 당연히 아래로 향하고 있다. 그는 재차 볼펜을 자신의 배에 찌르는 시늉을 해 보였다. 칼날 부분이 위쪽을 향했다. 누군가에게 찔린 게 아니라 스스로 칼을 쥐고 찔렀다는 뜻이다.

"상처는 목에서도 발견됐지만 치명상이라고 부를 만한 게 아무것도 없었어요."

그들은 그것을 주저흔이라고 부른다고 했다.

"채다현은 그날 자살할 마음이었을 겁니다. 칼을 들고 학교로 갔어요. 물론 줄도 준비했고요. 스스로도 자신을 찔러 자살하지 못할 수도 있다고 생각했을 겁니다. 그 생각은 맞았어요. 시도는 해봤지만 어려웠어요. 그래서 준비해 온 끈으로 자살하겠다고 마음을 먹었습니다. 책상을 밟고 올라가 끈을 걸고 다시 내려와 책상을 치웠어요. 그리고 늘어진 끈을 잡고 힘껏 올라가 중간에 매듭지어놓은 원에 목을 집어넣고 자살한 겁니다."

"말도 안 돼! 그게 가능할 리가 없잖아!"

준후는 저항하듯 벌떡 일어섰다. 이해하지 못하는 것이 당연하다는 듯 강치수는 고개를 끄덕였다. 그리고 준후를 똑바로 응시했다.

"가능합니다. 남학생이니까요."

초등학교 5학년 이상의 학생은 PAPS, 건강체력평가를 받는다. 학생의 건강도를 평가해 운동 처방을 내리기 위함이다. 12개 종목 중 선택할 수 있고 그 결과는 교육행정 정보시스템에 기록되어 남는다. 다현의 기록 중 관심을 끄는 것은 팔굽혀펴기와 악력 검사다. 모두 1등급을 받았다. 충분히 가능하다.

"물론 계산상으로야 가능할 수는 있지만, 다른 사람이 그랬을 수도 있잖아!"

"아까도 말씀드렸지만, 에어컨 환풍구에 걸린 노끈에서 채다현 학생의 지문이 발견됐습니다. 다른 사람에 의해 목이 매달렸다면 채다현 학생의 지문이 나올 수 없는 부위예요."

준후는 무너지듯 자리에 앉았다.

"그럼 왜…… 굳이 학교에서……."

"선생님이 학교에 계셨으니까요."

심장이 쿵, 내려앉았다. 번개를 맞은 것처럼 충격이 뒤통수를 후려쳤다. 준후는 하얗게 질린 얼굴로 강치수를 보았다. 아니 그대로 굳었다는 것이 맞는 표현이다. 꼼짝도 할 수 없었다.

"아내분과 통화했습니다. 권영주 씨는 김준후 씨와 살기 위해 영인의 집을 정리할 계획이셨더군요."

그제야, 영주를 떠올렸다. 조사실에 들어온 이후 처음이다. 영주가 자신의 배신을 알았을까 하는 걱정 같은 것은 존재하지 않았다. 관심 밖의 일이었다.

"아내분께 들었습니다. 채다현 학생과 선생님 사이에 대해서요."

다현과 자신의 관계를 남의 입으로 듣는 것은 상당히 껄끄러운 일이었다. 입안에 가득 담은 모래를 꾸역꾸역 목구멍으로 넘기는 기분이었다. 그런 준후의 기분을 아는지 모르는지 강치수는 계속 말을 이었다.

김준후와 은밀한 관계를 이어오던 채다현은 처음과는 다른 희망을 가졌다. 강치수는 희망이라고 말한 그것을, 김준후는 욕심이라고 생각했다. 채다현은 김준후의 가족이 되길 바랐다. 그와 가족인 권영주를 김준후의 삶 밖으로 밀어내고 싶었다. 그래서 일부러 그녀를 찾아갔다. 둘의 관계를 알리고 이혼해주기를 바랐다. 외도는 물론, 상대가 동성의 학생이라면 충격은 당연하다고 생각했다. 그러나 채다현의 생각은 어리석었다. 갈라져가던 관계를 권영주는 이어볼 생각이었던 것이다. 그때부터 김준후가 그리는 삶의 궤적 속에서 서로를 밀어내야 살아남는 게임이 시작됐다. 전적으로 채다현이 열세한 게임이었다.

채다현은 권영주에게 상처를 입히고 싶었을 거라고, 강치수가 말하며 종이 한 장을 내밀었다. 그것을 내려다본 김준후의 미간이 좁혀졌다. 홍학 사진이었다. 잔뜩 구겨져 마치 홍학이 울상을 짓고 있는 것 같았다. 권영주의 캐리어에서 찾아냈던 다현의 홍학 사진. 그것을 이후 어떻게 했는지 기억이 나지 않았다.

"그거 아십니까? 홍학은 동성애가 굉장히 많이 발견되는 동물이라고 합니다. 수컷과 암컷이 새끼를 낳으면 다른 수컷이 암컷을 밀어내고 자신이 그 자리를 차지한다고 합니다. 수컷과 수컷 사이에서 큰 새끼는 더욱 강하게 크기 때문에 생존의 문제와도 직결되죠."

강치수는 씁쓸하게 웃었다.

“이 얘기를 채다현 학생이 권영주 씨에게 전했다고 합니다. 애는 잘 키워줄 테니 선생님과 헤어져달라고.”

그런 얼토당토않은, 치기 어린 생각을 했었던가. 준후는 아랫입술을 깨물었다. 홍학에 그런 의미가 있는 줄은 몰랐다. 홍학이 좋다고 하던 그 아련한 표정 안에 그런 생각이 있었는 줄은 몰랐다.

네덜란드에 함께 가자고 했던 다현의 말이 단지 홍학 때문만은 아님을 알고 있었다. 네덜란드는 동성 결혼이 합법이었다. 네덜란드로 가려 했던 것은 다현이 생전 가고 싶어 했던 곳이라 가고자 했던 것은 아니다. 다만, 보고 싶었다. 합법화된 동성 결혼이라도 정말 사람들은 경멸의 시선을 보내지 않을까.

눈앞의 형사는 지금 자신을 어떤 눈으로 보고 있는 걸까. 어떤 생각을 하고 있을까. 비웃고 있을 것이다. 침이라도 뱉고 싶겠지. 동성애에 관련된 기사에 달리는 댓글들처럼 더럽고 역겹다고 생각할지도 모른다. 그래서 다현에게 안식처는 자신뿐이었다.

하지만 준후는 달랐다. 형사는 짐작도 못 하는 모양이지만 자신은 양성애자였다. 남자나 여자나 상관없었다. 다현을 선택했던 것은 그 아이가 외로웠기 때문이다. 의지할 부모나 어른이 없었기 때문이다. 몸이 젊고 탄력 있었기 때문이다.

그것을 다현도 알고 있었다. 그래서 불안했던 것이다. 언제든 자신이 버림받을 수 있다고 생각했다. 준후가 마음만 바꿔 먹으면 다시 아내에게로 돌아갈 거라는 두려움을 떨칠 수 없었다. 그건 사실이 아니었다. 준후는 아내에게 돌아갈 마음이 없었다. 다만 다현에게 안착할 마음도 없었다. 세상의 이목 때문에라도 그가 누군가를 받아들인다면 그 자리는 남자의 것이 될 수는 없었다.

조바심이 난 다현은 이혼을 더 갈구했다. 그 문제로 크게 다퉜다. 화를 내는 준후의 모습에서 다현은 현실을 보았는지도 모른다.

초점을 잃은 눈빛으로 준후는 멍하게 강치수를 올려다보았다.

"나한테 복수를 하고 싶었던 걸까요?"

그랬을 것이다. 그래서 일부러 찾아와 몸 안에 준후의 정액을 가뒀다. 그리고 살해된 것처럼 꾸며 자살했다. 자신을 망가뜨리고 싶었을 것이다. 하지만 죽음을 영영 감추고 싶어 했을 거라고, 아직 숨도 끊어지지 않은 자신을 물속에 수장시킬 거라고는, 그때의 다현은 알지 못했다.

다현의 엄마는 문제를 일으키고 자살하는 순간까지 자식을 걱정하지 않았다. 유일하게 기대던 할머니는 죽었다. 사랑하는 남자는 자신을 버거워했다. 그 남자의 아내는 다현을 모욕하고 저주하고 때렸다. 오랜 친구를 잃었다. 사기 사건의 피해자인 조미란이 학교에서 다현과 마주칠 때마다 어떤 시선을 보냈을지는 뻔했다.

그중 한 사람만이라도 다른 선택을 했다면 상황은 달라졌을지 모른다.

강치수가 답했다.

"외로웠겠죠."

다음 날까지 조사는 이어졌다. 준후는 담담하게 모든 것을 인정했다. 그날 밤, 적부심사 끝에 구속영장 발부가 결정됐다. 범행이 드러날 것을 우려해 해외로 도피하려 했던 점이 발목을 잡았다. 준후는 유치장에서 구치소로 이감되었다. 체포된 지 사흘 만이었다.

구치소로 찾아와 명함을 건넨 것은 이경식 변호사였다. 그는 자신이 준후의 법률 대리인이라고 했다. 범죄가 드러나면서 많은 기사들이 자극적으로 보도된 터였다. 준후가 구치소에서 편하게 있을 수 있는 것은 자신이 기자들을 상대하고 있기 때문이라며, 이경식이 비굴하게 웃음을 흘렸다. 변호사 비용을 댄 것은 영주라고 했다. 해외로 송금한 자신의 돈이 어떻게 되었는지를 모르는 것처럼, 준후는 영주가 무슨 돈으로 변호사를 샀는지, 무슨 생각으로 그런 결정을 했는지 알 수 없었다. 그렇지만 감동

하지 않았고, 고맙지도 않았다. 영주의 이름으로 들어오는 면회 신청을 모두 거절했다. 배신한 대가가 얼마나 쓰냐며 턱을 치켜드는 영주의 거만함을 봐줄 마음은 없었다.

그래도 변호사는 필요했다.

이경식은 그에게 적용될 법이 과실치사, 사체유기, 미성년자 의제강간죄라고 했다. 일단 사체유기죄에 대하여는 준후가 인정했으므로 유죄라고 했다. 미성년자 의제강간죄에 대한 이야기를 하면서 스읍, 아쉽다는 듯 숨을 들이켰다.

"요게, 요게, 만 16세까지거든요. 딱 한 살만 더 먹은 애였으면 좋았을 텐데."

만 16세가 넘었을 경우 당사자의 동의가 있었던 성관계는 의제강간죄에 대한 것이 무죄라는 얘기였다. 아동복지법 위반이 해당될 수는 있지만 아동복지법에는 "성적 학대를 한 행위"라고 명시되어 있는 부분 때문에 다툼이 있다고 했다. 합의를 한 관계를 학대라고 판단할 수 있느냐는 것이었다. 무죄를 받은 판례가 상당수라고 했다.

"문제는 요거죠. 과실치사죄. 죽은 줄 알고 물에 담갔는데 그것 때문에 죽었다……."

음, 하고 그는 생각에 잠겼다. 범죄자에 대한 혐오나 사망한 사람에 대한 안타까움 같은 것은 없었다. 마치 장난감을 다루다가 망가뜨린 것에 대한 고민을 하는 것 같았다. 자신과 비슷하다고, 준후는 느꼈다.

"솔직히 말씀드리면 법감정도 좀 있고, 워낙 기사들도 나오고 해서 집행유예로 풀려나기는 어렵고요. 재판관들도 이래저래 눈치 보는 직업이잖습니까. 대충 삼 년 봅니다. 조심히 잘 계시다 보면 모범수로 이 년 안에도 나올 수 있어요."

그의 말은 맞았다. 몇 달 뒤 열린 재판에서 그가 받은 실형은 3년 6개월에 불과했다. 과실치사와 사체유기 혐의에 대하여는 선생이었던 그의 입장과 자백을 한 점을 들어 징역 2년 집행유예 3년을 받았다. 그가 실형을 받은 것은 미성년자 의제강간죄 때문이었다. 40시간의 성폭력 치료프로그램 이수 명령도 받았다. 검사가 항고하겠다는 의사를 피력했다고, 재판 후에 찾아온 변호사가 말했다. 그다지 걱정하지는 않아도 된다고 했다. 그 이상의 형량이 내려지기도 쉽지 않은데다, 늘어야 1년이라고 했다. 그 정도는 모범수로 충분히 일찍 나올 수 있다고 했다. 검찰이 물고 늘어진대도, 자신이 마지막까지 잘 변호할 거라며 웃었다. 영주가 얼마를 줬을까.

변호사와 접견을 끝내고 나와 길고 긴 복도를 걸었다. 곧 교도소로 이감될 거라고 했다. 그는 페인트칠이 되어 있는 회벽을 둘러보다가 돌연, 웃음을 터뜨렸다.

휘둥그런 눈으로 이상하다는 듯 옆에서 걷던 교도관이 쳐다보았다. 아무것도 아니라며 준후는 손을 내저었지만 웃음을 멈출 수 없었다.

아무도 모른다.

그 냄새나는 차의 문을 닫을 때, 황권중이 살아 있었던 것은.

아무도 알지 못한다.

김준후는 길고 긴 복도를 웃으며 걸었다.

작가 후기

"스릴러는 경고입니다."

언젠가 인터뷰에서 했던 대답이다. 스릴러가 나에게 어떤 의미냐는 질문이었던 것 같다. 그렇게 대답한 것은 진심이었다. 스릴러는 가장 극단적인 형태의 경고다. 예를 들면, 한 사람이 겪은 어린 시절의 행복이 그 사람을 얼마나 좋은 사람으로 자라게 하는지보다는, 불행한 어린 시절이 이 사회를 파괴하는 끔찍한 범죄자로 만들 수 있는지 보여주고 경고하는 것이 스릴러 작가의 역할이라고 생각한다.

이번의 경고는 인정욕구였다.

김준후는 다른 사람에게 비난의 시선을 받는 것을 견디지 못하는 사람이다. 내면에는 반대의 욕구가 있다. 그것을 채다현을 통해 해소해온 이기적인 사람이다. 채다현이, 그 마음이, 어떻게 되든 상관없다.

채다현은 끊임없이 확인받으려 한다.

"선생님을 이해할 수 있는 사람은 저뿐이에요."

어떻게든 자신의 자리를 공고히 하기 위해 김준후의 아내 권영주에게 상처를 주는 것도 불사한다. 그 순간 채다현은 모든 도덕관념을 잃은 사람이나 다름없었다.

권영주 역시 김준후의 "날 이해해주는 건 당신뿐이야"라는 말에 안심을 해버렸다. 자신을 배신한 김준후에게 변호사를 붙인 것을 보면, 어쩌면 아직까지 그녀는 그 말을 놓고 싶지 않은 것인지도 모르겠다.

다른 사람에게 인정받는 것은 기분 좋은 일이다. 그러나 그것이 나를 잃어가는 과정으로 변질되었을 때 어떤 불행한 사태가 일어나는지 우리는 많은 일을 통해 배웠다. 부모에게 인정받으려 애쓰던 자녀가 부모를 살해하고, 자신을 무시한다며 이웃 주민에게 폭행을 서슴지 않는다.

당신은 누구에게 인정받고자 하는가.

그 인정에 중독되어가고 있지는 않은가.

이 원고를 검토해주신 것은 엘릭시르의 임지호 주간님이다. 좋게 봐주신 덕에 미팅 자리에서 많은 이야기를 해주셨지만, 가장 기억에 남는 것은 '글이 뭔가 달라졌다'는 말씀이었다. 무슨 일이 있었냐고 하셔서 농담처럼 "그동안 나이를 먹었다"고 대답했지만, 진심이었다. 나이를 먹을수록 점점 더 인간을 깊이 있게 들여다보는 작가가 되고 싶다.

그러나 여전히 나의 1순위는 재미다. 이 후기를 읽고 나서 덮을 누군가가 '재밌었다'고 말해준다면 더이상 바랄 것이 없겠다. 나 역시, 인정욕구에서 자유롭지 않다.

늘 나를 걱정하고, 응원해주는 사람들에게 감사를 전한다. 이렇게 감사를 전할 수 있는 지면을 허락받은 것에 감사한다. 그 허락을 받을 수 있게 해주는, 이 책을 읽는 당신에게 가장 큰 감사를 드린다.

정해연

홍학의 자리

1판 1쇄 2021년 7월 26일
1판 25쇄 2024년 12월 11일

지은이 정해연

책임편집 임지호 | **편집** 지혜림
표지디자인 이경란 | **본문디자인** 이주영
저작권 박지영 형소진 최은진 오서영
마케팅 정민호 서지화 한민아 이민경 왕지경 정유진 정경주 김수인 김혜원 김예진
브랜딩 함유지 함근아 박민재 김희숙 이송이 김하연 박다솔 조다현 배진성
제작 강신은 김동욱 이순호 | **제작처** 영신사

펴낸곳 (주)문학동네 | **펴낸이** 김소영
출판등록 1993년 10월 22일 제2003-000045호

주소 10881 경기도 파주시 회동길 210
문의 031-955-8892(편집) 031-955-2696(마케팅) 031-955-8855(팩스)
전자우편 elixir@munhak.com | **홈페이지** www.elmys.co.kr
인스타그램 @elixir_mystery | **X(트위터)** @elixir_mystery

ISBN 978-89-546-8115-5 (03810)

엘릭시르는 출판그룹 문학동네의 장르문학 브랜드입니다.
이 책의 판권은 지은이와 엘릭시르에 있습니다. 이 책 내용의 전부 또는 일부를 재사용하시려면 반드시 양측의 서면 동의를 받아야 합니다.

잘못된 책은 구입하신 서점에서 교환해드립니다. 기타 교환 문의: 031-955-2661, 3580